김몽(金蒙) 판타지 장편 소설

3

막싸움 브이와 웅묘사도

둔갑 팬더 3

김몽 판타지 장편 소설

초판 1쇄 찍은 날 § 2002년 10월 28일
초판 1쇄 펴낸 날 § 2002년 11월 8일

지은이 § 김몽
펴낸이 § 서경석

편집장 § 문혜영
편집책임 § 박영주
편집 § 장상수 · 권민정 · 이종민
마케팅 § 정필 · 강양원 · 김규진

펴낸곳 § 도서출판 청어람
등록번호 § 제1081-1-89호
등록일자 § 1999. 5. 31
어람번호 § 제1-0308호

주소 § 경기도 부천시 원미구 심곡1동 350-1 남성B/D 3F (우) 420-011
전화 § 032-656-4452 팩스 § 032-656-4453
http://www.chungeoram.com
E-mail § eoram99@chollian.net

ⓒ 김몽, 2002

값 7,500원

ISBN 89-5505-500-5 (SET)
ISBN 89-5505-503-X 04810

제1장

지리산으로 간 진진

봉근이 막싸움 브이의 조종사로서 맹훈련을 받고 있는 동안 밍밍은 한국에서의 새로운 생활을 꾸려갈 집을 구하러 다녔다. 현재 기거하고 있는 반지하 투 룸은 너무 낡고 음습해 신혼부부가 살기에는 부적합했던 것이다. 부동산 중개업소를 여러 군데 돌아다녔지만 썩 맘에 드는 집이 없었다. 밍밍이 깐깐해서라기보다는 수중에 가진 돈이 부족했다. 태국에서 국민적 영웅으로 떠올랐던 봉근이지만 매니저인 다마퐁이 워낙 인색하게 굴었던 데다 환율과 물가 차이로 인해 봉근의 재산은 태국에 있을 때보다 십 분의 일 정도로 줄어든 것처럼 느껴졌다.

"아니, 아가씨, 그 정도 돈으로 어떻게 그렇게 넓은 집을 구해? 참나, 답답해서……."

"캥! 우리 남편이랑 내 친구들이랑 같이 살려면 이 정도는 되야 한다구요!"

"아, 이 동네는 그런 집 없수. 시골 변두리로 가보시구라."

부동산 업자의 핀잔에 밍밍은 입을 쑥 내밀고 밖으로 나왔다. 태국에 있을 때는 왕실과 다마풍의 도움으로 친구들이 널찍한 저택에서 마음껏 뛰놀 수 있었다. 진진은 따뜻한 남국의 태양을 받으며 마당에서 뒹굴고 소청은 연못에서 물고기를 잡아먹으며 놀았다.

태국으로 떠나기 전에는 물론 반지하 투 룸에서 모두가 같이 살았었다. 하지만 태국에서 상류층 생활을 경험한 밍밍은 과거로 회귀하기 힘들었다. 그녀는 아무리 생각해도 진진과 소청을 데리고 살 방도가 떠오르지 않았다.

'힝~ 어쩐다……. 진진이나 소청보고 나가달랠 수도 없고.'

반지하 투 룸으로 돌아온 밍밍은 착잡한 마음으로 문을 열었다. 현관에 놓인 진진의 비닐 스포츠백이 눈에 들어왔다. 진진이 후줄근한 회색 점퍼를 입고 나타났다.

"어머? 진진, 어디 가니?"

"웅~ 나 산에 들어가려고."

"캥? 산에 들어간다고? 왜?"

밍밍은 갑자기 속으로 미안해졌다. 자기들 부부의 처지를 이해하고 알아서 떠나주려는 것이 아닐까 하는 생각이 들어서였다. 하지만 진진의 대답은 조금 달랐다.

"웅~ 세상이 하도 어지러워서 잠시 속세를 떠나 마법과 주술을 수련하고자 함이야."

"마법과 주술을 수련해? 진진, 넌 지금도 수준급이잖아."

"웅~ 아냐. 중국에 정말 강적이 나타났어."

"아~ 그 앙꼬르라는 팬더 말이구나."

"웅~ 그 녀석은 둔갑도 안 하고 힘으로 인간들을 찍어 누르겠다는 녀석이야. 위험한 놈이지."

"그것 때문에 산속으로 들어가겠다는 거야?"

"웅~ 이제 곧 한반도에도 전쟁의 암운이 드리우게 될 거야. 그때를 대비해 사신(四神)을 운용하는 기술도 익히고 새로운 고대 마법도 발굴해야겠어."

밍밍은 떠나려는 진진의 두 손을 꼬옥 잡았다. 메이린이 승천고시 공부를 하러 떠날 때가 기억나 콧등이 시려왔다. 객지에서 서로 의지하고 돌봐주던 고향 친구들이 하나둘 그녀의 곁을 떠나고 있었다.

"진진… 봉근 오빠가 서운해할 거야. 인사라도 하고 가지."

"웅~ 걱정 마. 조만간 다시 만나게 될 거야. 이 나라에 위기가 닥치면 봉근은 국운을 걸고 싸워야 할 거야. 그땐 나도 봉근이를 돕기 위해 산에서 내려올 거고."

"진진… 흑흑……."

밍밍은 목이 메어 더 이상 말을 잇지 못했다. 진진은 훌쩍이는 밍밍의 등을 툭툭 두드려 주었다.

"웅~ 잘 있어, 밍밍~ 봉근이랑 행복하고, 소청이랑 싸우지 말고."

"웅… 편지해."

"웅~ 가끔 텔레파시 보낼게. 수정 구슬 꺼내서 봐."

"웅."

진진은 짧은 팔을 다정하게 흔들어 보이고는 길을 떠났다. 밍밍은 골목에 나와서 친구의 모습이 보이지 않을 때까지 우두커니 서 있었다.

지리산 산중 마을에서 수도 중인 송철 거사는 주역책을 덮어버리고 반 평짜리 좁은 방에서 나왔다. 완연한 봄인지라 산속 바람도 차지 않고 따뜻했다. 그는 기지개를 늘어지게 켠 다음 밥집으로 걸음을 옮겼다. 오전 10시를 훨씬 넘긴 때였건만 게으른 도사들이 여기저기서 어슬렁거리며 나타나 밥을 먹으러 가는 중이었다.

"어이~ 송철 선생! 자평진전 좀 보고 있나?"

송철 거사는 쓰윽 뒤를 돌아보았다. 수염을 깎지 않아 턱주가리가 밤송이처럼 변한 역술 지망생 방씨가 히죽 웃고 있었다.

"암, 아주 닳도록 보고 있네. 근데 요즘은 주역을 다시 보고 있어. 기초가 허술한 것 같아서."

"정말이야? 하하하! 천하의 고수 송철 선생이 주역을 다시 본다? 웬일인가? 자네가 그런 겸손한 공부를 하다니 말이야."

"겸손하다니. 공자님도 수도 없이 통독하신 책이네. 기초가 튼튼하지 못한 역술 공부는 무너질 수밖에 없는 게야. 적천수는 다 끝냈는가?"

밥을 먹으러 가는 동안 역학 이야기를 나누는 송철 거사와 방씨는 장래 철학관을 운영하여 생계 문제를 해결하고 우주의 이치를 밝혀보고자 하는 자칭 도사들이었다. 이처럼 지리산 깊은 산중에는 신림동 고시생 뺨칠 정도로 역학을 공부하는 자칭 도사들이 버글거렸는데, 우주 만물의 변화 법칙을 이해하고 인생의 의미를 음미하고픈 순수한 지적 욕구에서 공부를 계속하는 이들보다는 송철 거사처럼 족집게 역술인으로 이름을 날려 떼돈을 벌고픈 자가 대부분이었다.

"어이, 근데 옆방에 온 신참이랑 이야기 좀 해봤어?"

"응? 그 진진인가 뭔가 하는 젊은 녀석 말인가?"

"그래, 진진. 이제야 이름이 생각나네. 듣자 하니 중국에서 왔다던데? 우리말을 아주 잘하더라고. 중국에서 왔으면 역술 실력도 뭔가 특출나지 않을까? 원래 그쪽 나라에 고수들이 많다잖아."

"글쎄… 하는 짓을 봐선 별로 고수 같진 않아. 하루 종일 잠을 자거나 시퍼런 죽을 떠먹는데, 내가 보기에 12시간은 자고 12시간은 먹는 것 같아. 보통 게으른 녀석이 아니더라구."

"히히히, 어쩌면 그냥 지리산에 놀러 온 식충이일지도 모르지."

이런저런 이야기를 하다 보니 두 사람은 어느새 식이 고모네 밥집에 이르렀다.

밥집 주인인 청주댁은 벌써 십 년째 입산 수도 중인 조식 도사의 고모 되는 사람으로, 나이는 오십 줄이지만 아직 시집을 가지 아니한 처녀였다. 처음에는 산속에서 고생하는 불쌍한 조카 생각에 따뜻한 밥이라도 먹이려고 산중 마을에 들어왔지만, 이제는 수백 명 지리산 도사들을 상대로 밥 장사를 하고 있었다. 허름한 산속 오두막에서 메뉴도 없이 백반 한 가지만을 내놓는 청주댁이었지만, 제대로 된 식사를 하려면 먼 산길을 내려가야 하는 도사들로서는 그녀의 밥집이 매우 고마운 존재였다.

"청주댁! 어서 밥 주소!"

"아이구우~ 우리 돌팔이도사님 오셨수? 어서 앉으시구라. 내 얼른 따신 밥이랑 매콤한 산나물 해 올릴 테니."

송철 거사가 밥집을 들어서며 밥 재촉을 하자 청주댁이 능청스럽게 받아넘긴다. 방씨는 히죽거리며 밥집 구석의 테이블에 자리를 잡고 앉았다. 송철 거사는 나물을 무치는 청주댁과 한참이나 농지거리를 하다가 방씨의 앞자리로 왔다. 송철 거사가 자리에 앉자마자 방씨가 턱주가리로 뒤쪽을 가리켰다. 슬며시 뒤를 돌아보니 8년째 기공 수련을 한다는 박두칠이가 두꺼비 같은 얼굴로 꾸역꾸역 밥을 먹고 있었다. 송철 거사의 얼굴이 살짝 일그러졌다.

"저 사기꾼 놈이 아직도 산속에 남아서 정기를 흐리고 있네. 쳇!"

박두칠은 몇 해 전까지만 해도 송철 거사나 방씨처럼 별다른 수입이 없는 거렁뱅이 도사였다. 하지만 이제는 기 치료로 난치병을 고쳐준다며 각종 질병을 앓고 있는 환자들을 제자로 받아들여 매달 몇백만 원씩 비싼 수업료를 받고 있었다. 항상 돈에 쪼들리는 송철 거사나 방씨 입장에서 보면 이런 산속에서도 좋은 옷을 입고 대리석으로 지은 번듯한 수련관에서 기거하는 박두칠이가 얄미울 수밖에 없었다.

"내 언젠가 저 녀석 사주를 본 적이 있지. 평생 남 등쳐 먹다가 말년에 살 맞아 흉하게 죽을 팔자야."

송철 거사가 약이 잔뜩 오른 얼굴로 내뱉었다. 방씨가 낄낄거리며 웃으며 청주댁이 주는 밥그릇을 받았다.

"자자, 아침이나 들자구. 남 등쳐 먹는 재주도 타고나는 거라구. 억울하면 출세하랬다구, 자네도 얼른 하산해서 입신양명하면 될 거 아닌가."

"휴, 내 짧은 공부로 하산했다가는 쪽박 차기 딱이야. 게다가 내 대운의 흐름으로 봐도 아직은 때가 아냐. 아직 삼사 년은 더 기다려야 한다구."

"그래그래, 어서 밥이나 먹자니까. 어디 우리 같은 박복한 도사들에게 재운이 쉽게 오겠는가."

"젠장… 이럴 줄 알았으면 명리학 같은 골치 아픈 거 배우지 말 걸 그랬어. 차라리 배 내밀고 불룩불룩하는 단전호흡이나 배울걸."

"차라리? 이 친구가… 기 수련은 쉬운 줄 아는가! 지리산에서 몇십 년씩 수도하다가 골병들어서 세상 뜨는 사람이 부지기수야. 괜히 엄한 생각 하지 말게."

송철 거사는 밥술을 뜨다 갑자기 목 뒷덜미가 후끈했다. 방씨와 둘이서 씹고 있던 박두칠이 이쪽으로 다가오고 있었던 것이다. 방씨는 모른 체 고개를 숙이고 반찬을 입에 집어 넣고 있었지만 송철 거사는 어색하고 웃고 말았다. 박두칠은 두 사람이 앉아 있는 밥상을 지나쳐 가며 중얼거렸다.

"역술 공부 그만 접고 내 밑에 들어오겠다면 제자로 받아줄 용의는 있소. 수업료가 없다면 할 수 없지만서두."

송철 거사는 순간적으로 피가 역류하는 느낌을 받았으나 식탁 밑에서 무릎을 지그시 눌러오는 방씨의 손길에 가까스로 감정을 자제했다. 방씨는 무릎을 누르면서 계속 참으라는 눈짓을 보냈다.

"치이… 저 자식, 분명 우릴 깔보고 저런 말을……."

"참으라구, 참아. 괜히 싸움이라도 걸었어봐. 박두칠의 제자들이 자네를 가만두겠어? 뭐가 무서워서 피하겠어, 더러워서 피하는 거지. 성질 죽이라구."

기분이 상한 송철 거사는 식사도 하는 둥 마는 둥 하고는 밥집을 나왔다. 자신의 거처로 돌아가면서도 찜찜한 기분이 영 가시지 않았다. 괘씸한 마음이 들었지만 초라한 역술 학도가 인맥과 돈을 움켜쥔 사이비 기공사를 혼내줄 뾰족한 방도는 없었다.

송철 거사는 방에 벌렁 누워서 파리똥이 다닥다닥 붙은 천장을 멍하니 바라보고 있었다. 아침부터 기분 상하고 밥도 몇 술 뜨다 말아서인지 머리 속이 텅 빈 것 같고 맥이 없었다. 언제까지고 천장만 바라볼 것 같던 그는 마당 쪽에서 저벅저벅 발걸음 소리가 들리자 얼른 고개를 들었다. 옆방에 새로 들어온 진진이라는 청년이었다. 그는 청년에게 말을 붙여보기로 마음먹고는 방에서 나왔다.

　"아침은 드셨나?"

　"웅~ 안녕하세요."

　느릿느릿 인사하는 폼이 영 어수룩하다. 송철 거사는 순간적으로 이 친구를 잘 울궈내면 한 달 생활비 정도는 해결할 수 있을 거라 판단했다.

　"자네는 무슨 공부를 하는가? 보기엔 역술 공부를 하러 들어온 것 같은데."

　"웅~ 아녜요. 전 그냥 난세를 피하고 싶은 마음에 입산했답니다."

　"오, 그래? 거참 잘됐군. 어서 자네 방으로 들어가지. 관상을 보아하니 심상치가 않아서 그래."

　"웅~ 그래요? 제 관상이 어떤데요?"

　"후후… 들어가서 이야기하자고."

　진진의 방으로 들어온 송철 거사는 재빨리 진진의 살림살이를 살폈다. 소박하기 그지없는 세간이었다. 이불 한 채가 방구석에 개켜져 있고 벽에는 남방과 점퍼 한 벌이 덜렁 걸려 있었다. 가구도 없고 가전제품도 없었다. 송철 거사는 약간 실망했지만 얼굴은 태연했다.

　"웅~ 제 관상이 어떤데요?"

"음… 자네가 이런 말 들으면 어떨지 모르겠지만 말이야. 정처없이 떠도는 방랑의 운명이 읽혀진다네. 사주를 풀어보면 분명 역마살이 끼었을 거야."

"웅~ 거참 신기하게도 알아맞추시네요. 전 중국에서 태어나 지금까지 티벳, 버마, 태국, 라오스, 베트남, 한국 등지를 계속 떠돌아다녔답니다. 웅… 귀찮고 번거로운 여행을 별로 좋아하진 않지만 항상 어쩔 수 없는 상황이 발생해서 한곳에 오래도록 머물 수가 없었죠."

"거보게! 내 말이 맞지 않나. 이런 경우에는 살을 풀어줄 수 있도록 가끔 여행을 다니면서 말이야……."

송철 거사가 신이 나서 떠드는 동안 진진은 천 년의 세월을 반추하며 고개를 주억거렸다. 송철 거사는 한참 동안을 떠들더니 종이와 펜을 꺼냈다.

"자네 생년월일시를 말해 보게나. 내 그동안 공부한 명리학으로 자네 운명을 점쳐 줌세."

"웅~ 경인년 계미월……."

진진의 사주를 받아 적던 송철 거사는 성질을 버럭 냈다. 그는 놀라서 움찔하는 진진에게 화를 가라앉히며 말했다.

"어른을 놀려도 유분수지… 자네가 오십 줄이 넘었다니 말이 되는가? 나 같은 도사 만나기가 쉽지 않으니 어서 진짜 사주를 말해 주게."

"웅~ 경인년 맞는데……."

"자네가 육십 갑자를 잘못 알고 있나 보군. 내가 계산해 줄 테니 양력으로 불러보게."

"웅~ 제가 태어난 해를 양력으로 계산하면… 웅……."

진진은 눈동자를 이리저리 굴리며 따져 보다가 한참 만에 빙그레 웃으며 대답했다. 하지만 진진의 대답은 송철 거사의 심기를 더 불편하게 만들었다.

"기원전 56년이군요."

"메야! 이놈이 지금 지리산 수도 십 년 차에 접어든 송철 거사님과 농담 따먹기를 하자는 것이냐!"

송철 거사는 벌떡 일어나서 씩씩거리더니 다시 철퍼덕 주저앉으며 손을 내밀었다.

"자네가 사주 볼 생각이 없으면 난 이만 가겠네. 하지만 관상을 보아주었으니 복채를 내놓게."

"웅~ 복채요?"

"아니, 그럼 지리산에서 십 년을 공부한 송철 거사님의 풀이를 듣고도 싹 입 닦을 생각이었나? 그런 파렴치한 생각을 품으면 겁살 맞아, 이 친구야!"

"웅~ 얼마나 드려야 되나요?"

"지리산 십 년 수도 송철 거사님인데 이삼만 원으로 되겠어? 십오만 원은 내놔야 할 게야!"

진진은 뒷머리를 벅벅 긁으며 난처한 표정을 지었다. 일정한 직업 없이 떠돌아다니는 진진에게는 그만한 돈이 없었던 것이다.

"웅~ 기다리세요. 돈 만들어 드릴 테니."

"아니, 복채 내놓으라니까 어딜 가는 거야?!"

진진은 소리 지르는 송철 거사를 뒤로하고 밖으로 나갔다. 이리저리 살피며 돈 될 것을 찾던 진진은 손바닥만한 나뭇잎 몇 장을 집어 들고 돌아왔다. 나뭇잎을 손바닥 사이에 넣고 싹싹 비비기 시작하는 진진은 송철 거사에게 빙긋 웃어 보였다.

"웅~ 잠시만 기다리세요, 도사님. 복채 만들어 드릴 테니까."

"지금 장난하는 거야?! 그깟 십오만 원 갖고 언제까지 기다리라는 거야! 내가 그렇게 한가해 보여?!"

진진에게 핏대를 세우며 고함치던 송철 거사는 갑자기 말을 뚝 멈췄다. 그의 눈은 놀라움으로 가득 차 있었다. 진진이 그의 손에 십만 원짜리 수표 두 장을 올려놓았기 때문이다. 분명 진진의 손바닥 사이에는 시퍼런 나뭇잎 몇 장이 비벼지고 있을 뿐이었는데 이 무슨 조화란 말인가. 송철 거사는 혹시 이 친구도 사기를 쳐 먹고 사는 사이비 기공사가 아닐까 하는 의심이 들었다.

"헴헴! 이십만 원이라… 설마 이거 가짜는 아니겠지?"

"웅~ 가짜라뇨. 진짜 나뭇잎이에요."

송철 거사는 수표를 여기저기 살펴보다가 품속에 갈무리했다.

"그럼 난 가겠네. 잘 있게나."

약간 떨떠름한 표정으로 일어서는 송철 거사를 붙잡는 진진이었다.

"웅~ 복채도 드렸으니 진짜 관상 봐주세요."

"진짜 관상? 아까 봐줬잖아!"

"웅~ 그건 둔갑한 허상이구요. 제 실제 관상은 이렇답니다."

송철 거사는 심장이 멎을 뻔했다. 둥글둥글하고 인상 좋은 청년은 간데없고 털투성이 짐승 한 마리가 커다란 머리를 내밀고 있었다. 더 놀라운 일은 눈자위가 검은 짐승이 주둥이를 달싹거리며 말을 하고 있는 것이었다.

"웅~ 어때요? 제 관상 괜찮은가요?"

"우아아악!"

송철 거사는 비명을 지르며 진진의 방에서 뛰쳐나왔다. 그는 놀란 가슴을 진정시킬 수 없어 방씨가 살고 있는 집으로 냅다 뛰었다. 방씨의 거소는 청주댁의 밥집에서 그리 멀지 않은 곳에 위치해 있었다. 문을 벌컥 열고 들어서니 방씨는 앉은뱅이 책상 앞에서 독서삼매에 빠져 있었다.

"방씨! 나 좀 봐!"

"조용. 지금 중요한 구절을 읽고 있는데."

두터운 돋보기 안경을 쓴 방씨는 송철 거사에게 눈길도 주지 않고 책을 읽고 있었다. 그 역시 적당한 수준에 이르면 하산하여 철학관을 열 생각이었지만, 송철 거사보다는 재물에 대한 욕심이 덜하고 학문적 호기심이 많았다.

"이봐, 방씨. 나 좀 보자니까! 지금 고서 따위나 읽고 있을 때가 아니라니까 그러네!"

송철 거사가 책을 덮어버리고 호들갑을 떨자 방씨는 그제야 몸을 돌려서 앉았다.

"이 친구가 왜 갑자기 숨넘어가는 소리를 하고 그래? 자네 어머니라도 돌아가셨나?"

"지, 진진이라는 그 녀석! 내 옆방으로 이사 온 그 녀석!"

"진진? 아침에 이야기했던 그 중국 청년 말이야?"

"응. 그놈 알고 보니 대단한 능력을 가지고 있더라고! 도술의 차원이 달라! 배나 불룩거리는 박두칠이 수준이 아니라고! 중국에서 온 초절정고수가 틀림없어!"

"초절정고수라니… 무협지에나 나올 법한 표현을 쓰고 있나. 그 친구가 기묘한 무술이라도 쓰던가?"

"무술이 아니고 도술이야, 도술! 눈 깜짝할 새에 나뭇잎을 수표로 바꾸고 짐승으로 둔갑을 하더라니까! 내 하마터면 놀라서 세상 하직할 뻔했네!"

송철 거사의 자초지종을 듣고 난 방씨는 역시 놀라는 표정을 지으며 그의 손을 잡았다.

"이보게, 송씨. 그 진진이라는 자가 그토록 놀라운 능력을 가지고 있다면 말일세, 난 그의 제자가 되고 싶네!"

"뭐, 뭐야?"

송철 거사는 황당한 얼굴로 방씨를 쳐다봤다. 우주의 운행 원리를 알고 싶다며 잘 나가던 직장까지 때려치우고 지리산으로 들어온 방씨였다. 젊은 부인까지 떠나보내고 오직 학문의 길에만 정진하던 방씨의 입에서 기이한 술법을 쓰는 도사의 제자가 되겠다는 말이 흘러나오다니… 송철 거사는 형제처럼 속속들이 알고 있다 생각했던 방씨의 의중을 알 수가 없었다.

"역학에 평생을 바치겠다더니, 갑자기 괴상한 술법을 쓰는 기인의 제자가 되겠다는 건가? 자네 생각을 알 수가 없네그려."

"이보게, 송씨. 자네가 박두칠이보고 사이비 기공사라고 했었지? 난 그가 사이비인지 진짜 기공사인지는 모르겠지만, 기공이라는 것이 우리의 능력을 확장시켜 주는 것임에는 틀림없네. 그건 지금까지 내가 읽어본 수십 종의 고서에도 분명 나와 있는 사실이야. 그리고 그 진진이라는 청년은 기공 수련의 신적 경지에 이른 도사인 게야."

"그럼 서울 시내에서 공동 개업하기로 한 우리 사업 계획은 어찌 되는 건가?"

"이 사람아! 지금 철학관 개업 따위가 문제인가! 어서 진진의 현묘한 술법을 보러 가세!"

방씨는 송철 거사를 앞세워 진진의 월세 방으로 찾아왔다. 진진은 평퍼짐한 궁둥이를 아랫목에 붙이고는 조릿대를 질겅질겅 씹어 먹고 있었다. 두 사람은 진진의 기이한 식사법에 놀라 서로의 얼굴을 쳐다보았다. 방씨는 속으로 '역시 기인이다' 라며 감탄했다.

진진은 조릿대를 씹다가 넙죽 절하는 방씨의 모습에 놀라 뒤로 벌렁 넘어졌다.

"웅~ 뉘, 뉘세요? 저한테 큰절을 다 하시고."

"선생님! 저희들을 제자로 받아주십시오!"

뜨악한 얼굴로 서 있던 송철 거사도 방씨의 갑작스런 행동에 놀라며 엉겁결에 큰절을 올렸다. 진진은 씹다 만 조릿대를 다시 집어 들고 질겅거렸다.

"웅~ 제자로 받아달라고요? 제가 뭘 가르쳐 드리면 되죠?"

"뭐든지! 선생님께서 가르쳐 주신다면 뭐든지 배우겠습니다!"

진진으로선 황당한 노릇이었다. 지리산에 들어온 지 며칠 지나지도 않아 생면부지의 사람들이 찾아와 다짜고짜 제자가 되기를 청하고 있는 것이다. 진진은 뒷머리를 맥없이 긁다가 헤벌레 웃으며 고개를 끄덕였다.

"웅~ 좋아요. 그럼 내일부터 수업을 시작하도록 하죠. 오늘은 하루 종일 조릿대 씹다가 잘 거니까 두 분은 그만 돌아가 주시구요."

"내일부터요? 알겠습니다! 감사합니다!"

"그럼 내일 뵙겠습니다, 스승님."

송철 거사와 방씨는 정중하게 예를 올리고 진진의 방에서 물러 나왔다. 방씨는 만족스러웠지만 송철 거사는 마뜩치 않았다. 호기심이 많고 항상 새로운 지식을 추구하는 방씨는 좋은 스승을 만났다는 사실이 즐거웠지만 자존심이 강하고 의심 많은 송철 거사는 아직 진진이 부리는 조화를 그대로 믿을 수가 없었던 것이다. 그는 잘 알지도 못하는 새파란 청년에게 절을 올렸다는 사실 역시 기분 나빴지만 차차 두고 보면 진진의 실체를 알게 될 거라며 자신을 달랬다.

다음날 송철 거사와 방씨는 청주댁의 밥집에서 아침밥을 해결하고 진진의 거소로 향했다. 방씨는 평소의 꾀죄죄한 모습에서 탈피해 아주 말끔하게 변해 있었다. 그의 트레이드마크라고 할 수 있는 때에 전 셔츠와 구멍난 기지 바지를 벗어버리고 어제 시내에 나가서 새로 산 개량 한복을 입었다. 새로운 공부를 시작하는 마음가짐에서 한 행동이기도 하고 앞으로 모시게 될 스승에 대한 예의이기도 했다. 송철 거사는 괜히 유난을 떠는 방씨가 시답잖게 느껴져 중얼거렸다.

"근데 그 진진이라는 녀석, 정말 우리가 스승으로 모실 만한 공력을 가진 사람일까? 혹시 박두칠이 같은 사기꾼 아냐? 자식, 생긴 건 순하게 생겼는데 왠지 의뭉스럽다는 느낌을 준다니까."

방씨는 송철 거사의 말에 뚝 하고 걸음을 멈추더니 그의 얼굴을 물끄러미 바라보았다.

"이보게, 송철. 난 보지도 않고 그를 믿고 스승으로 모시고자 하는데 자네는 두 눈으로 똑바로 목격하고도 믿지 않는가?"

"아니, 뭐… 나도 꼭 그를 의심하는 건 아니야. 그냥 그럴 수도 있겠다는 거지."

송철 거사는 말을 얼버무리며 속으로 무척 귀가 얇은 자식이라고 생각했다. 산속에서 역술 공부나 하기에 망정이지 속세에서 사업이라도 했으면 사기꾼에 걸려 쪽박 차기 딱 좋은 사람이었다.

진진은 두 사람을 자리에 앉혀놓고 커다란 왕대나무를 세 그루 가지고 왔다.

"응~ 여러분이 나보고 뭐든지 가르쳐 달라고 해서 뭘 가르칠까 생각해 봤어요. 제가 뭐 할 줄 아는 게 있어야죠. 우선 오늘은 이거부터 해봅시다."

대나무를 하나씩 나눠 주는 진진. 송철 거사와 방씨는 대나무를 받아 들고 그 용도를 몰라 멀뚱멀뚱 스승의 얼굴만 바라보고 있었다. 스승은 하품을 한번 늘어지게 하더니 빙긋 웃는 얼굴로 두 사람을 번갈아 쳐다봤다.

"응~ 자, 그럼 대나무를 적당한 크기로 잘라봅시다."

방씨는 아― 하는 탄성을 지르며 대나무를 쓰다듬었다. 진진이 나눠준 대나무는 조직이 치밀하고 매우 단단하여 웬만해서는 꿈쩍도 하지 않을 것 같았다. 그는 손가락을 쫙 펴면서 진진에게 물었다.

"스승님! 수도(手刀)로 자릅니까? 아니면 기(氣)를 이용해 자르나요? 아직 저희는 초보라서 힘들 것 같습니다."

진진은 어이없다는 얼굴로 방씨를 쳐다봤다.

"물론 톱으로 잘라야죠……."

잠시 후 진진과 두 제자는 땀을 삐질삐질 흘리면서 열심히 톱질을 하고 있었다. 대나무는 무척 크고 단단하여 완전히 자르는 데 상당한 시간이 걸렸다. 가장 먼저 끝낸 송철 거사는 약간 짜증이 나서 담배를 피워 물었다. 도대체 자기가 왜 이딴 걸 해야 하는지 알 수가 없었다. 하지만 방씨는 스승님의 깊은 뜻을 모두 헤아리기라도 한 듯 평온한 얼굴로 계속 톱질 중이었다.

"웅~ 다 잘랐으면 이걸 대나무 통 속에 넣으세요."

진진이 허연 자루를 꺼내놓았다. 자루 속에는 어두운 빛이 나는 알갱이가 가득 들어 있었다. 이를 본 방씨가 또 탄성을 내질렀다.

"스승님! 철사장을 가르치시려는군요! 대나무 속에 쇳가루를 넣고 이를 계속 맨손으로 타격하여 손에 금(金)의 기운을 불어넣으면 최강의 장법을 구사할 수 있다고 들었습니다. 역시 스승님께서는 저희에게 고강한 무예를 전수하시려는……."

진진은 또다시 황당한 얼굴이 되었다.

"웅~ 이건 잡곡입니다. 현미, 멥쌀, 녹두, 팥, 율무, 검은콩을 잘 섞었어요. 가슴이 답답하고 열이 날 때는 맛있는 대나무 밥이 제일이에요. 자~ 잡곡을 대나무 통 속에 넣은 다음에~ 찜통에 넣고 푹 찌면~ 맛좋은 대나무 밥~ 냠냠~"

두 제자는 수업 첫날에 죽통밥 조리법을 배웠다. 수업이 끝난 뒤 진진은 맛나게 밥을 먹고 송철 거사는 뭐 이딴 걸 가르치냐며 툴툴거렸다. 또 방씨는 이게 다 힘든 수련에 대비해 체력을 비축하라는 스승님의 깊은 뜻이라며 송철 거사를 다독거렸다.

진진은 배가 고팠던지 송철 거사가 남긴 밥까지 박박 긁어 먹었다. 두 제자는 빈 죽통을 첫날 수업한 기념으로 받았다. 송철 거사는 실망이 이만저만이 아니었으나 방씨는 아직 진진이 무언가 굉장한 비전을 전수해 줄 것이라는 기대에 부풀어 있었다.

둘째 날 수업은 방씨의 기대를 더욱 크게 부풀렸다. 진진은 두 제자를 마당으로 나오게 한 다음 적당히 거리를 두고 서로 마주 보게 했다.

진진이 먼저 시범을 보이며 발을 움직였다.

"응~ 자, 나를 따라 하세요. 물러섰다가 다가서고 호흡은 자연스럽게. 발과 어깨를 틀어주고 손을 살짝 당겼다가 놓아줍니다."

방씨와 송철 거사는 진진의 움직임을 그대로 따라서 재연했다. 방씨는 속으로 내가권의 수련 과정과 비슷하다는 생각을 했다. 격렬하지 않은 자연스런 움직임이 기의 운용을 가능하게 하고 이를 통해 신체의 능력을 증폭시켜 파괴력을 극대화하는 것이다. 송철 거사는 이상한 체조를 가르친다며 투덜거렸지만 방씨는 정신을 단전에 집중하며 연공에 힘썼다. 결코 과격하거나 힘든 동작이 아니었음에도 반나절 동안 계속하자 온몸에서 땀이 비 오듯 흐르고 호흡이 가빠졌다. 방씨는 이것이 막혔던 혈이 뚫리면서 기혈의 순환이 활발해졌기 때문이라고 추측했다. 그는 기분이 무척 상쾌해져서 쾌활한 목소리로 진진에게 말했다.

"스승님! 정말 독특한 기공 체조입니다! 하지만 효과는 태극권보다도 뛰어나군요!"

진진은 방씨의 말에 뒷머리를 벅벅 긁다가 이내 방실방실 웃으며 동작을 계속했다.

"응~ 오늘 여러분이 배운 것이 지르박 스텝의 기초입니다. 다음번엔 댄스 홀에 나가서 춤바람난 아줌마들이랑 실습해 봅시다."

"커억… 지, 지르박……."

두 제자는 순간 다리가 풀리면서 땅바닥에 주저앉았다. 엄청난 허탈감과 실망감으로 피를 토하고 발광할 지경이었지만 진진은 여전히 방긋방긋 웃으며 지르박 스텝을 밟고 있었다. 송철 거사는 진진에게 달려들고자 했으나 만류하는 방씨로 인해 가까스로 분을 삭였다.

"크윽… 저 녀석, 계속해서 이따위 엉터리 수업만 한다면 내 손으로 해치우겠어!"

"참으라구. 어쩌면 제자로 받아들이기 전에 우리의 인내심을 시험하는지도 모르지. 하찮은 것들이긴 해도 그래도 재밌잖아."

"재밌다구? 자네, 제정신이야? 우리가 이딴 걸 배우기 위해 역술가의 길을 포기해야 한다구 생각해?"

송철 거사는 방씨의 태도가 이해되지 않았다. 그동안 나름대로 학문에 정진하는 태도와 독특한 우주관으로 인해 그를 존중해 왔지만 이런 사기꾼 같은 녀석을 철석같이 믿고 있는 그가 한심해 보였다. 하지만 그는 꾸욱 참고 진진이 하는 짓을 계속 두고 보기로 했다. 그도 마음 한구석에는 진진에 대한 기대감이 자리 잡고 있었기 때문이다. 나뭇잎을 지폐로 만들고 동물로 둔갑까지 하는 진진이었다. 그 정도만 배워도 큰 성과라고 생각했다.

방씨의 철석같은 믿음과 송철 거사의 막연한 기대감에도 불구하고 진진의 수업은 계속 그들을 실망시켰다. 며칠 동안 계속 지르박 스텝을 밟다가 새로운 걸 가르쳐 주겠다는 말에 귀가 번쩍 뜨였던 두 사람은 '고량주 병나발 불기'라는 한심한 주도를 배웠고, 그 후에도 신바람 이 박사 노래 따라 부르기, 발바닥으로 박수 치기, 휴지 없이 코 풀기, 대나무 기어오르기, 궁둥이로 방바닥 훔치기, 36시간 연속 잠들기, 공 위에서 재주 부리기, 나뭇잎으로 밑 닦기, 노루와 조깅하기, 새들에게 인사하기, 연못에서 오줌 누기, 고구마 캐기, 혀로 자기 코 핥기 등 108가지 잡기를 익혔다.

반년이란 세월이 화살처럼 지나갔다. 꽃 피는 봄에 시작했던 진진의 괴상한 가르침은 단풍이 물드는 가을이 되어서야 끝이 났다.

백여덟 번째 잡기인 '숫다리 요가'를 전수한 진진은 목에 걸쳤던 다리를 풀면서 조용한 음성으로 말했다.

"자아, 내가 두 사람에게 할 말이 있으니 가까이 다가와 앉으라."

방씨는 마무리 스트레칭을 하고 진진 앞에 꿇어앉았으나 송철 거사는 꽈배기처럼 꼬인 몸을 풀지 못하고 데굴데굴 굴러왔다. 두 사람의 얼굴에는 기대감이 가득했다. 그동안 갖은 고생을 하며 하찮은 기술들을 익혔으나 이제는 스승의 시험도 끝나가고 있다는 것을 느끼고 있었다. 이제는 정말로 제자들에게 자신의 지식과 기술을 나누어주겠거니 하는 기대감에 부풀어 있었다. 방씨는 진진의 가르침을 받아 현묘한 도를 깨우치기를 바랬고 송철 거사는 진진이 자신에게 보여준 둔갑술을 전수해 주기를 원했다.

그러나 진진의 입에서 흘러나온 말을 듣는 순간 두 제자는 뒤통수를 세게 얻어맞는 듯한 느낌을 받았다.

"응~ 이제 하산해도 좋다. 더 이상 가르칠 것이 없노라."

쓸데없는 짓들만 잔뜩 배운 지난 반년간의 생활이 주마등처럼 스치고 지나갔다. 잠시 후 송철 거사는 팔로 진진의 목을 휘감고 사정없이 조르고 있었다.

"이 자식! 지금 장난하냐! 죽여 버리겠어!"

"켁켁… 숨 막혀……."

방씨는 허탈감에 사로잡혀 얼빠진 표정으로 버둥대는 진진과 송철 거사의 하극상을 지켜보고만 있었다. 진진은 호흡 곤란으로 팔을 부들부들 떨고 있었지만 송철 거사는 조르기를 멈출 생각이 없어 보였다.

방씨 역시 멍하니 앉아서 보고만 있을 뿐이었다. 그동안 진진에게서 배운 것들 중 쓸 만한 건 대나무 밥 짓기 정도였다. 도대체 지난 반년간 자신은 무엇을 했던가. 밥 먹고 할 짓 없는 청년이 고안해 낸 108가지 시간 죽이기만 열심히 따라 배운 셈이었다.

다시 역술 공부나 시작해야겠다고 생각하며 자리에서 일어서는 순간 그는 공포심으로 온몸이 굳어버렸다. 진진의 목을 조르는 송철 거사의 뒤편에 나타난 하얀 호랑이 때문이었다. 황소도 통째로 삼킬 만큼 엄청난 크기의 백호는 소리도 내지 않고 송철 거사의 뒤쪽으로 접근하고 있었다. 방씨는 입을 벌린 채로 손가락을 들어 올렸다.

"이, 이보게… 뒤, 뒤에……."

그는 공포심과 놀라움이 뒤섞인 얼굴로 송철 거사와 백호를 번갈아 쳐다봤다. 송철 거사 역시 두려움에 질린 얼굴로 진진을 조이던 팔을 풀고 있었다. 그러나 송철 거사의 시선은 엉뚱한 곳을 향하고 있었다. 그 역시 방씨의 뒤쪽을 가리키며 말을 더듬었다.

"방 형… 뒤에… 뒤를 봐……."

뒤를 돌아본 방씨는 두 다리가 부들부들 떨렸다. 자신을 내려다보고 있는 거대한 동물은 태어나서 한 번도 본 적이 없으나 그림을 통해서는 많이 보았던 존재였다.

"저건… 용(龍)이잖아……."

온몸에서 푸른 빛을 뿜어내는 청룡(靑龍)이었다. 방씨는 좌우에서도 거대한 동물들이 다가오고 있다는 사실을 깨달았다. 자동차만한 거대한 거북이와 기묘한 형태의 괴조는 각자 반대 방향에서 마주 보며 송철 거사와 방씨를 향해 다가오는 중이었다. 방씨는 그제야 자신들이 사방을 수호하는 사신(四神)들에게 둘러싸여 있다는 걸 깨달았다.

"이럴 수가! 북방의 현무! 남방의 주작! 서방의 백호! 동방의 청룡! 사신(四神)이야! 사신이 나타났어!"

방씨의 외침과 함께 현무가 뱀처럼 긴 목을 빼고 빙빙 돌리고 있었다. 빙빙 도는 목과 함께 걸쭉하고 소름 끼치는 목소리가 울려 퍼졌다.

"그그그그… 진진을 괴롭히는 자… 현무에게 벌을 받으리라……."

돌팔매질하듯이 머리를 돌리던 현무는 냅다 송철 거사를 들이받았다.

"우아아아아아—"

현무의 머리와 충돌한 송철 거사는 축구공처럼 튀어 올랐다가 소나무 가지에 걸렸다. 가지 위에서 버둥거리던 송철 거사는 가지가 부러지면서 땅바닥에 추락했다. 아이쿠— 하는 소리와 함께 바닥에 처박힌 송철 거사는 정신을 잃고 말았다.

방씨는 기침을 하며 목을 어루만지는 진진에게 넙죽 절을 올렸다.

"스승님! 미욱한 저희 제자들을 용서해 주십시오!"

방씨는 두려움에 떨고 있었으나 진진은 소탈하게 웃고 있을 뿐이었다.

"웅~ 나도 모르게 사신을 소환해 버렸네."

정신을 잃었던 송철 거사가 깨어났을 때 무서운 사신(四神)은 자취를 감추고 없었다.

"이것이 꿈이여 생시여……."

주위를 두리번거리는 송철 거사는 두 눈은 퀭하고 머리는 부스스하고 입을 헤벌린 것이 영락없이 정신 나간 사람이었다. 소나무 가지에 걸렸다가 땅에 떨어졌으나 다행히 다친 곳은 없었다. 방씨는 진진의 앞에 무릎을 꿇고 앉아 송철 거사의 무례한 행동을 백배 사죄하고 있었다. 진진은 자초지종을 듣고 나자 모든 게 이해된다는 푸근한 얼굴로 끄덕거렸다.

"웅~ 마법이나 도술을 배우고 싶었단 말이지. 진작에 말을 하지."

"뭐든지 배우겠다고 한 저희들이 어찌 불측하게 스승님의 가르침에 토를 달겠습니까. 그저 저희들이 진짜로 배우기를 원했던 것을 가르쳐 주실 때까지 말없이 참았습니다."

진진은 안타까운 얼굴이 되어 고개를 천천히 좌우로 저었다.

"웅~ 하지만 자네들이 배우기에는 무리야. 무릇 짐승이 둔갑술을 배우려면 백 년 이상 묵어야 하고 소환술이나 간단한 술법을 구사하려면 적어도 오백 년 이상은 살아야 도력(道力)이 충분히 쌓이거든."

"아… 그럼 저희들에게는 불가능한 일입니까?"

"웅~ 글쎄, 우리 둔갑 짐승들은 오랜 세월에 걸쳐 내력을 쌓아가면서 능력을 확장시켜 나가지만 인간들은 머리가 좋으니까 속성으로 배우면 흉내라도 낼 수 있을지 몰라."

"둔갑 짐승이요? 무슨 말씀이신지… 스승님께서 사람이 아니란 말씀이십니까?"

방씨는 의아한 얼굴로 물었다. 진진은 말실수했다 싶어 속이 뜨끔했으나 짐짓 태연하게 얼버무렸다.

"웅~ 그게… 사람도 크게 보면 동물의 한 갈래일 뿐이잖아. 짐승들도 둔갑을 하고 술법을 부리는데 우리 인간이 못할 게 뭐가 있냐는 뜻으로 한 말이야. 웅~ 아무튼 하산하지 않아도 좋으니 내 옆에 머물면서 계속 배우도록 해봐~"

"감사합니다, 스승님."

방씨는 머리를 조아렸고 송철 거사는 어질어질한 상태에서 머리를 감싸 쥐고 비틀거리고 있었다.

제2장

기적의 치유 능력

　시간은 빠르게 흘러갔다. 진진이 두 제자를 받아들인 지 일 년이 훨씬 지난 어느 날이었다. 그동안 두 사람은 진진의 신기한 술법들을 바라보면서 어서 빨리 신묘한 재주들을 익히기를 바랐으나 그저 바람일 뿐이었다. 진진은 자신이 천 년도 넘게 걸쳐 익혔던 재주들을 고도로 압축시켜 제자들에게 전수하고자 했으나 방씨와 송철 거사는 그저 비슷한 흉내만 낼 수 있을 뿐이었다.

　"이보게, 송 형! 이걸 보라구! 내가 드디어 둔갑술을 터득했네! 스승님께서 그 좋아하시는 낮잠도 마다하시고 내게 열의를 쏟으신 보람이 있었네!"

　송철 거사는 방씨가 오늘따라 웬 호들갑인가 싶어 이맛살을 찌푸렸다. 수련에 진전이 없는 것은 방씨나 송철 거사나 마찬가지인데 혼자서 둔갑술을 익혔다고 날뛰니 왠지 짜증이 났다.

"둔갑술이라고? 어서 해봐."

"이미 했잖아! 이게 둔갑한 모습이야!"

방씨는 집게손가락으로 미간을 가리켰으나 송철 거사는 고개를 갸우뚱할 뿐이었다.

"둔갑을 했다고? 무슨 둔갑을 했다는 거야?"

"이거 보라구! 눈썹 사이! 눈썹 사이에 털이 나면서 일자(一字) 눈썹이 됐잖아!"

방씨가 눈을 부릅뜨고 자세히 살펴보니 정말로 미간 사이에 희미한 털이 솟아나서 양 눈썹을 이어주고 있었다. 그는 어처구니가 없어 피식하고 웃어버렸다. 송철 거사는 손을 모아 쥐며 방씨에게 중얼거렸다.

"자네가 웃기는 둔갑술을 보여줬으니 나도 스승님에게 배운 소환술을 보여주지. 어설프다고 웃지나 말게."

그의 입에서 알 수 없는 고대 주문이 흘러나오기 시작했다. 우리말도 아니고 중국말도 아닌, 방씨가 태어나서 처음으로 들어보는 언어였다.

"급! 급벌산! 감! 감사! 누구실! 난, 난왕넷째동생딸열한살승만, 고울승, 그지없을만……."

난해한 주문을 끝낸 송철 거사는 득의양양하게 웃으며 방씨의 얼굴을 쳐다봤다. 하지만 방씨는 영문을 모르겠다는 표정이었다.

"소환술이라니… 도대체 무얼 소환한다는 거야? 설마 자네를 죽일 뻔했던 사신(四神)은 아니겠지?"

방씨는 눈앞에 아른거리는 파리를 손으로 휘저으며 얼굴을 찌푸렸다.

"에잉~ 이놈의 파리가 왜 이리 달라붙어?"

"송 형, 아무리 손사래질을 해도 소용없네."

"응?"

송철 거사는 파리를 손으로 가리키며 웃었다.

"죽은 똥파리의 영혼일세."

그제야 방씨의 눈에는 배가 터지고 납작하게 눌려 노란 체액을 흘리는 파리의 끔찍한 시신이 보였다.

"자네가 소환한 건가? 아마 파리채에 비명횡사한 녀석 같군."

방씨의 물음에 말없이 고개만 끄덕이는 송철 거사. 방씨는 한심하다는 표정으로 그에게 말했다.

"그래, 소환술이라고 배운 게 겨우 죽은 똥파리 불러내는 건가."

"모기나 벼룩도 할 수 있네. 조금 더 수련하면 빈대나 지렁이의 영혼도 가능할 것 같아."

"하하하하! 어디 가서 소환술 배웠다고 하지 말게! 스승의 이름을 욕되게 할 뿐이야!"

"뭐야! 미간에 털 나게 해서 일자 눈썹 만드는 것도 둔갑이냐!"

"야, 이놈아! 네놈 눈에는 안 보였지만 거기에도 털이 난다구!"

방씨는 버럭 소리를 질렀다가 부끄러운 듯 얼굴을 붉혔다. 송철 거사가 재밌다는 듯이 피식피식 웃었다.

"거기에두… 나니?"

"시끄러."

방씨는 시무룩해져서 등을 돌리고 앉았다. 똥파리 유령이 그의 머리 주위를 맴돌고 있었다. 서로의 한심한 마법력에 실망한 두 제자는 기분이 우울해져 한숨을 푹푹 쉬면서 마당 평상 위에 앉아 있었다. 그들의 스승은 일곱 시간에 걸친 식사를 마치고 부른 배를 쓰다듬으며 잠들어 있었다.

지리산을 떠들썩하게 한 사건이 일어난 것은 그로부터 한 시간 뒤였다.

평상에 앉아 멍하니 녹음을 감상하던 송철 거사와 방씨는 비칠거리며 마당으로 들어오는 중년의 남성을 보았다. 빼빼 마른 체구에 얼굴은 누렇게 뜬 것이 한눈에 보아도 병색이 완연했다. 남자는 한 걸음 한 걸음을 옮기기도 힘겨워 보였다. 그는 송철 거사와 방씨를 보자 눈으로 인사를 하고는 자신의 방으로 돌아가고 있었다.

"쯧쯧… 저 사람 박두칠의 제자 맞지?"

안쓰러운 눈으로 남자를 지켜보던 방씨가 말을 꺼냈다.

"응. 서울에서 온 황씨라고, 간경화 말기 환자라나. 쳇! 박두칠이가 완쾌될 거라며 큰소리 뻥뻥 쳤다던데. 어째 여기 처음 왔을 때보다 상태가 더 나빠진 거 같애."

병세가 호전되면 기공 수련의 효과라고 선전하고 병세가 악화되면 수련자의 마음가짐을 탓하며 덮어버리는 것이 사이비 기공사 박두칠의 수법이었다. 석 달째 박두칠의 수련관에서 기공 수련과 기공 치료를 받고 있는 황씨의 경우 워낙 회복 불능의 상태에서 지리산에 들어온 데다 당신이 열심히 하지 않아 병세에 차도가 없다는 박두칠의 꾸중에 스트레스를 받아 더욱 상태가 악화되고 있었다.

겨우 몸을 가누며 자신의 방 앞까지 온 황씨는 신발을 벗다가 그만 픽— 하고 쓰러지고 말았다.

"앗! 황씨!"

방씨와 송철 거사의 입에서 동시에 외마디 비명 소리가 터져 나왔다. 송철 거사가 후닥닥 뛰어와 황씨를 부축했으나 이미 정신을 잃고 간성 혼수에 빠진 뒤였다.

"이봐요, 황씨! 정신 차려요! 그러게 박두칠이 사기꾼 놈이 하는 말 귀담아듣지 말랬잖아요! 황씨! 정신 좀 차리라니까!"

송철 거사는 환자의 거무스름한 얼굴을 찰싹찰싹 때려가며 의식을 되돌리려 했으나 황씨는 아무런 반응 없이 가쁜 숨을 몰아쉬고 있었다. 송철 거사가 황씨를 붙들고 있는 동안 방씨는 진진의 방으로 뛰어들어가 곤히 자고 있는 진진을 흔들었다.

"스승님! 스승님! 어서 일어나 보세요! 응급 환자가 발생했습니다!"

그러나 잠의 화신인 팬더가 그 정도 자극에 깨어날 계제가 아니었다. 방씨는 진진이 전에 가르쳐 준 주문이 머리 속에 떠올랐다.

'응~ 난 잠이 들면 세상 모르게 자니까 깨우기가 힘들 거야. 혹시 급하게 나를 깨워야 할 일이 있으면 이 각성 주문(覺醒呪文)을 외우도록 해봐.'

방씨는 두 손을 모아 쥐고 조용히 주문을 외우기 시작했다.

임포텐츠를 가진 남자에겐 아홉 장의 팬티
어둠의 권좌에 앉은 카사노바에겐 절대팬티
어둠만 살아 숨 쉬는 모텔에서.
모든 팬티를 지배하고 모든 팬티를 발견하는 것은 절대팬티
모든 팬티를 불러모아 고추를 가둬 버리는 것은 절대팬티
어둠만 살아 숨 쉬는 모텔에서.

각성 주문이 끝나자 진진이 바지를 움켜쥐며 뒤척이기 시작했다.

"응… 내 빤스 벗기지 마……. 응… 내 빤쓰……."

진진이 주문에 반응하자 방씨는 그를 더욱 세차게 흔들었다.

"스승님! 일어나세요! 어서요!"

"응… 무슨 일이야……."

마침내 진진이 태산보다 더 무거운 몸을 일으켜 앉았다. 눈꺼풀은 아직 감겨 있었지만 잠에서 깨어난 것만은 분명했다.

"말기 간 환자가 마당에서 졸도했습니다. 스승님께서 어떻게 좀 해 주세요!"

"응~ 아픈 사람 고치는 건 소청이 전문인데."

그는 귀찮은 얼굴로 마당에 나와 쓰러진 황씨를 살폈다. 황씨의 얼굴은 도저히 소생하지 못할 것처럼 수척하고 사색이 되어 있었다. 진진은 통통한 손으로 황씨의 맥을 짚더니 고개를 절레절레 흔들었다.

"응~ 기력이 극도로 쇠약하구나. 우선 기운을 차리게 해야겠는걸."

진진은 방에서 비닐 스포츠백을 가져오더니 주섬주섬 여러 가지를 꺼내었다. 그중에 집어 든 것이 동그란 환약이었는데, 바로 말의 근지구력을 배가시키는 데 쓰이는 마력정(馬力錠)이었다. 진진은 마력정과 인진쑥을 방씨가 구해온 약탕기에 넣고 푹 달였다. 달인 물을 황씨의 입에 부어 넣은 진진은 소환 주문을 외워 강력한 수호령을 불러냈다.

조선 시대 무사의 복장을 한 수호령은 사나운 얼굴로 진진을 노려봤다. 그의 손에는 사람 키보다 더 큰 칼이 들려 있었다.

"뭐냐! 난 삼승그룹 회장의 건강과 재산을 지키는 조상신이다! 무엇 때문에 날 불러냈는지 그 이유를 대라! 타당한 이유가 없으면 널 죽이

겠다!'

방씨와 송철 거사는 갑자기 출현한 무시무시한 귀신에 놀라 온몸을 사시나무처럼 떨었다. 그러나 진진은 수호령의 협박에도 눈 하나 깜짝하지 않고 여유롭게 하품을 하며 졸린 눈을 비볐다.

"웅~ 여기 있는 아저씨가 많이 아프거든. 기력을 회복할 때까지만 네가 옆에서 지켜줘."

"흥! 내가 왜 이따위 하찮은 인간을 지켜줘야 하지! 내 후손도 아닌데!"

"웅~ 안 그러면 네 뒤에 있는 주작이 널 잡아먹을 거야."

수호령의 등 뒤에는 어느새 거대한 괴조 주작이 나타나 부리를 쩍 벌리고 있었다. 수호령이 겁먹은 표정으로 진진에게 말했다.

"아, 알았다. 난 무척 바쁜 영(靈)이지만 너를 봐서 이자에게 병마(病魔)가 침입하지 못하도록 지켜주겠다."

"웅~ 고마워. 그럼 난 한숨 자야겠어."

진진은 이제 안심이라는 표정으로 궁둥이를 툭툭 털더니 자신의 방으로 돌아가 버렸다. 두 제자는 혼수상태에 빠진 황씨를 업고 그의 방으로 들여다 자리에 뉘었다.

"괜찮을까… 스승님이 의사도 아닌데 다 죽어가는 사람을 살릴 수 있겠어? 게다가 아까 그 귀신은 또 뭐람."

송철 거사가 진진을 못 미더워하는 자신의 심정을 드러냈으나 방씨는 무슨 소리냐고 반박했다.

"아까 스승님이 맥 짚으시는 모습을 봤잖아. 허투루 보이지는 않았다구. 그리고 수호령이 약해지면 병이 드는 건 당연한 거구. 괜히 궁시렁대지 말고 그 엉터리 소환술이나 더 연습하라구. 황씨는 분명 좋아질 거야."

방씨의 말대로 진진의 처방은 탁월한 효능을 발휘하여 황씨의 병세
는 급속도로 호전됐다. 간성 혼수에 빠져 사경을 헤매던 황씨는 몇 주
만에 혈색 좋은 건강체로 탈바꿈하여 산속을 누비고 다녔다. 그는 자
신을 구해준 진진에게 감사를 표하고 진진의 제자가 되기를 청했다.
진진은 별 생각 없이 허락했는데 그게 화근이었다. 박두칠의 엉터리
기공 치료에 억한 심정을 가지고 있던 황씨는 그 길로 박두칠의 수련
관으로 달려가 환자들을 끌고 왔다. 진진을 찾아온 환자들은 박두칠의
수련관에서 효과를 보지 못해 속을 태우던 제자들로, 황씨의 놀랍도록
달라진 모습을 보고 혹해서 찾아온 것이었다.

진진이 거처하는 산속 민박집 마당에는 치료를 받으러 온 불치병 환
자들로 북적거렸다. 진진은 줄을 선 환자들의 맨 앞줄에 앉아 있는 자
에게 물었다.
"웅~ 무슨 일로 왔습니까?"
"나는 앉은뱅이올시다. 당신이 황씨에게 해주었듯이 나에게도 기적
을 베풀어 벌떡 일어서게 해주시오."
진진은 앉은뱅이의 머리에 손을 얹고 조용히 읊조렸다.
"웅~ 믿음이 있는 자여~ 일어설지어다."
앉은뱅이는 놀랍게도 벌떡 일어나 마당 안을 뛰어다녔다.
"아! 일어섰다! 일어섰어! 내가 일어섰다! 아! 기쁘도다! 기쁘도다!"
환희에 넘쳐 소리치며 뛰어다니는 앉은뱅이에게 다른 환자들은 열
렬한 박수를 보냈다. 그리고 앉은뱅이를 치유한 진진을 경외심 가득한

눈빛들로 바라보았다.

앉은뱅이를 일으킨 기적에 감복한 다음 환자가 진진의 앞으로 나섰다. 건장한 체격의 멀쩡한 청년이었다. 병색이 완연한 다른 사람들과 비교해 보면 도저히 아픈 구석이라고는 없어 보였다. 하지만 어쩐지 풀이 죽고 기운이 없어 보였다.

"응~ 당신은 어디가 불편하십니까?"

환자는 얼굴을 붉힌 채 주저하다가 겨우 입을 열었다.

"저어… 발기부전인데요……."

청년의 뒤로 줄은 선 환자들의 입에서 아— 하는 탄성이 터져 나왔다. 동정심과 안타까움이 배어 있는 탄성이었다. 진진은 청년의 사타구니 부위에 손을 멈추고 중얼거렸다.

"응~ 너두 일어서라~"

청년의 바지가 커다랗게 텐트를 쳤다. 청년은 놀라운 표정을 지었다가 금세 행복한 얼굴로 바뀌었다. 그 역시 바지에 텐트를 친 채로 마당 안을 뛰어다니기 시작했다.

"아! 일어섰다! 일어섰어! 이 녀석이 일어섰다! 아! 기쁘도다! 기쁘도다!"

진진의 기적에 놀란 자들이 앞을 다투어 그의 앞에 나서기 시작했다. 얼굴 전체가 붉은 꽃으로 뒤덮인 처녀가 진진에게 매달렸다.

"진진님! 제 여드름 좀 없애주세요! 제발 시집 좀 가게 해주세요!"

"응~ 알았어요~ 근데 여드름 없어져도 시집가긴 힘들 것 같은데……."

진진은 이름 모를 약초를 절구에 넣고 찧은 뒤 처녀의 얼굴에 발라주었다. 마치 팩 마사지를 받는 듯한 우스운 형상이 되었다. 진진은 약초를 가득 넣은 비닐 봉지를 처녀 손에 쥐어주었다.

"웅~ 하루에 한 번씩 바르세요. 한 달이면 매끈매끈해질 거예요~"

"감사합니다, 진진님!"

진진은 수십여 명의 환자들을 치료했으나 왠지 줄을 선 환자들의 행렬이 줄어들지 않는다는 느낌을 받았다. 궁금해진 진진은 새로 제자로 받아들인 황씨에게 물었다.

"웅~ 어찌 된 거냐. 점점 늘어나는 것 같애."

"예. 스승님의 소문이 삽시간에 퍼져서 박두칠의 제자들이 대거 몰려오고 있습니다. 이제 그 사기꾼 놈은 수련관 문 닫게 생겼어요."

"웅~ 그러냐."

황씨는 고무된 표정이었지만 진진은 무척 졸린 듯 두 눈을 껌뻑거렸다.

오후 수련을 지도하러 수련실에 들어온 박두칠은 휑하게 비어버린 실내를 보고 입을 벌렸다. 평소 같으면 백여 명도 넘는 산송장들이 '선생님, 선생님' 하며 반겨야 정상이다. 그는 구석에서 잡담 중인 사범들을 불러 세웠다.

"어떻게 된 거야? 수련생들 다 어디 갔어?"

"저… 그게……."

가장 고참인 사범은 눈알을 이리저리 굴리며 답변을 회피하고 있었다. 박두칠은 오른손으로 그의 턱주가리를 붙잡고 억지로 눈을 맞췄다. 박두칠은 사이비 기공 치료를 시작하기 전에 주먹 좀 쓰던 건달이었다.

"똑바로 말해! 어떻게 된 거야!"

"그, 그게… 지리산에 진진이란 도인이 나타나서 불치병 환자들을 치료해 준다는 소문을 듣고 모두 그 도인을 만나러 갔습니다."

"뭐, 뭐야! 어떤 놈이 감히 내 밥그릇을 노린단 말이냐! 여기는 내 구역이야!"

박두칠의 투실투실한 볼이 화에 못 이겨 부들거리고 있었다. 사범들은 침을 꼴깍꼴깍 삼키며 스승의 눈치만 살폈다. 박두칠의 화난 얼굴이 음흉한 웃음으로 바뀌고 있었다. 그는 살기 가득한 눈으로 사범들에게 명했다.

"철식이 내려오라구 해."

"처, 철식이요? 정말 철식이를 보낼 생각이세요?"

"그럼 이럴 때 쓰려고 데리고 있는 거지, 언제 그 녀석이 밥값을 하겠어?"

철식이는 수련관의 다른 사범들과 마찬가지로 박두칠이 데려온 조폭 출신 건달이었다. 하지만 그는 다른 건달들이 사이비 기공을 가르치는 사범으로 직업 전환을 한 데 반해 여전히 예전에 하던 일들을 하고 있었다. 그가 맡은 역할은 이른바 해결사. 회비를 제때 내지 않는 사람, 치료 효과가 없다고 항의하는 사람, 수련생을 내놓으라고 난동을 부리는 가족들을 제압하는 역할이었다.

당뇨병을 앓고 있는 수련생 오씨는 수련관 최상층에 있는 철창방에 갇혀 있었다. 이 방은 수련 도중 주화입마(走火入魔)에 걸린 자를 치료하기 위한 장소라고 알려져 있지만 실은 회비가 연체된 수련생을 감금하고 협박하는 곳이었다.

오씨는 자신의 앞에 나타난 철식이라는 사내에게 계속 회비 납부 독촉을 받고 있는 중이었다. 키는 작달막하지만 눈매가 매섭고 전체적으로 인상이 더러웠다.

"이봐, 오발단 씨. 당신 벌써 연체된 회비가 얼마인지 알아? 자그마치 팔백이야, 팔백! 언제 갚을 거야? 응?"

"제 병만 낫게 해주신다면 팔천만 원인들 못 드리겠습니까. 건강해지면 열심히 일해서 갚을게요."

"닥쳐! 우리가 뭐 자선 사업 하는 줄 알아?"

철식이는 오씨와의 사이에 놓인 탁자 밑에서 무언가를 꺼내기 위해 허리를 숙였다. 몸을 일으킨 그의 손에 들려 있는 건 친친 말려 있는 두꺼운 철사였다. 오씨의 얼굴이 하얗게 질렸다.

'설마 저 철사로 날 해치려는 건 아닐 테지. 설마 저 철사로 내 목을 감으려는 건 아닐 테지. 아니, 그럴지도 몰라. 이런 험한 산중에서 당뇨 환자 하나쯤 사라진다고 누가 알겠어. 이미 가족들하고도 인연 끊은 나인데… 아… 무섭다…….'

철식이는 두려움에 질려 파들파들 떨고 있는 오씨를 보고 씨익 웃었다. 소름 끼치도록 살기 어린 웃음이었다. 그는 감긴 철사를 주욱 펴더니 그 끝을 입으로 물었다. 뚝뚝! 하고 철사 끊어지는 소리가 들리더니 그는 입을 우물거리기 시작했다. 오씨는 잠시 후 대경실색했다. 철식이가 꿀꺽~ 하고 무언가를 삼켰기 때문이다.

'설마… 저 녀석, 철사를 끊어 먹는 건가? 괴물이다!'

철식이는 쇠붙이를 끊어 먹으면서도 전혀 고통스럽거나 거북한 얼굴이 아니었다. 오히려 아주 맛난 음식을 먹는 듯한 행복한 표정이었다. 철식이 손에 든 철사를 모두 씹어 먹는 데는 채 오 분이 걸리지 않았다. 그는 입을 쩝쩝 다시며 아쉬워했다. 꺼억~ 하는 트림 소리가 오씨의 등골을 서늘하게 했다. 철식은 배를 두드리며 오씨에게 말했다.

"내 이름이 왜 철식인지 알아? 쇠붙이를 먹어치운다고 해서 철식(鐵食)이야! 이번 달 말까지 밀린 회비를 완납하지 않으면 네놈의 손가락을 끊어 먹을 테다! 알간!"

"흑… 네, 네……."

공포에 질린 오씨는 거의 울 듯한 표정으로 대답하고는 철창방에서 기어나갔다. 탁자 위에 놓인 전화기가 울렸다. 철식은 떨떠름한 얼굴로 수화기를 들었다.

"여보세요."

―철식이 형님, 관장님이 내려오시라는데요.

"뭔 일인데?"

그는 귀찮은 얼굴이 되었다. 철식이는 박두칠에게 쩔쩔매지 않는 유일한 제자였다.

―그냥 내려오시랍니다. 직접 말씀하시겠대요.

"에잉! 또 무슨 잡일을 시키려고."

투덜거리며 2층 수련실로 내려온 철식은 의아한 얼굴로 안을 둘러보았다. 그 많던 수련생들은 모두 어디론가 사라지고 박두칠 관장과 사범들만 심각한 표정으로 대화를 나누고 있었다.

"엥? 이거 어찌 된 거야? 이 잡놈들, 다 어디로 내뺐어?"

"철식이 이리 와봐."

박두칠이 손짓하며 그를 불렀다.

"무슨 일이우, 형님?"

"음… 철식아, 우리를 망하게 하려고 작정한 놈이 있다. 네가 그놈을 멀리 쫓아줘야겠다."

"우리를 망하게 한다구요? 어떤 놈이 감히! 누굽니까! 제가 아작을 내버리죠!"

"피아골 민박집에 사는 진진이라는 놈이다. 듣기엔 앉은뱅이도 벌떡 일으켜 세운다는 초인이라는데, 내가 보기엔 사기꾼이다."

"걱정 마슈! 내가 가서 오줌을 찔끔 싸도록 겁을 준 뒤에 다시는 돌아오지 못하도록 혼구멍을 내주겠소. 가자!"

철식이는 빈 수련실에서 놀고 있는 사범들을 이끌고 진진이 사는 민박집으로 향했다. 철식의 손에는 박두칠이 손수 끊어준 굵은 철사 20미터가 둘둘 감긴 채로 들려 있고 사범들의 손에는 새로 깎아 각이 날카로운 각목들이 들려 있었다. 사범들은 각목을 이리저리 휘둘러 보며 즐거워했다. 그들은 원래 폭력배 출신인지라 이런 일이 생기면 어깨가 더 들썩거렸다.

철식과 사범들이 민박집에 당도했을 때 민박집은 박두칠의 제자들로 넘쳐 나고 있었다. 진진의 치유로 병이 완쾌된 자들은 넙죽 엎드리며 제자 되기를 청했고, 이미 제자가 된 이들은 진진이 다른 환자들을 진료하는 데 시중을 들거나 약초를 절구에 넣고 쿵쿵 찧고 있었다. 송철 거사와 방씨는 자발적으로 치료비나 헌금을 내려는 자들의 이름을 적고 돈 봉투를 챙겼다. 이를 본 철식의 두 눈에서 불꽃이 튀었다.

"아니, 이것들이 지금 뭐 하는 거야!"

버럭 소리를 지르는 철식이를 알아본 박두칠의 제자들이 겁을 집어먹고 얼른 길을 열어주었다. 철식과 사범들은 가장자리로 물러나며 두려운 눈으로 자신들을 바라보는 박두칠의 제자들을 윽박지르며 진진에게 한 걸음 한 걸음 다가섰다.

진진은 10년째 심한 공주병을 앓고 있는 노처녀에게 주제파악탕을 지어주고는 다음 환자를 기다렸다. 철식이가 불쑥 얼굴을 내밀었다. 철식이 뒤로는 험상궂게 생긴 사범들이 각목을 세워 들고 있었다.

"웅~ 당신은 어디가 불편하신가요? 인상을 많이 구기고 있는 걸 보니 많이 아프신 모양인데."

"흥, 자네가 진진이라는 도사인가?"

"웅~ 도사는 아니구요~ 이천 년 묵은 팬더랍니다."

"흥, 지금 자네 농담 듣자고 온 게 아니야. 좋은 말 할 때 지리산을 떠나라. 그렇지 않으면……."

철식은 철사줄을 풀어서 입에 물었다.

뚝… 뚝…….

철사 끊어지는 소리가 들릴 때마다 박두칠의 제자들은 찔끔찔끔 놀라며 뒤로 물러섰다. 박두칠은 순식간에 철사 20미터를 먹어치웠다. 꺼억~ 하고 커다란 트림 소리를 내는 철식의 위세에 눌린 환자들은 슬금슬금 꽁무니를 뺐다.

"진진! 네가 이곳을 떠나지 않으면 네 손가락을 끊어 먹겠다!"

철식이는 금테 두른 앞 이빨을 내보이며 위협했다. 진진은 입을 헤벌리고 멀뚱멀뚱 철식이를 쳐다보더니 비닐 스포츠백에서 커다란 쇠망치를 꺼냈다. 철식과 사범들은 순간 바짝 긴장했다. 각목을 쥔 손에 힘이 들어가고 있었다.

진진은 망치를 철식에게 내밀며 말했다.

"웅~ 참 잘 먹네. 이것도 먹어봐."

철식은 황당한 표정으로 망치를 멍하니 바라보다가 성질을 냈다.

"이 자식이! 먹으라면 못 먹을 줄 알아! 칵!"

그는 진진의 손에서 홱 하고 망치를 빼앗아 억지로 입에 쑤셔 넣었다. 커다란 쇳덩이를 차마 씹지는 못하고 그대로 삼키려던 철식은 그만 망치가 식도에 걸리고 말았다.

"컥… 커억… 큭… 커억……."

얼굴이 파랗게 질리며 손을 부들거리는 철식. 놀란 사범들이 입을 벌리고 망치 손잡이를 당기자 철식의 고통스런 비명 소리가 흘러나왔다. 그동안 철식에게 해코지를 많이 당했던 박두칠의 제자들은 입을 해죽거리며 좋아했다.

'거참, 샘통이구나. 아이고, 고소해라.'

사범들 두어 명이 달려들어 힘껏 망치를 당기자 퍼억! 하는 소리와 함께 망치가 뽑혀져 나왔다. 망치와 함께 무언가 하얀 물체가 후두둑! 바닥에 뿌려졌다. 망치가 빠져나올 때 철식의 이빨을 서너 개 부러뜨린 것이다. 철식은 입에서 피거품을 뱉어내며 진진을 노려봤다.

"저, 저 자식! 없애 버려!"

"예! 형님!"

각목을 든 사범들이 달려들었다. 방씨와 송철 거사가 막아보려 했으나 사범들이 휘두르는 각목에 아이고— 소리를 내며 자빠졌다. 진진을 둘러싼 사범들은 인정사정없이 몽둥이 찜질을 시작했다. 진진을 내려치는 각목 소리가 살벌하게 민박집 마당에 울려 퍼졌다. 진진의 제자가 된 이들은 서럽고 안타까운 마음이었다. 스승을 구하고 싶은 마음은 굴뚝같았으나 심신이 허약한 환자들이 대부분이라 선뜻 나서는 자가 없었다.

"그만!"

철식이 한 손을 들어 올리자 사범들의 각목 세례가 일시에 멈췄다. 철식은 음흉한 웃음을 흘리며 사범들을 헤치고 진진의 처참한 모습을 확인하려 했다.

"아니, 이게 뭐야!"

철식과 사범들은 자신들의 눈을 믿을 수가 없었다. 분명 그 자리에는 피투성이가 된 진진의 참혹한 육신이 있어야 했다. 그러나 그들이 지금까지 살벌하게 두들겨 팼던 것은 무덤덤하게 매를 맞은 커다란 바위였다. 사범들은 부러진 각목들을 살펴보며 그제야 자신들이 엄한 바위를 내려쳤다는 사실을 깨달았다.

"이 자식! 요상한 술법을 부리는구나! 나와라, 진진!"

철식이 바락바락 소리를 지르며 주먹을 휘둘렀다. 하지만 진진의 모습은 온데간데없고 어디선가 익숙한 노랫가락이 흘러나오고 있었다.

네가 기쁠 때 내가 슬플 때
누구나 부르는 노래.
내려보는 사람도 뒤를 보는 사람도
어차피 쿵짝이라네.

쿵짝 쿵짝 쿵짜자 쿵짝 네 박자 속에
사랑도 있고 이별도 있고 눈물도 있네.
한 구절 한 고비 꺾고 넘을 때
우리네 사연을 담은
울고 웃는 세상사 연극 같은 세상사
세상사 모두가 네 박자 쿵짝.

나 그리울 때 너 외로울 때

혼자서 부르는 노래.
내가 잘난 지가 못난 사람도
어차피 쿵짝이라네.

나이가 지긋한 중년 신사 한 명이 벌떡 일어나며 감격스런 표정을 지었다.

"오오… 이 노래는! 트로트의 기린아 송대관 선생이 부른 불후의 명곡 네 박자가 아닌가!"

노래에 귀를 기울이던 방씨가 탄성을 내질렀다.

"아! 이 목소리는! 스승님이야! 스승님께서 네 박자를 열창하고 계셔!"

송철 거사와 방씨가 손을 맞잡고 사뿐사뿐 지르박 스텝을 밟았다. 진진의 가르침이 헛되지 않았는지 그들의 댄스는 무척이나 절륜하고 변화무쌍해 지켜보는 이들의 감탄을 자아냈다. 어느새 지켜보던 이들도 덩실덩실 춤바람이 일었다. 관절염으로 고생하던 광주 심 할머니도, 고혈압으로 자리보전하던 강원도 감자 할배도 덩실덩실 춤을 추었다. 민박집 주인은 소란스러움에 놀라 밖을 내다보다가 입을 떠억 벌렸다.

"민박 장사 때려치우고 카바레 열어야겠군……."

진진에게 각목을 휘두르던 살벌한 사범들도 흉기를 내려놓고 지르박 스텝을 밟고 있었다. 철사를 끊어 먹는 철식이도 중년 여성과 눈을 마주치며 느끼한 표정을 짓고 있었다. 고대 중원의 무사들이 구사했던 음공이 소리를 이용해 적을 섬멸하는 파괴의 무공이었다면 진진의 음공은 악인을 감화시키는 사랑의 무공이었다. 철식이와 사범들은 그날 두 시간도 넘게 지르박을 추다가 진진의 제자가 되었다.

진진의 소문은 점차 멀리까지 퍼져 나가 전국 방방곡곡에서 난치병 환자들이 지리산으로 몰려들었다. 진진은 이제 지리산에서뿐 아니라 전국적인 유명세를 타고 있었다. 제자들의 숫자도 기하급수적으로 늘어났다. 급기야 방송국에서 그를 취재하기 위해 찾아왔다. 카메라 기자와 리포터는 진진이 환자들을 기적적으로 치유하는 모습을 영상으로 담았고 이는 전파를 타고 전국의 시청자들을 만났다. 진진영생교의 교주 차발탁이 진진의 소식을 접한 것도 TV의 아침 뉴스를 통해서였다.

　그는 헤드라인 뉴스를 보자마자 기적을 행하는 도인이 자신이 오십 년 동안 마음속에 모셔왔던 팬더임을 알아보았다. 분명히 사람의 형상이었지만 진진이라는 이름과 성품과 능력으로 보아 한국전쟁 당시 그에게 깨우침을 전해주었던 그 진진님이 틀림없었다. 차발탁은 자리에서 벌떡 일어나 하늘을 향해 두 손을 벌렸다.
　"진진님이 재림하셨다! 진진님의 재림이다! 강 집사! 강 집사!"
　머리가 벗겨진 중년의 집사가 교주의 집무실로 뛰어들어 왔다.
　"부르셨습니까, 교주님!"
　"그래! 기뻐하게나! 드디어 진진님이 재림하셨네!"
　"그렇지요! 저도 뉴스를 보고 왠지 저분이 우리가 믿고 흠모하는 진진님이시라는 생각이 들었습니다. 근데 왜 진진님께서는 사람의 모습을 하고 오신 걸까요?"
　차발탁 교주의 얼굴이 순간 일그러졌다.
　"믿음이 신실하지 못한 자 교회에 나오고 헌금을 바쳐도 천국의 대나무 숲에 이르지 못할지니! 자네의 게으름이 통탄스럽네!"

차발탁은 견고하고 두터운 가죽 양장의 진진 바이블을 머리 위로 들어 올려 강 집사의 벗겨진 정수리를 내려쳤다.

"아악!"

진진영생교의 성스러운 경전으로 강타당한 강 집사는 충격이 척추를 타고 요추까지 내려가는 고통을 느꼈다. 금세 다리가 풀리고 입에서는 게거품이 쏟아졌다.

"그윽… 죄송합니다, 교주님……. 죄 많은 인간을 용서하소서… 팬더……."

차발탁은 열불이 나는지 책상 속에서 죽통주를 꺼내 벌컥벌컥 들이마셨다. 죽통주는 담양에서 직접 받은 대나무 통 속에 소주를 채워 넣고 24시간 재워둔 대나무소주로, 진진영생교에서는 팬더의 피를 상징하는 성주(聖酒)다.

"내가 항상 이야기하지 않았나, 항상 깨어 있으라고. 쉬지 말고 기도하라고. 그런데 우리 죄인들의 모습은 어떠한가. 다른 신도들에게 모범을 보여야 할 집사가 경전조차 읽지 않으니!"

"죄, 죄송합니다… 팬더……."

"그럼에도 불구하고 죄 많은 우리에게 재림하시어 기적을 베푸시는 진진님은 얼마나 자비로우신가! 오오… 팬더~"

"성부와 성자와 성신의 이름으로 팬더."

"성부와 성자와 성신의 이름으로 팬티."

"팬티……."

"죄송합니다, 실수……."

강 집사는 죽도로 얻어맞은 뒤 교주로부터 명령을 시달받았다.

"진진재림 특별 집회를 준비하게! 신도들 비상 연락망을 가동하여

한 시간 내에 모두 모이게 해! 재림과 관련된 특별 강연이다!"

　1시간 후 진진영생교 총본부의 회당에는 수백 명에 달하는 신도들이 군집해 차발탁의 설교를 듣고 있었다.

　"진진 바이블을 성실하게 묵독한 형제들은 알겠지만 마가린복음 제16장부터 17장에는 진진님의 재림이 예언되어 있습니다. 나는 인간의 모습으로 너희들 앞에 다시 나타날지니 너희는 신선하고 부드러운 죽순과 조릿대를 충분히 준비하라. 이제 그 예언이 실현되었습니다. 진진님은 지리산에 재림하시어 앉은뱅이를 일으키시고 의처증 환자와 공주병 환자를 고치시니 그분을 따르는 무리가 수천을 헤아리고 있습니다. 정말 놀랍고도 기쁜 일입니다. 우리가 살아서 그분의 재림을 본다는 것은 크나큰 기쁨입니다! 팬더~"

　"팬더~"

　차발탁 교주는 두 손을 한껏 벌려 하늘을 향해 쳐들고는 신도들에게 우렁찬 목소리로 외쳤다.

　"형제자매 여러분! 우리는 지금 지리산으로 가야 합니다! 지리산으로 가서 진진님을 영접합시다! 팬더~"

　"팬더~"

　진진영생교 신도들이 건물 밖으로 쏟아져 나왔다. 회당 앞에는 교단 소유의 대형 버스 두 대와 급하게 전세 낸 관광버스 다섯 대가 신도들을 기다리고 있었다. 버스 차체에는 옆으로 커다란 플래카드가 걸려 있었다.

　경축 진진님 재림! 불신자 지옥!

서울에서 지리산까지는 매우 지루한 여행이었다. 경건한 마음으로 차에 올랐던 신도들은 점차 흐트러지고 있었다. 처음에는 찬송가를 합창하더니 슬슬 유행가가 섞여 나왔다. 김밥을 나눠 먹고 과자를 돌려 먹더니 어느새 팩소주가 돌았다. 고속도로 휴게소를 몇 군데 지나치고 나자 분위기는 점점 무르익었고 급기야 춤판이 벌어졌다. 목청 좋은 아줌마들이 차례로 나와 뽕짝을 간드러지게 불러제꼈다. 이날의 하이라이트는 진진영생교 집사이자 만능 엔터테이너인 신바람 김 박사. 뽕짝의 대가인 김 박사는 마이크를 잡자마자 끼를 마음껏 발산했다.

"안녕하십니까~ 저는 대한민국 신바람 김 박사올시다~ 자, 한번 놀아볼까요~ 만납시다아아아아아아~ 짜자자자자자자자라라라 띠리리리리리 우히히히히 아하하하 오호호호호 이히히히히~"

김 박사의 팬인 아줌마 신도들은 자지러지기 일보 직전이었다. 신바람 김 박사의 간들간들하고 야들야들하고 새콤달콤한 뽕짝이 버스를 뜨겁게 달궜다.

> 팬더가 나무에 올라가
> 궁둥이 걸치고 앉아서
> 뉴블레지 빠미로 팬더는
> 디스코를 잘 추며 잘 노네~ 하!
> 팬더팬더매직 팬더매직~ 호!
> 팬더팬더매직 팬더매직~ 하!
> 팬더팬더매직 팬더매직~ 하!
> 팬더팬더매직 팬더매직~

아줌마들이 한꺼번에 일어나 들썩거리는 바람에 버스가 한쪽으로 기우뚱하며 중앙선을 넘었다. 운전 기사는 식은땀을 흘리며 재빨리 차를 되돌렸다. 경건하고 금욕적이어야 할 진진영생교 신도들로서는 도를 넘는 추태였지만 이번 여행 동안은 모든 일탈이 용서되었다. 진진님을 영접하러 가는 기쁜 여행이었기 때문이다. 팬더~

진진이 유명해지고 나서 가장 큰 덕을 본 사람은 민박집 주인이었다. 요금을 세 배로 올려도 군말없이 방이 다 차버렸다. 창고로 쓰던 쪽방까지 내놓자 금방 나가 버렸다. 할 수만 있다면 5층짜리 여관을 올려 버리고 싶은 심정이었다.

지리산 도사들에게 밥을 지어 파는 청주댁도 즐거운 비명을 질렀다. 청주댁의 식이 고모네 밥집은 밥 때가 아닌 시간에도 허기를 메우려는 손님들로 넘쳐 났다. 청주댁은 진진을 만나기 위해 단체로 찾아온 류마티스 할머니들에게 양푼 비빔밥을 부지런히 나르고 있었다. 그녀는 밥을 나르면서도 밥집 출입구를 드나드는 손님들에게 열심히 인사를 했다.

"어서 오세유~ 아얏?"

꾸벅 고개를 숙이며 인사를 하던 청주댁은 놀라며 환하게 웃었다. 송철 거사와 방씨가 거들먹거리며 들어오고 있었기 때문이다.

"아이구우~ 밥 먹으러 오셨슈? 얼른 이쪽으루 앉으슈! 내 푸짐하게 한상 차려 올릴 테니!"

송철 거사와 방씨는 진진의 수많은 제자들 중에서도 가장 스승과 가까운 위치에 있는 수제자들이었기에 가는 곳마다 대접을 받았다. 청주댁 입장에서도 밥집 매상을 폭발적으로 늘려주는 데 일조한 사람들이기에 극진하게 접대할 수밖에 없었다.

"청주댁! 신경 좀 쓰라구. 스승님께서 오고 계시니까."

"에? 진진님께서 오신다구유?"

"그래. 오늘따라 식이 고모네 나물비빔밥이 드시고 싶으시대."

"아이구야~ 알것슈우~ 젤루 싱싱한 나물들만 넣어서 만들 꺼유~"

떠들썩하던 밥집이 일순 조용해졌다. 손님들의 숟가락질이 멈추고 시선이 한곳으로 모아졌다. 누군가 정적을 깨며 외쳤다.

"진진님!"

"스승님!"

진진은 온화한 표정을 지으며 식이 고모네 밥집을 들어서고 있었다. 밥을 먹던 자들이 모두 우르르 몰려들어 진진을 둘러쌌다. 그들 대다수가 진진의 도움으로 지병을 치료받은 자이거나 진진의 제자가 된 자들이었다. 송철 거사는 진진의 옆에 바짝 붙어서 이들에게 짜증을 냈다.

"자자, 물러서! 스승님 식사하셔야 된다! 방해되니까 어서 먹던 밥이나 계속 먹으라구!"

방씨가 공손하게 진진을 빈 테이블로 안내했다. 옆 자리에 앉은 이들이 괜히 의자를 당겨 앉으며 진진에게 아는 척을 했다. 송철 거사는 자꾸 엉겨 붙는 자들을 파리 쫓듯이 밀어냈다. 이제 진진은 지리산 자락 어느 곳엘 가도 유명 인사였다.

청주댁이 양푼에 그득 담긴 비빔밥을 내왔다. 진진이 입맛을 다시며 식사를 시작하는데, 누군가 급하게 밥집으로 들어섰다. 진진을 구경하던 밥집 안의 손님들은 새로이 나타난 기이한 차림의 노인을 유심하게 관찰했다. 머리는 하얗게 세고 옷은 옛날 임금이 입던 곤룡포를 입었으며 얼굴에는 한없는 위엄이 서려 있었다. 사람들은 이 기이한 차림의 노인이 진진영생교 교주 차발탁인 줄은 모르고 있었다.

교주는 진진을 보자 반가운 얼굴로 뛰어들어 와 넙죽 절을 올렸다.

"오, 진진님! 오, 팬더님! 드디어 재림하셨군요!"

진진은 자신에게 절을 올리는 노인이 치료를 받기 위해 찾아온 환자들 중 하나인 줄로 생각했다.

"응~ 잠시만 기다리세요, 할아버지. 밥 다 먹구 나서 봐드릴게요."

"오, 아닙니다! 저는 치료를 받으러 온 병자가 아니옵니다!"

"응? 그럼 누구세요?"

"전 진진영생교 교주 차발탁입니다. 한국전쟁 당시 진진님의 가르침에 대오각성(大悟覺醒)하고 진진영생교를 세운 사람입니다. 비록 지금은 사람의 모습을 하고 계시지만 전 진진님을 한눈에 알아보았습니다. 중공군과 국군을 화해시키고 지친 병사들에게 술과 떡을 내리신 대자대비(大慈大悲) 팬더 보살님인 줄 한눈에 알아보았습니다!"

차발탁의 말에 송철 거사와 방씨가 발끈했다.

"뭐야, 이 노인네가! 우리 스승님이 팬더란 말이냐!"

"그렇소. 이분은 인간의 모습으로 폴리모프하신 팬더 보살님이오!"

"무엄하다! 이 영감탱이가 노망이 들어도 단단히 들었구먼!"

송철 거사와 방씨는 차발탁 교주의 양팔을 잡고 밥집에서 끌어내리려 했다. 교주는 안간힘을 쓰며 진진에게서 멀어지지 않으려 했으나 노구의 몸으로 두 청년의 완력을 당해낼 수는 없었다.

차발탁은 송철 거사와 방씨의 힘에 밀려 밥집 앞에 널브러졌다. 교주가 민망한 모습으로 식이 고모네 밥집 문 앞에 패대기쳐지는 모습을 목격한 진진영생교 신도들은 성난 얼굴로 두 제자에게 육박했다.

"감히 우리 교주님을 폭행하다니! 너희들은 목숨이 몇 개인가!"

교주를 아무 생각 없이 끌어냈던 두 사람은 난데없이 눈앞에 나타난 일단의 무리를 보고 속이 뜨끔했다.

'이크, 노친네가 이 사람들의 우두머리인 모양이구나!'

두 제자는 노인을 함부로 대한 것을 후회했으나 이미 엎질러진 물이었다. 진진영생교 신도들은 송철 거사와 방씨를 둘러싸고 금세라도 잡아먹을 기세였다. 송철 거사는 어색한 웃음을 지으며 상황을 설명하려 했고 방씨는 두 눈을 질끈 감아버렸다.

"웅~ 여러분 싸우지들 마세요~"

"진진님!"

노인의 외침에 신도들의 시선이 한곳으로 쏠렸다. 두 제자는 안도의 한숨을 내쉬었다. 영생교 신도들은 교주가 진진이라고 부른 남자에게 모두 엎드려 절을 올렸다. 어떤 이들은 마치 죄를 짓기라도 한 듯이 납작 엎드려 벌벌 떨고 있었다. 진진은 뒷머리를 긁적이며 웃고 있었다.

"웅~ 이제 생각났어요, 차발탁 씨. 한국전쟁 때 만났던 병사군요. 이렇게 백발이 성성한 노인이 되어 계시다니……."

"진진님!"

차발탁 교주는 감격에 겨워 어쩔 줄 몰라 하고 있었다.

"진진님, 여기 이 사람들은 진진님을 뵙기 위해 서울에서 온 진진영생교 신도들입니다. 이들은 모두 진진님에게 가르침을 받고 싶어합니다."

"웅~ 날 보러 이 많은 사람들이 그 먼 길을 왔다니~ 웅~ 미안해서 식사라두 대접해야겠넹~"

진진은 청주댁을 불렀다. 신도들에게 점심 식사를 사기 위해서였다. 그러나 청주댁은 난처한 표정으로 고개를 저었다.

"진진님~ 어쩌지유… 밥이 다 떨었졌슈."

"웅? 밥집에 밥이 떨어지다뇨?"

"오늘 손님이 좀 많았어야쥬. 진진님 드신 밥을 마지막으로 재료가 똑 떨어졌슈."

신도들은 진진을 영접한 데 대한 기쁨도 컸지만 휴게소도 거치지 않고 계속 달려온지라 피곤하고 무척이나 배가 고팠다. 식당에 밥이 떨어졌다는 말에 눈앞이 캄캄해지는 신도들이었다.

"웅~ 거참, 이 많은 사람들이 점심도 쫄쫄 굶고 날 보러 왔는데. 내가 뭐든 먹여야 할 텐데. 아줌마~ 뭐 먹을 거 있으면 아무거나 내와보세요."

"알것시유~"

잠시 후 청주댁이 주방에서 접시 하나를 들고 나왔다. 그녀의 얼굴은 어쩔 줄 모르겠다는 난처함이 배어 있었다.

"어쩌지유. 먹을 거라곤 이게 다인디. 이걸루 이 많은 사람들을 워찌 먹인대유."

어처구니없게도 접시 위에는 인절미 다섯 개와 멸치 두 마리뿐이었다. 하지만 진진은 빙그레 웃으며 접시를 받아 들었다.

"웅~ 이거면 됐습니다. 충분해요~"

진진은 접시를 평상 위에 내려놓은 뒤 송철 거사에게 자신의 비닐 스포츠백을 가져오라고 했다. 사람들은 진진이 또 어떤 조화를 부려 오백 명도 넘는 신도들의 주린 배를 채워줄지 궁금했다. 진진은 송철 거사가 들고 온 스포츠백을 뒤적거리더니 하얀 호리병을 꺼냈다.

"웅~ 이건 주나라 때의 악희(岳熙)라는 도인(道人)이 고안하신 구황요술약(救荒妖術藥)이란 건데 가뭄과 흉년으로 굶주리는 백성들을 돕고자 도인께서 직접 신선(神仙)을 찾아가 배워오신 거지. 내가 특별히 맛난 대나무가 조금밖에 없을 때 자주 쓰는 약인데, 한번 뿌려볼까."

진진은 주위의 사람들을 물러나게 한 뒤 접시를 살며시 내려놓았다. 그가 호리병에 담긴 구황요술약을 인절미 다섯 개와 멸치 두 마리 위에 뿌리자 놀라운 일이 벌어지기 시작했다. 인절미는 점점 풍선처럼 부풀어 오르고 멸치는 새끼라도 치듯이 숫자가 점차로 불어나는 것이었다. 새끼손가락 크기의 인절미가 집채만한 크기로 변하고 멸치 두 마리가 수천 마리로 불어났다.

진진은 이제 오백 명의 신도들을 능히 먹일 수 있겠다 생각하고 청주댁에게 떡과 멸치를 나눠 주게 했다. 잔뜩 주렸던 영생 진진교 신도들과 교주는 인절미와 멸치로 배 터지게 포식하였으니 이를 두고 후세 사람들은 '오병이어(五餠二魚)의 기적'이라 불렀다.

지리산 관리 사무소에서는 직원들 간에 격론이 벌어지고 있었다. 하나의 안건을 놓고 직원들의 의견이 반반으로 갈려 서로의 주장을 내세웠으나 아무리 회의가 길어져도 의견 차가 좁혀지지 않아 애를 먹고 있었다. 쟁점 사항은 진진과 그 제자들에 대한 퇴거 명령을 내리느냐 마느냐의 결정이었다. 진진이 유명해짐에 따라 지리산에는 기적을 바라는 환자들이 전국에서 몰려들어 오염과 훼손이 심각한 지경에 이르렀다.

진진을 만나기 위해 몰려드는 자들은 등산을 하기보다는 진진과 함께 더불어 몇 달이고 일상생활을 같이하므로 등산객들보다 더 많은 쓰레기를 발생시키고 급속하게 지리산의 생태계를 파괴하고 있었던 것이다. 보다 못한 지리산 관리 사무소는 진진과 그의 추종자들을 강제로 추방하는 안을 내놓았고 사무소 직원들은 추방안의 실행 여부를 놓고 팽팽하게 맞서고 있었다.

"당장 내쫓아야 합니다! 지금 지리산에는 진진을 따르는 무리와 진진을 만나러 온 자들의 숫자가 하루 오천 명을 헤아리고 있습니다! 이들이 배출하는 음식물 쓰레기만 해도 2톤이 넘고 있는 상황이에요! 이들이 야산에다 싸지르는 대변 양만 해도 하루 0.5톤입니다! 지금 당장 진진을 추방하지 않으면 지리산 국립공원은 민족의 명산에서 쓰레기의 산으로 전락하고 말 겁니다!"

진진의 추방을 강력히 지지하는 직원들의 대표가 목에 핏대를 세우며 주장했다. 지리산을 아끼는 직원들의 열렬한 박수 소리가 터져 나왔다. 그러자 나이가 지긋한 관리자 한 명이 일어서서 반론을 펼쳤다.

"우리도 당장 그자를 쫓아내고 싶은 마음이야 굴뚝같습니다만, 그게 말처럼 쉽나요. 우리가 진진을 강제로 추방할 수 있는 법적 근거가 있는 것도 아니고 권한도 없지 않습니까. 게다가 그자를 따르는 무리가 수천을 헤아리는 마당에 추방령을 내리면 우리 목숨이 위태로울 수도 있어요. 우리가 할 수 있는 일은 진진의 인기가 수그러질 때까지 조용히 지켜보는 겁니다. 시간이 지나면 자연히 진진의 추종자도 감소할 겁니다. 어차피 그 사람도 지리산에 있는 여러 사기꾼들 중의 하나가 아니겠어요? 그의 사이비 도술 행각이 오래가지는 못할 겁니다."

중도파 직원들을 포함해 많은 이들이 고개를 끄덕거렸다. 양쪽 주장 모두 일리가 있는 말이었으나 지금 상황에서는 그 어느 쪽으로도 쉽게 결정을 내릴 수 없었다.

"걱정 마십시오! 진진과 그의 제자들은 우리가 잡아가겠습니다!"

관리 사무소 직원들은 일제히 우렁찬 목소리가 들려온 쪽으로 고개를 돌렸다. 갈색 점퍼를 입은 40대 남자가 서 있었다. 키는 작달막했으나 어깨가 딱 벌어지고 턱이 튼실하며 눈썹이 짙은 것이 매우 강렬한 인상을 주었다. 남자는 점퍼 안주머니에서 신분증을 꺼내 보였다.

"전남지방경찰청의 강두식 형사입니다. 우리는 진진과 그의 측근인 송철, 방형모를 체포하러 왔습니다. 아, 이쪽은 제 파트너인 유도진 형사구요."

호리호리하고 큰 키의 남자가 강 형사의 뒤에서 나타나며 가볍게 목례를 올렸다. 관리소 직원 중 한 명이 손을 번쩍 들어 질문했다.

"죄명이 뭡니까? 자연공원법 위반인가요?"

"하하하, 설마 그런 죄목으로 형사 두 명과 전투경찰 천오백 명이 출동했겠습니까."

"천오백 명!"

관리 사무소 직원 중 누군가 놀라서 외쳤다.

"그렇습니다. 진진을 따르는 불순 세력이 수천 명을 헤아리니 혹시 체포 중에 발생할지 모를 소요 사태에 대비해서 이쪽에서도 방비를 든든히 해야지요."

"그건 그렇고, 진진의 죄상이 뭡니까?"

관리 사무소장이 커다란 금테 안경을 추켜 올리며 느릿느릿한 목소리로 물었다.

"불법 의료 행위 및 사기죄입니다. 자격증도 없는 자가 돈을 받고 진료 행위를 했으니 명백한 현행법 위반이지요. 진진이 돈을 받고 치료를 했다는 증거도 충분히 확보했고요, 진진의 불법 행위에 대해 상세히 진술해 줄 증인도 있습니다."

"안녕들하세요~"

넉살 좋은 웃음을 띠며 인사를 하는 중년의 남자를 알아본 관리소 직원들은 놀란 얼굴로 수군거렸다.

'아니, 저 사람 박두칠이 아냐?'

'쯧쯧… 진진 때문에 밥줄 끊겼다더니 앙갚음하려고 신고했군.'

'근데 저치도 기공으로 사기친 사람 아녀? 그넘이 그넘 같은데 뭔 신고고 증인이람.'

'그러게 말이야. 똥 묻은 개가 겨 묻은 개 나무라는 격이지.'

비록 박두칠의 흉을 보고는 있으나 지금 시점에서 지리산 관리 사무소와 박두칠과 형사들의 이해관계는 일치하고 있었다. 진진은 박두칠에게는 밥그릇을 빼앗아간 경쟁자였고, 관리 사무소 직원들에게는 국립공원을 오염시키는 무리의 우두머리였으며, 형사들에게는 체포해야 할 현행범이었다. 그들은 모두 진진이 지리산에서 떠나줘야 행복한 사람들이었다.

진진은 마지막 환자인 관절염 할머니를 진료하고 있었다. 할머니는 진진이 진맥을 짚는 동안에도 연신 아이구 아이구 신음 소리를 내며 여기저기를 두드렸다.

"응~ 할머니, 기혈이 허약해지셔서 그래요. 그러니 자꾸 풍한습이 침범해서 무릎이 아프지요."

"아이구~ 진진 총각. 나 좀 안 아프게 해주쇼잉~"

진진은 둔갑 팬더들이 기혈 보강할 때 마시는 고대의 비방(秘方) 웅묘대보탕(熊猫大補湯) 한 재를 할머니 손에 들려주고 각슬무력처방부

(脚膝無力處方附)를 써서 보자기에 넣어주었다.

"웅~ 할머니, 웅묘대보탕 꾸준히 다려 드시고요, 처방부 꼭 지니고 주무세요. 완쾌는 안 돼도 통증은 훨씬 덜할 거예요."

"아이구~ 고마워, 진진 총각. 나 그럼 간다잉~"

할머니 환자를 보내고 난 진진은 허리를 두드리며 마당으로 나왔다. 어두운 하늘에 별들이 점점이 박혀 있었다. 천문(天文)을 읽을 줄 아는 진진은 하늘을 올려다보다가 한숨을 쉬었다. 북쪽 하늘 녘에 걸려 있는 웅묘팔성(熊猫八星) 중 제일성(第一星)의 빛이 눈에 띄게 약해져 있었다.

"스승님, 뭐 근심거리라도 있으십니까?"

마당을 쓸던 방씨가 다가와 스승의 표정을 조심스레 살폈다.

"웅~ 아무래도 여길 떠나야 할 때가 온 것 같구나."

"아니, 그게 무슨 말씀이십니까! 스승님께서 떠나시다니요!"

진진과 방씨의 대화를 옆에서 듣고 있던 송철 거사가 펄쩍 뛰었다. 진진은 다시 한숨을 폭폭 내쉬었다.

"웅~ 떠날 때가 온 거야. 천문을 보아하니 나를 해하려는 세력이 일어섰음이야. 나를 역(逆)하는 기운이 덮쳐 오면 몸을 피하는 게 상책이지."

"누가 감히 스승님을 해한단 말입니까! 그놈들이 제 눈앞에 나타나면 가만두지 않겠습니다!"

진진은 방방 뜨는 송철 거사의 어깨에 손을 얹고 조용히 말했다.

"웅~ 네가 지금 이렇게 흥분하고 있지만 막상 그들이 나타나면 넌 새벽닭이 울기 전에 스무 번이나 날 모른다고 할 것이다."

"그럴 리가! 제가 어찌 스승님을 스무 번이나 모른다고 하겠습니까!

베드로도 예수를 세 번 모른다고 했는데, 네 번도 아니고 다섯 번도 아니고 자그마치 스무 번이라니! 섭섭합니다, 스승님!"

"웅~ 괜찮다. 모든 건 우주 만물의 이치대로 흘러가는 것이니."

진진이 하품을 하며 방으로 들어가 버리자 방씨와 송철 거사는 마당에 남아서 허탈한 심정을 토로하고 있었다.

"스승님께서 떠나신다니… 믿어지지가 않네."

방씨의 얼굴에는 수심이 가득했다.

"그러게 말이야. 말투로 봐선 우리를 데려갈 것 같진 않은데. 그나저나 나한테 그런 말씀까지 하시다니……."

송철 거사는 진진이 자신의 충성과 존경심을 의심한 데 대해 속으로 매우 서운하게 생각하고 있었다.

보기만 해도 무시무시한 긴 진압봉이 차가운 새벽 공기를 가르며 달려가는 전경들의 손에서 흔들리고 있었다. 하나같이 건장한 체구인 그들은 입에서 하얀 김을 내뿜으며 구호에 맞춰 험한 산길을 잘도 타고 올라갔다.

그들의 옆에서 산을 타는 점퍼 차림의 두 남자는 전남지방경찰청의 강두식 형사와 유도진 형사였다. 강두식 형사는 작은 체구였지만 다부지게 가파른 경사를 올라갔고, 유도진 형사도 거친 숨 한 번 내쉬지 않고 성큼성큼 산을 올랐다. 강 형사의 손에는 프린터로 뽑은 체포자 명단이 들려 있었는데, 맨 윗단에는 진진의 이름이, 그 다음에는 송철 거사와 방씨의 이름이 차례로 적혀 있었다. 육십여 명에 달하는 연행 대상 중에서 이 세 사람은 반드시 잡아가야 할 핵심 주동자들이었다.

민박집 근처에는 진진의 주위에서 생활하고자 하는 제자들이 쳐놓은 텐트와 천막으로 어지러웠다. 그들은 새벽에 일어난 불의의 기습에 대항하지 못하고 모두 순순히 연행되었다. 강두식 형사는 명단을 가지고 한 명 한 명 얼굴을 확인했다. 도중에 궁중무술을 쓰는 자가 있어 전경 몇 명이 나가떨어졌으나 유도진 형사의 업어치기 한판에 정신을 잃고 체포되었다.

송철 거사는 민박집 뒤편에 숨어서 다른 사숙들이 잡혀가는 것을 지켜보고 있었다. 안타깝게도 자신과 절친했던 방씨마저도 전경들에게 끌려가는 중이었다. 송철 거사는 그래도 스승이 몸을 피해서 다행이라고 생각했다.

"여기도 한 놈 숨어 있다!"

등 뒤에서 들려오는 청천벽력 같은 고함에 그는 화들짝 놀라며 뒤를 돌아보았다. 전경 한 명이 숨어서 엿보는 송철 거사를 발견하고 소리를 지른 것이다.

강두식 형사가 명단과 사진을 들고 뛰어왔다. 송철 거사는 얼른 코평수를 넓히고 눈을 크게 치떴다. 입은 약간 오른쪽으로 찌그러뜨렸다. 강 형사는 사진과 송철 거사의 얼굴을 대조해 보면서 고개를 갸웃거렸다.

"거참… 얼굴이 비슷한데……."

송철 거사는 얼굴 근육에 더욱 힘을 주어 안면의 형태를 왜곡시켰다.

"잉? 아닌가? 좀 다른데. 이봐! 자네 송철이 맞지?"

"아닌데요. 전 송대관인데요."

"쓥, 송철 맞는 것 같은데. 너, 진진이 제자 송철 아냐?"

"아니에요. 전 진진이 누군지도 몰라요."

강두식 형사는 믿을 수 없다는 얼굴이었다.

"뭐야? 이 민박집에 살면서 진진도 모른다구? 이 친구 지금 거짓말 하는 것 같은데."

"정말이에요! 전 진진이 누군지 몰라요. 진진이 누구예요?"

말하는 동안 인위적으로 당겼던 얼굴 근육이 풀리면서 왜곡된 형태 가 본래의 모습으로 돌아왔다. 강두식 형사는 눈을 날카롭게 부라리며 사진과 송철 거사를 번갈아 쳐다봤다.

"비슷한데. 당신, 일단 우리하고 같이 갑시다. 가서 조사해 보면 알 겠지."

송철 거사는 벼랑 끝에 몰린 느낌이었다. 이 난관을 돌파해야만 한 다. 그는 순간적으로 형사에게 최대한 애교를 부려봐야겠다는 생각이 들었다.

"형사님, 정말 진진이 누군지 몰라용~ 아잉~ 몰라 몰라 몰라 몰라 몰라 몰라 몰라 몰라 몰라 몰라 몰라 몰라 몰라 몰라 몰라 몰라 몰라잉~"

수염도 제대로 안 깎은 부스스한 남자가 여인이 앙탈 부리는 목소리 와 몸짓으로 진진을 부인하자 강 형사는 참을 수 없는 욕지기를 느꼈 다. 엊저녁에 먹은 두부부침이 느물거리며 식도를 역류하고 있었다. 그는 한 손으로는 입을 가리며 송철 거사에게 말했다.

"우욱… 어서 꺼져!"

"감사합니다, 형사님! 아잉~ 그럼 안녕~"

송철 거사는 공권력의 마수에서 벗어나 다행이라고 생각하며 발걸 음을 빨리했다. 민박집에서 멀리 떨어진 풀밭까지 도망쳐 온 그는 안 도의 한숨을 내쉬며 털썩 주저앉았다. 아침해가 부옇게 밝아오고 있었다. 산골 마을의 새벽닭 우는 소리가 들려왔다. 닭 우는 소리를 듣는 순간 송철 거사는 스승이 엊저녁에 했던 말이 기억났다.

"넌 새벽닭이 울기 전에 스무 번이나 날 모른다고 할 것이다."

갑자기 억장이 무너지는 듯한 슬픔이 밀려왔다. 그는 하얗게 밝아오는 아침 하늘을 향해 울부짖었다.
"스승니이임! 어흐흐흐흐… 스승니이임― 어흐흐흐……."

제자들이 경찰들에게 잡혀가는 동안 진진은 괴조 주작을 타고 지리산 상공을 비행 중이었다. 팬더로 돌아와 흑백(黑白)의 털을 휘날리며 비행하던 진진은 갑자기 주작에게 방향을 돌릴 것을 명했다.
"캬오~ 왜 그래, 진진? 다시 돌아가자고?"
"웅~ 아무래도 나 때문에 제자들이 고초를 겪는 것 같아서 마음이 편치가 않아."
주작은 거대한 날개를 한쪽으로 기울이며 선회했다. 순식간에 민박집 상공으로 다시 돌아온 괴조 주작. 진진은 어깨에 둘러멘 스포츠백에서 둥그렇고 납작한 은빛 금속함을 꺼냈다.
"웅~ 망각산(忘却散)을 이럴 때 쓰게 될 줄이야."
망각산(忘却散)! 그것은 중국 역사상 이름난 폭군인 걸왕(桀王)이 황음무도한 생활을 즐기기 위해 대륙 전역에서 납치한 여인들에게 먹였던 가루다. 중국의 7대 기서(奇書) 중 하나인 구음진경(九陰眞經)에 볼 거 같으면, '걸왕은 납치한 여인들에게 망각산을 먹여 부모 형제에 대한 그리움과 정조에 대한 집착을 잊게 했다' 고 되어 있다. 진진은 지금

걸왕이 사용했던 그 망각산을 쓰려는 것이다.

진진의 제자들을 연행하던 경찰들은 머리 위에 나타난 거대한 괴조를 보고 놀라 모두 하늘만 보고 있었다.

"우왓— 뭐냐, 저게! 엄청 큰 독수리다!"

"저게 독수리냐? 공작이지!"

"뭐? 저렇게 큰 공작 봤냐?"

"저게 무슨 새일까?"

"혹시 싸이의 새가 아닐까?"

자신들의 머리 위를 선회하고 있는 새가 무슨 새이냐를 놓고 격론이 벌어지려는 순간, 하얀 가루가 눈처럼 뿌려졌다. 자신도 모르게 가루를 들이마신 전경들은 머리가 멍해지는 느낌을 받았다.

"응? 내가 여기서 뭐 하는 거지?"

"글쎄? 우리들이 왜 산속에 와 있지?"

기억을 잊어버린 것은 경찰들뿐이 아니었다. 진진을 따르던 제자들도 혼란스러워하기는 마찬가지였다.

"내가 왜 당신들한테 끌려가는 거야! 응! 죄명을 대봐!"

"아… 모르겠는데요? 혹시 신호 위반하셨어요?"

강두식 형사는 자신의 손에 들려 있는 명단과 사진을 초점없는 눈으로 바라보다가 휙 던져 버렸다.

"집에 가야지……."

진진을 따르던 추종자들도, 그들을 잡으러 왔던 경찰들도 각자의 할 일을 망각하고 뿔뿔이 흩어지고 있었다.

망각산을 뿌리고 난 주작은 땅 위의 사람들이 볼 수 없을 만큼 높이 날아올랐다. 구름을 뚫고 올라가는 주작. 하얀 구름바다 위에 노란 태양이 밝게 빛나고 있었다.

진진의 지리산 생활은 이렇게 막을 내렸다.

첫 번째 사도 뚱보천사[Fat Angel]

팬더 한 마리가 엉덩이를 뒤로 뺀 자세에서 전방을 날카롭게 주시하고 있다. 그의 앞발은 얼굴 쪽으로 모아져 있고 발끝에는 머리보다 약간 작은 공이 들려 있다. 팬더는 뒤뚱거리며 앞으로 걸어나갔다. 오른쪽 앞발이 뒤로 빠졌다가 다시 앞으로 오면서 공을 굴려 보냈다. 공은 레인을 따라 데굴데굴 굴러갔다. 팬더가 이빨을 드러내며 흥분했다. 공이 레인의 끝에 다다랐다. 하얀 핀들이 공에 맞아 이리저리 넘어졌다.

"스트라이크!"

열화와 같은 환호와 박수 소리가 터져 나오자 팬더는 한쪽 앞발을 들어 박수세례에 답했다. 신축된 아방궁에서 처음으로 열린 볼링대회에서 앙꼬르는 줄곧 선두를 유지하고 있었다.

"훌륭하십니다, 앙꼬르 형님! 역시 형님은 만능 스포츠팬더이십니

다! 인간의 몸에 맞게 고안된 운동들을 어떻게 그렇게 잘 소화하시는
지… 놀라울 따름입니다."

조상이 방정맞게 박수를 치며 팬더 마왕의 비위를 맞췄다. 모상이
얼른 음료수와 수건을 가져다 바친다.

앙꼬르는 수건으로 땀을 닦으며 송곳니로 음료수 캔에 구멍을 뚫었
다. 치익— 하고 뿜어져 나오는 탄산 음료를 목구멍에 들이붓는 앙꼬
르. 다음 차례인 지상이 공을 들고 레인에 다가서고 있었다. 그는 애버
리지 200점이 넘는 수준급 선수였다. 앙꼬르의 스코어를 바짝 따라붙
고 있는 지상은 공을 던지기 전에 상품으로 걸린 야생 암팬더를 힐끔
쳐다보았다. 윤기 흐르는 털가죽에 퉁퉁하게 살이 오른 몸매가 지상을
자극했다.

'흐흐흐… 조금만 더 따라잡으면 저 암컷은 내 것이다!'

지상은 신중에 신중을 기했다. 방금 팬더 마왕이 스트라이크를 잡았
으므로 이번에 실수하면 어여쁜 야생 암팬더는 포기해야 한다. 호흡을
가다듬고 폼을 잡았다. 하나… 둘… 셋……. 스텝도 정확하고 스핀도
적당히 먹었고 공을 떨구는 타이밍도 절묘했다. 공은 약간 오른쪽에서
왼쪽으로 구부러져 들어가며 정확히 가운데 핀을 향해 돌진하고 있었
다. 지상은 속으로 쾌재를 부르며 야생 암팬더에게 윙크했다. 야생 팬
더들은 발정기가 아니면 이성에게 흥미를 가지지 않지만 둔갑 팬더들
은 인간들처럼 아무 때고 교미를 하고픈 욕구를 느낀다.

다음 순간 상식적인 물리법칙에 어긋나는 현상이 일어났다. 지상의
공이 갑자기 심하게 스핀을 먹으면서 레인에서 벗어나 거터(양쪽에 파
인 홈)에 빠져 버린 것이다. 단 한 개의 핀도 쓰러뜨리지 못한 채 묵묵
히 사라져 가는 공을 보는 지상의 얼굴에 불만이 가득했다. 입을 쑤욱

내밀고 불평을 터뜨리는 지상.

"앙꼬르 형님, 정말 그러기요?"

"뭐가?"

"형님이 막판에 염력(念力)을 걸어가지고 공을 빠뜨리지 않았수."

"크르르르! 무슨 소리냐! 네놈 실력이 모자라는 걸 가지고 내 핑계를 대?"

팬더 마왕이 날카로운 송곳니를 드러내자 두려움에 질린 다른 형제들이 지상에게 눈치를 주었다. 평소 자주 투덜거리기는 해도 감정을 조절 못하는 타입은 아닌 지상은 앙꼬르의 위협과 형제들의 소리없는 만류에 굴복해 입을 다물었다. 공정하게 게임을 즐기다가도 막판에 가면 꼭 승부욕이 앞서 편법을 쓰는 팬더 마왕 앙꼬르였다. 결국 나머지 프레임에서도 번번이 앙꼬르의 염력에 눌려 추가 득점을 하지 못한 지상과 나머지 형제들은 큰 점수 차로 앙꼬르에게 졌다.

"크하하하! 오늘도 내가 이겼군! 그럼 저 암팬더는 내가 가지겠다!"

앙꼬르는 레인 뒤쪽에 앉아서 시합을 지켜보던 암컷을 번쩍 들고는 볼링장을 빠져나갔다. 앙꼬르는 아방궁에 입주한 뒤로 매일같이 술과 암컷에 빠져 지내는 황음무도(荒淫無道)한 생활을 즐기고 있었다.

아방궁은 앙꼬르와 그의 부하들이 일상생활을 하면서 중국을 통치할 수 있도록 만든 최첨단 인텔리전트 환락빌딩이었다. 당구장, 오락실, 볼링장, 디스코텍은 물론 팬더 전용 룸살롱, 마사지실까지 갖추고 언제든지 앙꼬르와 죽림칠현들의 회포를 풀어주었다. 아방궁의 환락시설들 중 절정은 '유리집 거리'.

빌딩 13층에 자리 잡은 유리집 거리는 한 층 전체가 자그마한 유리

방들로 가득 차 있다. 유리방 안에는 팬더 암컷들이 한 마리씩 들어앉아 수직으로 설치된 철봉을 잡고 있다. 그들은 전문적 훈련을 받은 매음 댄서들로 팬더 수컷들이 지나가면 요염한 포즈로 춤을 추기 시작한다. 철봉을 다리 사이에 끼우고 허리를 뒤로 젖히기도 하고—팬더는 허리가 거의 없으므로 우스꽝스럽다—투실투실한 궁둥이를 흔들어보기도 한다.

"쳇! 어차피 자기가 차지할 암컷이면 뭐 하러 상품으로 걸고 볼링대회 같은 걸 여는 거야."

지상이 투덜거렸다.

"아우야, 네가 참아라. 앙꼬르 형님께서 원래 내기를 좋아하시지 않니."

맏형 모상이 꽁해 있는 동생을 다독거렸다.

"앙꼬르 형님이 즐기시는 동안 우리는 전략 회의를 해야겠어. 다들 아방궁 메인 회의실로 모여주길 바래."

앙꼬르의 신임을 듬뿍 받고 있는 둘째 조상이 불쑥 말했다. 무척 영민해 보이는 눈빛으로 형제들을 둘러보던 조상은 속으로 맏형을 비롯한 다른 형제들이 무척 한심하다고 생각하고 있었다. 자신의 능력을 증명해 앙꼬르의 신뢰를 얻을 생각은 안 하고 사소한 일에 불만을 터뜨리기 일쑤였기 때문이다.

그는 자신이 죽림칠현 웅묘 왕국의 첫째 가는 개국공신이라고 믿어 의심치 않았다. 자신의 지략과 과단성이 없었다면 앙꼬르의 중국 통일도 불가능했을 거라는 자만심이었다. 그러나 조상이 간과하고 있는 사실이 있었다. 앙꼬르는 그 누구에게도 의지하거나 조언을 구할 팬더가 아니었다. 천상천하 유아독존 앙꼬르는 죽림칠현들도 자신의 야망을 이루는 데 필요한 소모품으로 생각하고 있었다.

　아방궁의 메인 회의실은 사방의 벽이 백여 개의 모니터로 뒤덮여 있어 회의 도중에 필요한 각종 데이터나 이미지들이 곧바로 회의 참석자들에게 시각적으로 전달될 수 있다. 지금 회의실 한쪽 벽면을 몽땅 차지하고 있는 이미지는 중국 대륙을 포함한 아시아의 전체 지도다. 중국과 인접한 동남아시아 국가들은 붉은색으로 빛나고 있었다.

　조상은 레이저 포인터로 동남아 지역을 가리키며 음흉한 웃음을 흘렸다.

　"우리가 다음번으로 영토를 확장할 곳은 부탄이야. 인도의 속국처럼 되어 있는 작은 나라로 별 무리 없이 삼킬 수 있을 거야. 부탄의 군사력을 감안하면 정규군 오만 명과 몬스터 서너 마리 정도로 간단하게 점령할 수 있어. 그 다음은 방글라데시, 미얀마, 라오스, 캄보디아, 베트남, 태국, 말레이시아, 인도네시아, 필리핀 순으로 먹어버리는 거야. 후후후…… 반 세기 전에 일본이 시도했던 대동아공영권을 우리가 이루어보는 거야. 어벙한 너희들이 세부 전략을 이야기해 봐야 알아듣지도 못할 테니 브리핑은 이걸로 마칠게. 후후후후."

　다른 형제들이 맏형 모상을 제쳐 두고 혼자 잘난 척하는 조상이 아니꼽다고 속으로 생각하고 있는데, 우렁찬 목소리가 회의실 출입문 쪽에서 들렸다.

　"웃기는 소리! 다음 목표는 북한이다!"

　칠현 형제들은 얼른 자세를 고쳐 앉았다. 볼링대회에서 차지한 암컷과의 질탕한 놀이를 끝낸 팬더 마왕 앙꼬르가 회의실로 들어서고 있었다. 쾌락을 탐하고 난 뒤의 팬더 마왕은 더 강대하고 더 포악해 보였다.

"하지만 앙꼬르 형님, 이 영토 확장 전략은 제가 오랜 시간에 걸쳐 면밀하게 수립한……."

"닥쳐! 다음 목표는 북한이래두! 한반도를 먹어야 해!"

조상은 얼굴이 벌게져서는 고개를 푹 숙였다. 리상과 지상이 고소하다는 듯이 웃고 있었다. 혼자 잘난 척하더니 꼴 좋다는 표정이다. 앙꼬르가 회의실 의장 자리를 차지하자 그 자리에 앉아 있던 모상은 테이블 구석 자리로 쫓겨났다. 조상은 용기를 내어 다시 동남아 선취론을 꺼냈다.

"앙꼬르 형님, 지금으로써의 최선은 서남 방향으로 왕국을 팽창하는 겁니다. 한반도로 밀고 내려가면 미국이나 일본과 맞닥뜨리게 됩니다. 지금 우리 전력으로는 무리라고 생각합니다만."

"바로 그거야! 빙빙 돌아갈 필요 없다구! 한반도를 먹고 이를 기점 삼아서 일본을 먹고 단숨에 태평양을 건너 미국을 친다! 어차피 우리 웅묘 왕국에 대적할 만한 힘을 가진 국가는 미국밖에 없어! 미국을 먹으면 지구 전체를 손에 넣는 것과 별반 차이가 없음이야!"

조상과 달리 앙꼬르는 확신과 자신감으로 가득 차 있었다. 조상은 앙꼬르의 눈치를 살피면서 조심스럽게 신중론을 펼쳤다.

"형님, 저 역시 우리 죽림칠현 웅묘 왕국이 전 세계를 지배해야 된다는 데에는 이견이 없습니다. 다만 지금 상황에서 한반도 침공은 최선의 전략이 아니라는 겁니다. 웅묘 왕국군은 아직 인민해방군 시절의 습관을 그대로 가지고 있고 많은 병사들이 우리를 원수처럼 생각하고 있어 제대로 싸워줄지도 의문입니다. 게다가 죽림칠현군은 아직도 홍콩 뒷골목의 조직 폭력배 수준을 넘어서지 못하고 있으니 한국, 일본,

미국의 강군을 어찌 이겨내겠습니까?"

"걱정 마라! 오합지졸 죽림칠현군도, 패잔병 웅묘 왕국군도 나설 필요 없으니! 새로운 시대에는 새로운 병법이 걸맞는 법! 재래식 무기로 개미 떼처럼 싸울 생각은 나도 없다!"

"형님, 그러면 혹시 핵무기를 쓰실 생각이십니까?"

모상의 질문에 앙꼬르는 고개를 좌우로 흔들었다.

"완전히 새로운 병법으로 한반도를 손에 넣겠다! 두고 보라지!"

여유로운 표정으로 배를 두드리는 앙꼬르를 보며 죽림칠현들은 왠지 모를 불안감을 느꼈다. 인간보다 민감한 예지력을 가지고 있는 둔갑 팬더들이 느낄 수 있는 불안감이었다. 그들은 모두 자신의 생명이 위협받고 있다는 느낌을 받았다.

한반도 침공을 위한 첫 번째 회의가 열린 것은 그로부터 한 달 뒤였다. 죽림칠현 형제들은 모두 군은 표정으로 회의실 좌석에 앉아 의장인 앙꼬르를 기다렸다. 조상은 불안한 모습이었고, 리상은 화가 난 듯한 사나운 표정이었으며, 지상은 뾰로통해 있었다. 나머지 형제들도 초조한 얼굴들이었으나 맏형 모상만은 안락의자에 몸을 파묻은 채 느긋하게 낮잠을 자고 있었다. 워낙 낙천적인 성격인데다 점심 때 과식을 한 터라 식곤증을 이겨낼 수가 없었다. 둔갑 팬더들은 90% 이상이 비만형이었으나 모상은 그들 중에서도 중량이 많이 나가는 팬더에 속했다.

"모상 녀석은 또 자는군. 크르르르!"

앙꼬르는 회의실에 나타나자마자 이빨을 내보였다. 칠현 형제들이 모두 일어서 거수경례를 붙였다. 조상이 잠자는 모상을 쿡쿡 찔러 일어나게 했다. 앙꼬르는 죽림칠현을 자리에 앉게 한 뒤 만족스러운 미소를 띠었다.

"오늘 드디어 한반도 침공을 위한 기술적인 준비가 모두 끝났다. 첫 번째 타깃은 평양이다. 단숨에 지도부를 괴멸시켜 북조선을 차지할 것이다. 크하하하!"

"앙꼬르 형님, 그 '기술적인 준비'라는 게 무슨 뜻인가요?"

"오, 그래. 조상, 질문 잘했어. 자네의 질문에 답해주기 전에 먼저 소개시켜 줄 사람이 있네. 생체공학의 대가인 아리랑 백작을 소개하지. 아리랑 백작!"

앙꼬르의 외침에 응답이라도 하듯 회의실 출입문이 쾅! 하고 열어젖혀지더니 검은 재를 동반한 흑풍(黑風)이 실내로 불어닥쳤다. 죽림칠현은 두려움에 질려 오금이 저렸다.

'뭘까, 이 기이한 검은 바람은?'

검은 바람이 잦아들자 회의실로 발을 들여놓는 자가 있었는데, 그 차림이 너무나 기이해 죽림칠현은 그를 뚫어져라 쳐다봤다. 왼쪽 얼굴은 여자처럼 곱게 화장을 하고 머리를 길게 길렀으며, 오른쪽 얼굴은 포마드를 발라 뒤로 넘긴 중년 남자의 얼굴이었다. 게다가 왼쪽 몸통은 분홍빛 여자 드레스를 입었고, 오른쪽 몸통은 멋들어진 남성용 턱시도였다. 죽림칠현은 아리랑 백작의 차림새를 보자 그의 성별이 남성인지 여성인지 알 수 없어 혼란스러웠다.

"인사드리오. 아리랑 백작이라 하오. 죽림칠현 여러분의 명성은 익히 들어 알고 있소. 오호호호호!"

칠현 형제들은 그의 웃음소리를 듣자 벌레가 피부 위를 기어가는 듯한 느낌이 들었다. 목소리는 분명 남성인데 웃음소리는 날카로운 여성의 톤이 섞여 있었다. 앙꼬르가 빙그레 웃으면서 그를 소개했다.

"다들 인사하지. 아리랑 백작은 원래 한국의 국책연구소에서 일하던 생체공학 박사였네. 하지만 한국 사회는 그의 천재성을 인정하고 받아줄 만한 포용력이 없었지. 결국 한국 사회에 적응하는 데 실패한 아리랑 백작은 조국을 등지고 우리 웅묘 왕국으로 귀화했어. 그는 나를 도와 자신을 버린 배덕한 조국을 응징할 거야. 크하하하하!"

호기심 많은 태상이 손을 들어 질문했다.

"그런데 아리랑 백작님은 우리를 어떻게 도와줄 건가요? 당신이 가진 지식과 기술이 어떤 효용 가치가 있죠?"

아리랑 백작은 질문을 받자 갑자기 테이블 위로 뛰어올라 탭댄스를 추었다.

따각 따가닥 따가닥 딱딱……

칠현 형제들은 백작의 기이한 행동에 놀라 서로 얼굴을 쳐다보았지만 앙꼬르는 펜을 꺼내어 리듬에 맞춰 두들기며 흥겨워했다.

"아라리요~ 아라리요~ 오호호호호!"

탭댄스를 마친 아리랑 백작은 이상한 소리를 내며 웃었다. 앙꼬르가 칠현 형제들에게 부연 설명을 해줬다.

"아리랑 백작은 한국의 국책연구소에서 쫓겨나면서 쇼크를 심하게 받았어. 그 후유증으로 정신이 오락가락하는 친구지만 정신이 말짱할 때는 예전의 천재성을 유감없이 발휘하고 있지. 조금 기다리면 제정신으로 돌아오면서 설명해 줄 거야."

"아라리요~ 말씀드리지요. 아라리요~"

"하! 이제야 제정신으로 돌아온 모양이군."

아리랑 백작은 테이블 위에서 내려와 자리에 앉으면서 설명을 시작했다.

"제가 중국… 아니, 죽림칠현 웅묘 왕국에 와서 팬더 마왕님으로부터 받은 명령은 한반도의 군사력을 순식간에 무력화시킬 수 있는 초거대병기 개발이었죠. 그것은 기존의 핵폭탄과는 전혀 개념이 다릅니다. 핵폭탄이 특정 지역 내에 있는 생물과 시설물을 무차별적으로 파괴하는 데 반해, 우리가 개발할 초거대병기는 피아를 구별해서 선택적 살상이 가능한 정교함과 지능을 가져야 했습니다. 그래서 전 제가 알고 있는 유전체 조작 기술과 팬더 마왕님의 마법력을 결합시킨 초거대병기, '웅묘사도'를 개발하게 된 것입니다."

"우, 웅묘사도요? 그게 뭐죠?"

질문을 했던 태상이 의아한 얼굴로 물었다.

"사도(使徒)는 예수가 복음(福音)을 온 세상에 전파하기 위하여 선택한 12명의 제자를 말합니다. 웅묘사도는 웅묘 왕국의 통치자인 앙꼬르 팬더 마왕님의 메시지를 전세계에 전할 임무를 띠고 폭력을 행사할 일곱 명의 전사를 이룹니다."

"이, 일곱 명이라구?"

죽림칠현 중에서 가장 눈치가 빠른 둘째 조상이 날카롭게 외쳤다. 그의 얼굴에서 공포가 읽혀졌다. 아리랑 백작이 조상을 날카롭게 쏘아보며 웃었다.

"그렇습니다. 웅묘사도는 모두 일곱 명이죠."

"서, 설마……."

"네, 그 일곱 명의 웅묘사도는 바로 당신들, 죽림칠현입니다."

조상이 입을 씰룩거리며 무언가를 말하려 하자 앙꼬르가 걸쭉한 목소리로 대화에 끼어들었다.

"아리랑 백작은 이번 웅묘사도 계획의 총책임자다. 모두 절대 복종해 주기 바란다. 그리고 평양에 파견될 첫 번째 사도를 발표하겠다. 첫 번째 사도는… 맏이 모상이다!"

모상을 가리키고 있는 앙꼬르의 손가락이 바르르 떨렸다. 다른 칠현들이 바짝 긴장한 표정으로 모상을 쳐다봤지만 정작 본인은 꾸벅꾸벅 졸고 있었다.

"모상! 크르르… 이런 상황에서 졸고 있나!"

모상이 눈을 껌뻑거리며 잠에서 깨어났다.

"음냐… 저 부르셨나요?"

"그렇다! 네가 바로 평양에 가야 할 첫 번째 웅묘사도다! 아리랑 백작, 어서 준비해!"

"아라리요~ 첫 번째 웅묘사도는 뚱보천사[Fat Angel]! 먹성 좋고 낙천적인 모상의 유전적 장점을 극대화시킨 사도가 탄생할 것입니다. 아라리요~"

아리랑 백작의 탭댄스가 시작되자 회의실 문이 열리며 건장한 경호원들이 쏟아져 들어왔다. 그들은 모상을 양쪽에서 붙잡고 어딘가로 끌고 가고 있었다. 모상의 형제들이 맏형을 구하기 위해 떨치고 일어섰으나 한 발자국도 움직일 수가 없었다. 앙꼬르의 강력한 염력(念力)이 그들을 누르고 있었기 때문이다.

평양 시민들은 만수대 의사당 앞에 나타난 정체 불명의 괴물을 보고 경악했다. 신장이 수십 미터에 달하는 거인형의 괴물은 하얀 의복을 입었고 머리 위에는 둥그런 빛의 고리가 떠 있었다. 등에서는 날개 같은 것이 솟아 있었는데, 거대하고 뚱뚱한 몸체에 비하면 한없이 왜소해 보이는 날개였다. 얼굴은 공처럼 둥글고 터질 듯한 볼은 잘 익은 사과 색깔이었다.

"오마니! 저 뚱보 괴수는 오데서 온 기요?"

"내레 알갔어? 아무래도 미제 놈들이 보낸 돼지가 틀림없어."

"오마니! 미제 놈들의 돼지는 무얼 먹었길래 저리 살이 디룩디룩 찐 기요?"

"내레 알갔어? 어쩌면 인민들 고혈을 빨아 먹어 저리 살이 쪘는지도 모르디."

"오마니! 저놈이 이쪽으로 걸어옵네다!"

"어서 피… 꽥!"

정겹게 대화를 나누던 두 모자는 그만 뚱보천사의 퉁퉁한 발에 밟혀 세상을 하직하고 말았다.

평양 시민들은 공포에 질려 이리 뛰고 저리 뛰고 난리였다. 뚱보천사는 마음대로 돌아다니며 시민들을 밟아 죽이거나 건물을 파괴했다. 뚱보천사는 워낙 몸집이 큰 데다 힘이 좋아 살짝 밀기만 해도 콘크리트 건물들이 우수수 붕괴됐다.

즐겁게 평양 시민들을 학살하던 뚱보천사는 등짝에 따끔하는 통증이 느껴졌다. 뒤를 돌아보니 미그기 몇 대가 웽웽거리며 기총 소사를 하고 있었다.

자신을 공격하는 전투기가 모기나 파리 떼로 보이는 뚱보천사였다. 뚱보천사는 입을 벌리고 흐읍— 하는 소리를 내며 공기를 빨아들였다. 기류의 흐름이 빨라지더니 이내 폭풍 같은 바람이 불었다. 사도를 공격하던 미그기들은 이내 균형을 잃고 뱅글뱅글 돌며 뚱보천사의 입속으로 들어가고 있었다. 전투기 서너 대를 그 자리에서 꿀꺽 삼켜버린 뚱보천사는 꺼억~ 하고 트림까지 해버렸다.

사도를 저지하기 위한 기갑부대가 도착했다. 뚱보천사를 향해 포탄을 발사하는 탱크 군단. 순식간에 막강한 화력을 쏟아 부었으나 사도는 건재했다. 탱크에서 발사된 포탄들이 사도의 입속으로 빨려 들어가 녹아버리고 있었다. 사도는 굳이 힘들어 군대와 싸울 필요가 없었다. 그저 입을 벌리고 공기를 빨아들이기만 하면 적군이 식도를 타고 들어와 사도의 뱃속에서 소화되었다.

대한민국 국방부 산하의 전투용 메카닉스 연구소 대강당에서는 프로젝터를 통해 영상 편지가 상영되고 있었다. 영상 편지는 청와대 비서실 앞으로 접수된 VCR 테이프로 온 나라를 발칵 뒤집어놓은 상태였다. 편지의 화자는 아리랑 백작이라는 웅묘 왕국의 과학자로, 유창한 한국말을 구사하는 걸로 보아 한국에서 거주했던 것으로 보였다. 그는 반쪽은 여성의 용모를, 반쪽은 남성의 용모를 하고 있었으나 목소리는 남성의 톤을 띠고 있어 비디오가 상영되는 동안 수많은 남자 연구원들이 구토를 하거나 알레르기 반응을 일으켰다.

―오호호호! 아라리요~ 난 죽림칠현 웅묘 왕국의 아리랑 백작이다! 너희들은 잘 모르겠지만 웅묘 왕국의 서열 2위로 올라선 분이시지. 아라리요~ 너희들도 알다시피 어제 우리 웅묘 왕국의 제일사도가 조선민주주의 인민공화국을 함락시켰다. 참! 사도가 무언지 설명을 안 해줬군. 우리가 내일 너희들에게 보낼 웅묘사도는 우리 왕국의 국가 원수인 앙꼬르 팬더 마왕님의 세계 정복 의지를 전 세계에 전파할 유전자 변형 생체 병기란다! 아라리요~ 그런데 무엇 때문에 이런 영상 메

시지를 보내느냐구? 아라리요~ 너희들의 저항을 사전에 최소화시켜 무의미한 인명의 희생을 줄여보고자 함이지. 아라리요~ 적으로서 이런 아량을 보인다는 게 쉬운 일은 아닌데 대한민국은 나의 모국이니 정이 가나 봐~ 아라리요~

영상 메시지를 지켜보던 진경립 소장과 고선진 연구원은 서로의 얼굴을 쳐다보며 경악해 마지않았다.

"저자는 연구비를 주식 투기로 탕진해 해고되었던 김수룡 박사가 아닌가!"

"그, 그렇군요! 어쩐지 어디서 많이 본 얼굴이다 했는데… 저렇게 괴상한 차림을 하고 있으니 못 알아볼 뻔했습니다."

"그런데 지금 징역형을 살고 있어야 할 사람이 왜 웅묘 왕국에 가 있는 거지? 게다가 저 해괴한 분장은 또 뭐야?"

"아무래도 정신이 이상해졌나 봅니다. 그런데 평양을 초토화시킨 괴물이 웅묘 왕국에서 보낸 거라는 첩보가 맞군요."

"음… 어쨌든 김수룡 박사… 아니, 아리랑 백작이 선전포고를 했으니 우리도 그에 대한 대책을 세워야겠군. 막싸움 브이의 상태는 어떤가?"

"어제 추봉근 조종사가 가상 전투 연습을 했는데 아주 양호하게 작동했습니다. 엔진 오일도 갈았고 밧데리도 빵빵하고 연료도 만땅으로 채워 넣습니다."

"좋아. 추봉근에게 푹 자두라고 해, 내일 첫 번째 출격을 하게 될 테니."

"알았습니다. 그런데 두 번째 메카닉에 대해서는 이야기를 할까요?"

"음… 기다려 봐. 지금 이야기해 봐야 본인에게 심리적 부담으로 작용할 뿐이야. 어차피 R−14호가 출격하게 되면 추봉근 조종사도 자연히 알게 될 테니까."

"예, 알겠습니다. 박말자 대위에게도 주의하라고 이야기하겠습니다."

고선진 연구원이 목례를 하고 물러가자 진 소장은 막싸움 브이에 이은 두 번째 메카닉에 대해 잠시 고민을 했다.

'흠… 그 여조종사 너무 섹시하단 말이야… 유부녀인 게 흠이지만……'

진 소장의 입에서 한줄기 침이 흘러나왔다.

명동 밀리오레 앞에서 친구를 기다리던 유선 씨는 갑자기 주위가 어두워지자 이상한 생각이 들어 하늘을 올려다봤다. 그리고 날카로운 비명을 질렀다. 작은 날개를 파닥거리며 하늘에서 내려오는 비만형 천사의 모습은 그녀에게 충격이었다.

"까아악! 말도 안 돼! 저렇게 뚱뚱한 천사가 어디 있어!"

어려서부터 예쁜 것만 보면서 고이 자란 그녀로서는 감당할 수 없는 엽기였다. 미술품 속에서 보았던 한없이 신비하고 성스러운 천사의 모습이나 그녀가 사용하는 학용품에 담겨진 깜찍하고 순수한 천사 캐릭터의 모습에서 한참이나 빗나간 남자 뚱보천사를 그녀는 용서할 수 없었다. 그녀는 겁도 없이 사도를 손가락으로 찌를 듯이 가리키며 외쳤다.

"살 좀 빼, 이 뚱땡아!"

유선 씨의 외침에 화답이라도 하듯 사도는 입을 크게 벌리고 숨을 들이마셨다. 명동에서 쇼핑과 식도락을 즐기려던 유선 씨와 행인들은 엄청난 세기의 바람에 휩쓸려 뚱보천사의 식도 안으로 빨려 들어가고 말았다. 사도는 계속하여 사람들을 빨아들이며 식욕을 충족하고 있었다. 바람에 휩쓸려가던 두 남녀가 두 손을 꼭 잡으며 정담을 나눴다.

"아유~ 바람도 세네. 저게 도대체 뭐지, 오빠야?"

"글쎄, 새로 나온 진공 청소기인가 봐. 신제품 이벤트 한번 되게 거창하게 한다. 그치?"

"그러게 말이야. 나처럼 날씬한 몸매의 아가씨들 날아가면 어쩌라고. 후후후."

"이미 날아가고 있는 중이야."

"어머나어머나~ 날씬이는 괴로워~"

사도의 흡인력은 점점 강대해지고 있었다. 이제는 사람뿐만 아니라 자동차, 쓰레기통, 가로수, 간판, 맨홀 뚜껑, 포장마차 등 도시 위에 자리 잡은 모든 사물을 닥치는 대로 빨아들였다. 사도의 뱃속에 물질이 축적될 때마다 사도의 몸체는 더욱 커졌고 힘도 더 강대해졌다.

막싸움 브이 조종사 숙소에서 곤히 잠을 자고 있던 봉근은 우렁찬 박말자 대위의 목소리에 잠이 깼다.

"일어나라, 추 병장! 출격이다!"

"음냐… 추, 출격이라고요?"

"그렇다! 사도라는 정체 불명의 거대 괴물이 출현했다! 지금 명동을 쑥대밭으로 만들고 있어! 어서 막싸움 브이에 탑승하라!"

"옛! 알겠습니다!"

봉근은 커다란 머리를 끄덕거리며 막싸움 브이의 격납고로 달려갔다. 두터운 격납고의 철문이 보이기 시작했다. 격납고는 오로지 막싸움 브이의 조종사만이 출입할 수 있도록 최첨단 보안 장치를 갖추고 있었다. 봉근은 출입문 앞 테이블 위에 올려진 카스 전자저울에 머리를 올려놓았다. 1초 후에 컴퓨터 합성 음성이 흘러나왔다.

―삑. 51.4568kg. 이름 추봉근. 신분이 확인되었습니다.

최첨단 '머리 무게 인식 시스템' 이 봉근의 출입을 허용하자 격납고가 굉음을 내며 양쪽으로 열렸다. 신장 35미터의 막싸움 브이가 그 당당한 위용을 드러냈다. 봉근은 익숙한 솜씨로 양손에 송진 가루를 묻혔다. 막싸움 브이의 조종석까지 기어오르기 위해서다. 그동안 피나는 노력으로 봉근은 조종석까지 5분 내에 기어오를 수 있게 되었다. 잠시 후 봉근은 파리처럼 막싸움 브이에 바짝 붙어서 기어오르고 있었다. '클리프 행어' 라는 영화의 한 장면을 떠올리게 하는 장엄한 순간이었다.

거액의 돈을 주고 광천 국립 수영장의 회원권을 구입한 이주룡 사장은 텅 빈 수영장에서 느긋하게 배영을 즐기고 있었다. 두세 번 왕복을 하고 나자 나이 탓으로 숨이 가빠왔다. 그는 중앙에 띄워놓은 튜브 위에 기어 올라가 몸을 뉘었다. 물 위에 둥둥 떠서 취하는 휴식은 스트레스를 싹 달아나게 한다.

"어~ 좋다. 이 좋은 곳에 왜 이리 사람이 없는 거야? 고 사장한테도 회원권 사서 같이 다니자구 해야겠군."

튜브 위에서 어린애처럼 물장구를 치던 이주룡 사장은 수면이 심하게 흔들리는 것을 느꼈다. 튜브가 갑자기 한쪽 방향으로 뱅글뱅글 회전하기 시작했다.

"우아아악! 뭐야, 왜 이래!"

전후좌우 아래위를 다급하게 살피던 이 사장은 수영장 바닥이 절반으로 갈라지며 물이 빠지고 있는 것을 보았다.

"으이악! 뭐야! 물이 빠지고 있잖아! 이런 젠장!"

그는 팔다리를 부지런히 움직이며 급물살에서 빠져나오려 애썼다. 하지만 바닥은 점점 양쪽으로 크게 갈라지고 물은 더욱 빠른 속도로 빠져나갔다. 죽을힘을 다해 파닥거린 덕에 이주룡 사장은 수영장 가장자리까지 헤엄쳐 가는 데 성공했다. 간신히 밖으로 나온 이주룡 사장의 눈에 믿을 수 없는 일이 일어났다. 갈라진 수영장 바닥 사이로 거대한 금속 물체가 솟아나고 있었던 것이다. 바로 추봉근이 조종하는 막싸움 브이였다.

막싸움 브이는 수영장의 담장을 훌쩍 넘어서 북쪽 방향으로 쿵쿵 소리를 내며 사라져 갔다. 막싸움 브이가 사라진 지평선을 멍하니 바라보던 이주룡 사장은 분통을 터뜨렸다.

"이 사기꾼 놈들! 물 새는 수영장 회원권을 내놓고 팔천만 원이나 받아 처먹어? 이 죽일 놈들!"

눈앞에 나타난 사도의 모습에 봉근은 경악했다. 거대한 살덩어리를 출렁거리며 무엇이든 닥치는 대로 빨아들이는 사도의 모습은 악마 그 자체였다. 명동 거리는 그야말로 아수라장이었다. 사도에게 빨려들지 않으려 이리저리 도망치는 사람들과 차량들로 북새통을 이루고 있었다. 하지만 아무리 피해 가려 해도 사도가 주둥이를 내밀고 흡인을 시작하면 사람이든 자동차든 훌렁훌렁 날아가 사도의 위장 속으로 사라져 버렸다.

—추 병장, 정신 차려라! 어서 싱크로 모드로 돌입해!

잠시 멍한 상태로 사도의 악행을 방관하던 봉근은 정신이 번쩍 들었다.

"알겠습니다! 막싸움 브이 싱크로나이제이션!"

싱크로 모드에 들어간 막싸움 브이는 조종사와의 신경 일체로 움직임이 더욱 날렵해졌다. 박말자 대위가 공격 명령을 내렸다.

─막싸움 브이! 로켓주먹 발사 준비!

"알겠습니다! 로켓주먹 발사 준비!"

─추 병장! 빗나가지 않도록 잘 조준해라!

"옙! 다섯! 넷! 셋! 둘! 하나! 로켓주먹 발사!"

막싸움 브이의 팔뚝에서 불꽃과 연기와 폭발음이 한꺼번에 터져 나왔다. 막싸움 브이의 주먹은 시속 800킬로미터 이상의 속력으로 사도를 향해 날아갔다. 하지만 제일사도 뚱보천사는 만만한 상대가 아니었다. 곁눈질로 힐끔 비행체를 확인하더니 거대한 몸을 슬쩍 틀면서 로켓주먹을 피했다.

"아앗! 빗나갔다!"

봉근과 박말자 대위와 모니터로 지켜보던 연구원들이 한꺼번에 안타까운 함성을 내질렀다. 막싸움 브이는 손 없는 팔을 들고 심심하게 서 있었다. 그릇 깨지는 듯한 박말자 대위의 고함 소리가 봉근의 귀청을 때렸다.

─추 병장, 멍하니 서서 뭐 하는 거야! 어서 움직여!

"로켓주먹이 돌아오기를 기다리는 겁니다! 왜 안 돌아오는 거죠?"

─멍청하긴! 막싸움 브이의 로켓주먹은 방향 전환이 불가능해! 연료가 떨어질 때까지 오로지 직진한다구!

"뭐에요! 그럼 어떻게 하죠? 주먹도 없이 어떻게 적과 싸웁니까?"

—어쩌긴 어째! 어서 가서 주워 와!

　"뭐라구요! 멀리 날아가 버린 주먹을 언제 가서 주워와요!"

　—그러게 잘 조준하라고 했잖아! 어서 뛰어! 무방비 상태에서 사도에게 공격받으면 끝장이다!

　"아우~ 열받아! 젠장!"

　팔 없는 막싸움 브이가 쿵쾅거리며 달리기 시작했다. 사도는 자신을 공격하는 줄 알고 잔뜩 에너지를 모았다가 막싸움 브이가 휙— 하고 옆을 지나쳐 어디론가 뛰어가 버리자 다시 마음 놓고 명동 시내를 유린했다. 사도의 흡인력은 점점 강대해져 저층 건물들까지 흔들거리고 있었다. 이제 행인들은 모두 사도에게 빨려 들어가거나 지하로 대피한 상태였다.

　인천 앞바다에서 한가로이 바다 낚시를 즐기던 낚시꾼들은 고막을 찢는 듯한 요란한 소리에 놀라 바다에 빠질 뻔했다. 수면과 스칠 듯한 높이로 낮게 날고 있는 물체는 분명 비행기는 아니었다.

　"으엑! 뭐, 뭐냐, 저건?"

　"혜성인가?"

　"미사일 같은데?"

　비행 물체는 점점 고도가 낮아지더니 바닷물 속에 처박혔다. 물길이 높게 솟구치면서 사방으로 하얀 포말이 퍼져 나갔다.

　박말자 대위는 상황실의 메인 모니터를 주의 깊게 살피고 있었다. 붉게 표시된 점은 계속 이동하다가 어느 한 지점에서 멈추어 버렸다. 그녀는 마이크를 입 가까이 끌어다 댔다.

―추봉근 병장, 로켓주먹이 인천 앞바다에 빠졌다! 어서 가서 회수해라! 소금물은 메카닉에 치명적이다!

"아우~ 열받아~ 지금 막싸움 브이 발바닥에 땀나도록 뛰어가고 있어요! 아우~ 열받아~"

"그리고 로켓주먹을 회수하면 바로 기지로 귀환해라! 사도는 이미 철수했다!"

"철수했다고요? 아니, 왜 공격을 그만둔 거지?"

"사도 녀석, 먹을 만큼 먹은 모양이야. 명동 거리를 통째로 뜯어 먹었더군. 하지만 방심할 순 없어! 배가 꺼지면 다시 쳐들어올 거야!"

"알겠습니다! 로켓주먹을 찾으면 바로 돌아가도록 하겠습니다!"

박말자 대위가 마이크의 스위치를 내리자 하얀 가운을 입은 연구원 한 명이 그녀에게 접근했다.

"박 대위님, R-14호의 최종 점검이 모두 끝났습니다."

"그래? 어디 한번 가서 볼까?"

박말자 대위는 연구원을 따라 상황실을 나왔다. 기다란 복도를 지나 승강기를 타고 지하로 내려간 뒤 다시 오랜 시간을 걸었다. 그녀가 발을 멈춘 곳은 거대한 격납고의 출입문 앞이었다.

"열어봐."

그녀가 짧게 명령했다. 웅― 하고 대형 모터가 가동되는 소리가 들려왔다. 격납고의 문이 좌우로 조금씩 벌어지고 있었다. 그 안에 서 있는 것은 또 한 대의 인간형 전투 병기 R-14호였다. R-14호는 R-13호, 즉 막싸움 브이와는 달리 여성스러운 곡선을 가지고 있었다. 가슴 부위는 봉긋하게 솟아 있고 허리는 매우 잘록했으며 엉덩이 부분은 둥그렇게 부풀어 있었다. 박말자 대위는 R-14호의 차가운 금속 표면을 어루만지며 중얼거렸다.

"오늘 출격할 뻔했는데… 아쉽군. 조만간 네가 활약할 때가 올 것이다."

막싸움 브이 작전 회의실에는 모든 관계자들이 한 명도 빠짐없이 참석해 있었다. 조종사 추봉근과 지휘관 박말자 대위는 물론이고 진경립 연구소장, 고선진 연구원을 비롯한 수석 연구원 12명이 열띤 토론을 벌이고 있었다. 그들은 어제 명동을 난장판으로 만든 사도의 녹화 테이프를 보며 사도의 약점을 찾으려 애쓰는 중이었다.

"도저히 약점을 찾을 수가 없습니다. 미사일이나 로켓포를 쏘면 입으로 먹어버리지요, 기총 소사는 물렁물렁한 살에 박혀 치명적인 데미지를 주지 못합니다. 화염방사기도 마찬가지입니다. 불길을 입으로 먹어서 꺼버리니 그야말로 난공불락의 적입니다."

사도의 공격 패턴과 약점을 분석한 전략 전술 연구원이 침울한 얼굴로 발표했다. 연구원의 설명을 듣고 난 박말자 대위가 분통을 터뜨렸다.

"그걸 지금 발표라고 하는 게요! 어떻게 하면 사도를 쓰러뜨릴 수 있는지 대안을 제시해야 될 거 아뇨! 당신 그걸 분석이라고 한 거요!"

박 대위가 펄펄 뛰며 연구원을 책망하자 소심한 연구원은 얼굴을 붉힌 채 묵묵히 듣고만 있었다. 다른 수석 연구원들도 모두 부끄러운 마음에 입을 다물었다. 그러나 침묵하는 다수 중에 자신있는 목소리로 의견을 개진하는 자가 있었으니, 그가 바로 싱크로나이제이션 개발을 완수해 낸 고선진 수석 연구원이었다.

"사도를 물리칠 방법이 있습니다."

회의 참석자들의 시선이 일순 그에게 집중되었다. 진경립 소장은 대건한 얼굴로 고 연구원을 재촉했다.

"흠, 그게 무엇인지 어서 말해 보게."

고선진 연구원은 리모컨을 들어 VTR를 작동시켰다. 작전 회의실 모니터에 첫 번째 사도 뚱보천사의 모습이 나타났다. 뚱보천사는 무서운 기세로 사람과 자동차를 빨아들이고 있었다. 물결치듯이 연동 운동을 하며 내용물을 소화시키는 복부 부위가 클로즈업되었다.

"아시다시피 사도는 입을 통해 에너지원을 빨아들입니다. 사람이든, 동물이든, 자동차든, 플라스틱이든 일단 모조리 빨아들인 뒤에 위장과 소장을 거치면서 화학 에너지를 추출합니다. 중요한 것은 입으로 흡인한 모든 것이 에너지로 변하지는 않는다는 사실이죠. 인간이 만든 엔진과 자연의 동식물이 그렇듯이 사도의 열효율도 어느 일정 수준을 넘지는 못합니다. 결국 에너지로 바뀌지 못한 물질은 노폐물이 되어 배출되는 것입니다."

모니터에는 사도의 궁둥이 부분이 크게 클로즈업되었다. 하얀 가운 밑으로 무언가 와르르 쏟아져 나오고 있었다. 자동차 와이퍼, 사람의 뼈, 볼트와 너트, 타이어 등 온갖 잡동사니들이 사도의 궁둥이 밑으로 폭포처럼 쏟아졌다.

"우욱, 저게… 사도의 변인가?"

진경립 소장이 손수건으로 입을 가린 채 물었다. 고선진 연구원은 고개를 끄덕이며 대답했다.

"그렇습니다. 사도의 약점이 바로 저것입니다. 노폐물이 배출되는 구멍을 폐쇄시켜 버린다면 사도는 몸 안에 독(毒)이 축적되어 사망에 이르게 될 것입니다."

"오오~ 그야말로 신묘한 전술이야! 그러니까 사도의 항문을 꿰매어서 죽이자 이건가?"

"맞습니다."

고선진 연구원의 제안에 모두가 감탄하는 표정으로 고개를 끄덕이자 박 대위에게 무안을 당했던 전략 전술 담당 연구원이 꽁한 얼굴로 딴지를 걸었다.

"말도 안 됩니다! 고선진 연구원의 계획에는 치명적인 오류가 있습니다!"

진경립 소장이 연구원의 반박에 의아한 표정을 지었다.

"그게 뭔가?"

"네! 사도는 AT-필드라는 초강력 방어막에 둘러싸여 있습니다. 총알도 뚫지 못하는 AT-필드인데 어떻게 그 장벽을 돌파하고 항문을 꿰매겠습니까?"

전략 전술 담당 연구원의 딴지 걸기가 먹혀 들어가는 듯이 보였다. 고선진 연구원의 말에 동감을 표했던 연구원들이 맞는 말이라며 수군거렸고 진경립 소장은 안타까운 듯이 고개를 저었다. 하지만 고선진 연구원은 조금도 동요하지 않는 여유로운 얼굴이었다. 그는 가소롭다는 미소를 띠며 자신의 계획에 반발한 연구원에게 설명하기 시작했다.

"물론 통상의 금속 무기로는 사도의 AT-필드를 뚫지 못합니다. 하지만 우리에게는 AT-필드를 뚫을 수 있는 고대 유물이 있습니다. 바로 '롱기누스의 바늘' 이죠."

"로, 롱기누스의 바늘?"

"롱기누스의 바늘이라는 것은 그리스도가 십자가에 매달렸을 때 그를 창으로 찔렀던 사형 집행인 롱기누스가 후에 자신의 죄과를 뉘우치고 그리스도의 상처를 꿰매었다는 전설 속의 바늘입니다. 그리스도의 피가 묻어 있는 이 바늘을 손에 넣는 자는 죽어가는 자도 살릴 수 있는 신의(神醫)가 된다고 전해지고 있습니다."

진경립 소장이 놀라운 얼굴로 물었다.

"자네가 그 롱기누스의 바늘을 가지고 있다는 말인가?"

"그렇습니다."

"어떻게 해서 자네가 그 바늘을 가지게 된 건가?"

"지난 휴가 때 마누라와 홍콩에 관광 갔다가 '닥터 게이'라는 무면허 외과의를 만났습니다. 그는 홍콩 뒷골목을 떠돌며 총 맞은 깡패들을 치료해 주는 불법 의료인이었습니다. 하지만 의술 실력만큼은 대단해서 중상을 입은 자도 그의 손을 거치면 말끔히 치료되곤 했죠. 전 그와 대화를 나누다가 그가 '롱기누스의 바늘'을 가지고 있다는 사실을 알게 되었습니다. 전 그 바늘이 우리 연구에 도움이 된다는 확신을 가지고 그를 설득하기 시작했죠."

"그자가 롱기누스의 바늘을 순순히 넘겨주던가?"

"물론 처음엔 완강히 거부하더군요. 죽어가는 자를 살릴 수 있는 기적의 바늘이라면서요. 하지만 그는 롱기누스의 바늘이 필요없는 자였습니다. 그의 의술 자체가 신의 경지에 다다랐기 때문이죠. 전 롱기누스의 바늘이 반드시 인류 평화에 기여하게 될 거라며 그를 설득해서 결국 바늘을 손에 넣었습니다."

"고 연구원님, 그런데 롱기누스의 바늘이 AT—필드를 뚫을 수 있다는 건 어떻게 확신하시죠?"

호기심 많은 수석 연구원 한 명이 물었다.

"지난번 사도가 출현한 뒤 AT-필드와 비슷한 성격을 가진 에너지장을 인위적으로 만들어보았습니다. 총알도 뚫지 못하더군요. 하지만 롱기누스의 바늘은 아무런 저항 없이 장벽을 통과했습니다."

진경립 연구소장이 자리에서 일어서서 박수를 쳤다.

"훌륭하오, 고 연구원! 수고 많았어요!"

"감사합니다. 그럼 모두 롱기누스의 바늘을 보러 가시지요."

고선진 연구원은 모니터의 전원을 끄고 작전 회의실을 나섰다. 나머지 연구원들과 추봉근 조종사, 박말자 대위도 그의 뒤를 따랐다. 봉근은 머리 속으로 밍밍에게 속성으로 바느질을 배워야겠다고 생각했다.

롱기누스의 바늘은 생각보다 매우 큰 크기였는데, 길이가 1.5미터에 손잡이 부분 지름이 2센티가량이나 되었다. 진경립 소장이 궁금한 얼굴로 물었다.

"고 연구원, 바늘이 무척 크군. 정말 이 바늘이 그리스도의 상처를 꿰맸다는 롱기누스의 바늘이 맞는 건가?"

"아, 물론 오리지널은 아닙니다. 이건 막싸움 브이를 위해 만든 롱기누스의 바늘입니다. 사도에게 쓰기 위해서는 크기가 이 정도는 되어야 하니까요. 원본과 동일한 분자 구조를 가지고 있으므로 AT-필드를 뚫는 데는 문제가 없을 겁니다. 진짜 롱기누스의 바늘은 막싸움 브이용 바늘을 제조한 뒤 닥터 게이에게 돌려주었죠."

막싸움 브이의 발치에 수직으로 세워져 있는 롱기누스의 바늘에서는 알 수 없는 서늘한 냉기(冷氣)가 뿜어져 나오고 있었다. 바늘 끝은 손수건을 꿰맬 수 있을 정도로 매우 날카롭게 벼려져 있었는데, 끝에서 푸르스름한 침기(針氣)가 흐르고 있었다. 바늘을 바라보는 이들의 입에서 모두 탄성이 터져 나왔다.

"오오… 과연 명침(名針)이로고!"

그들의 한가로운 바늘 감상은 그리 오래가지 못했다. 광천 기지가 떠나갈 듯한 경보음이 울리기 시작했다.

―경계 경보! 사도 출현! 전 대원은 즉시 정위치! 전 대원은 즉시 정위치!

봉근은 큰 머리를 끄덕이며 격납고로 달려갔고 박말자 대위는 지휘 본부로 향했다. 연구원들도 가운을 펄럭이며 각자의 부서로 뛰고 있었다.

봉근은 익숙한 솜씨로 머리를 저울에 올려놓고 격납고 문을 연 다음 손에 송진을 바르고 막싸움 브이에 기어올랐다.

수영장 물이 빠지기 시작했다. 봉근은 마음을 다잡았다. 이번에는 반드시 사도를 격퇴해야 한다.

명동을 쑥대밭으로 만들었던 첫 번째 사도 뚱보천사는 이번에는 종로에 나타나 닥치는 대로 먹어치우고 있었다. 종로3가에서 극장 앞에 늘어선 영화 팬들을 후루룩 마셔 버린 다음에 2가 쪽으로 이동하며 길가는 자동차와 행인들을 모조리 빨아들이고, 식당들이 늘어선 저층 건물들을 잘게 부숴 입에 털어 넣었다. 수도방위군이 출동하여 엄청난 화력을 쏟아 부었지만 뚱보천사의 AT―필드를 뚫지 못했다. 군인들은 무기력감에 빠져 멍하니 사도의 식사하는 모습을 지켜봐야만 했다.

마음 놓고 종로를 유린하던 사도는 갑자기 뒤통수에 엄청난 충격을 받고 앞으로 고꾸라졌다. 쓰러진 사도의 머리 옆에 불 꺼진 로켓주먹이 뒹굴었다.

"명중이다!"

봉근은 막싸움 브이의 조종석에서 환호성을 질렀다.

"잘했어. 이번에는 제대로 맞혔군. 하지만 그렇게 놀고 있을 때가 아니야. 로켓주먹을 주워서 도로 끼워야지!"

"아우~ 귀찮아!"

막싸움 브이는 쓰러진 사도 옆으로 여유있는 걸음으로 다가갔다. 허리를 구부려 로켓주먹을 집어 드는 순간 사도의 퉁퉁한 오른손이 막싸움 브이의 발목을 홱 잡아당겼다.

"오옷, 이런!"

막싸움 브이는 균형을 잃고 뒤로 엉덩방아를 찧고 말았다. 마침 뒤에 있던 버거킹 건물이 막싸움 브이의 엉덩이에 깔리면서 붕괴되었다. 특별 할인 판매 중인 불고기 와퍼를 맛보던 젊은이들이 그만 비명횡사하고 마는 순간이었다.

"이 녀석! 로켓주먹을 맞고도 끄떡없군!"

─정신 차려라, 추 병장! 사도를 제압하려면 롱기누스의 바늘을 써야 해!

박말자 대위의 다급한 목소리가 스피커를 타고 흘러나왔다. 사도가 바람을 내뿜기 시작했다. 빨아들이기만 하더니 이제는 역으로 막싸움 브이를 날려 버리려는 것이다. 막싸움 브이는 초속 수십 미터에 달하는 강풍에 밀려 데굴데굴 구르고 있었다.

"아우~ 짜증나! 녀석이 공격할 틈을 안 줘요! 바늘로 꿰맨다는 건 불가능해요!"

"걱정 마! 양동작전을 쓸 테니까! 불여우 엑스가 녀석의 주의를 끄는 동안 항문을 꿰매 버려!"

"엥? 양동작전이라고요? 불여우 엑스? 그게 뭐죠?"

"그동안 기밀이 새어 나갈까 봐 추 병장에게도 비밀로 했었다. 막싸움 브이에 이은 두 번째 메카닉이지."

"두 번째 메카닉이오?"

봉근은 바람에 계속 밀려나다가 어느 순간 뚱보천사의 바람이 멈춘 것을 느꼈다.

"어떻게 된 거지? 녀석이 지쳤나? 아얏!"

사도가 있던 방향을 응시한 봉근은 소리를 질렀다. 은빛의 인간형 병기가 뒤에서 사도의 목을 조르고 있었던 것이다. 막싸움 브이와 비슷한 크기의 로봇은 유려한 곡선미가 여성의 육체를 떠올리게 했다.

"저것이… 불여우 엑스? 조종사는 누구지?"

목이 졸린 사도는 바둥대며 빠져나오려 애쓰다가 뒷걸음질치기 시작했다. 뒤뚱뒤뚱하며 같이 뒤로 밀려나던 불여우 엑스는 탑골 공원 담벼락에 발이 걸리면서 뒤로 넘어졌다. 공원에서 잡담을 나누던 노인네 몇 명이 깔려 죽었다.

사도는 불여우 엑스가 넘어진 틈을 놓치지 않고 일어나 공기를 흡입하기 시작했다. 탑골 공원에 모여 있던 수백 명의 할아버지 할머니들이 빙글빙글 돌면서 사도의 입속으로 빨려 들어갔다. 노인을 공경할 줄 모르는 뻔뻔한 사도였다.

불여우 엑스는 바람에 휩쓸려 가지 않으려 주위의 나무줄기를 잡고 버텼으나 줄기가 부러지면서 다리 부분이 사도의 입속으로 빨려 들어갔다.

─까악! 오빠, 도와줘!

봉근은 통신기에서 흘러나오는 여인의 목소리를 듣는 순간 정신이 번쩍 들었다.

"이 목소리는?!"

그는 박말자 대위에게 물었다.

"박 대위님! 붉여우 엑스에 탑승하고 있는 조종사가 누구죠?"

그녀는 조금 뜸을 들이더니 미안한 목소리로 실토했다.

—추봉근 병장… 붉여우 엑스 조종사의 이름은 밍밍이다.

"미, 밍밍이라구요!"

—미안하네. 밍밍이 남편을 돕고 싶다고 간절히 원한 데다가 싱크로 적합도가 너무나 뛰어나서 말이야. 어쩔 수 없었네.

"이럴 수가! 밍밍!!"

봉근은 눈에 불을 켜고 막싸움 브이를 사도에게로 몰았다.

"막싸움 박치기!"

막싸움 브이는 거대한 초합금 머리를 사도의 뒤통수를 향해 날렸다. 막싸움 브이와 사도의 머리가 서로 충돌하면서 생긴 충격파가 탑골 공원을 휩쓸었다. 숨어서 싸움을 지켜보던 노인들의 틀니가 빠져 달아날 정도로 강력한 충격파였다. 싱크로 모드에서는 메카닉이 받는 충격이 조종사에게 그대로 전달된다. 봉근은 이마가 지끈거리고 아팠으나 다시 한 번 박치기를 날렸다.

—소용없어, 추 병장! 녀석의 AT—필드가 박치기의 충격을 모두 흡수해 버려!

"아우~ 열받아~ 그럼 어쩌죠?!"

—양동작전을 써야 한다니까! 붉여우 엑스가 놈과 싸우는 틈을 타서 항문을 꿰매 버려!

막싸움 브이의 박치기로 비틀거리는 틈을 타 사도의 입에서 발을 빼낸 불여우 엑스는 미사일 공격을 감행하고 있었다. 풍만한 가슴에서 발사되는 열 추적 미사일은 소형 핵탄두가 장착되어 웬만한 도시 하나를 날려 버릴 정도의 파괴력을 지니고 있었다. 그러나 사도의 능력은 상상을 초월했다. 불여우 엑스의 가슴 미사일을 꿀꺽 삼키고도 미동조차 하지 않았다.

"어머나? 어떻게 된 거야? 뱃속에서 폭발해야 정상인데?"

밍밍의 예측과는 달리 사도의 뱃속에서는 상상도 할 수 없는 일이 벌어지고 있었다. 위벽에 있는 수백만 개의 촉수가 미사일을 분해하여 핵연료만을 추출하고 있는 것이다. 모든 물질을 빨아들여 에너지를 뽑아내는 사도의 괴력 앞에는 불여우 엑스의 핵미사일도 무력할 수밖에 없었다. 사도가 다시 공기 흡입을 시작했다.

불여우 엑스는 사도의 공기 흡입을 피해 종로1가 쪽으로 도망치기 시작했다. 사도가 불여우 엑스를 쫓아오면서 길가에 있는 모든 것들을 빨아들였다. 종로 거리에 늘어선 노점 리어카들이 바람에 휩쓸려 사도의 위장 속으로 들어갔다.

막싸움 브이는 이런 급박한 상황에서 무엇을 하고 있는가? 어처구니없게도 폐허로 변해 버린 탑골 공원에 쭈그리고 앉아 롱기누스의 바늘귀에 실을 꿰고 있었다. 싱크로 모드였지만 손이 발발 떨리면서 제대로 되지 않았다. 봉근은 버럭 짜증이 났다.

"아우~ 열받아~ 이런 건 미리 꿰어놨아야지. 막싸움 브이가 직접 하리!"

불여우 엑스는 사도의 공격을 피해 종각역까지 도망쳐 왔다. 사도가 입을 크게 벌리고 침을 흘리고 있었다.

"캥! 그렇게도 배가 고프냐! 오냐! 먹을 걸 던져 주지!"

불여우 엑스는 제일은행 본점 건물을 뒤로하고 사도와 맞서 있었다. 사도가 입을 벌리고 점점 다가오자 불여우 엑스는 주먹을 들어 제일은행 건물을 쾅 내려쳤다. 한쪽 귀퉁이가 우수수 무너져 내렸다. 불여우 엑스는 부서진 콘크리트와 철근 더미를 들어서 사도에게 던져 주었다. 건물 파편을 날름 받아 먹는 사도는 식탐(食貪)의 극치를 보여주고 있었다. 불여우 엑스는 은행 건물을 조금씩 뜯어서 사도에게 계속 던져 주었다. 제일은행 임직원들이 나와서 격렬하게 항의했다.

"야! 우리 회사 건물이 떡인 줄 아냐! 남의 부동산 뜯어 먹으니 맛있냐!"

사도는 다시 입을 크게 벌리더니 공기 흡입을 시작했다. 밑에서 꽥꽥거리던 제일은행 직원들이 뱅글뱅글 돌며 사도의 입 안으로 들어갔다. 불여우 엑스도 질질 끌려가고 있었다. 조종사 밍밍은 왼쪽을 힐끔 쳐다봤다. 국세청 본청이 입주해 있는 삼성종로타워가 세련된 위용을 뽐내며 서 있었다. 불여우 엑스는 국세청 건물을 붙잡았다. 밑둥 부분을 끌어안고 출력을 최대한으로 높였다. 최첨단 인텔리전트 빌딩이 흔들거리고 있었다. 외벽 유리창이 조금씩 깨져 나갔다. 겁에 질린 세무 공무원들이 우왕좌왕하고 있었다.

마침내 불여우 엑스가 국세청 건물을 통째로 뽑아 들었다. 평소 조세 불균형에 반감을 가지고 있던 월급쟁이들이 여기저기서 쏟아져 나와 환호했다.

"만세! 오늘에야 조세 정의가 이루어졌도다! 세무 공무원들 다 죽여라!"

불여우 엑스는 입을 쩍 벌리고 공기를 빨아들이는 사도를 향해 국세청 건물을 집어 던졌다.

"캥! 이거나 먹어라!"

사도의 입속에 빌딩 꼭대기 부분이 처박혔다. 사도는 건물을 씹어먹으려 했으나 지나치게 큰 덩어리가 한꺼번에 들어와 주체를 못하고 꺽꺽거렸다.

모니터로 상황을 지켜보던 박말자 대위는 이때를 놓치지 않고 봉근에게 명령했다.

—지금이닷! 어서 롱기누스의 바늘을!

"엡! 지금 갑니다!"

봉근은 씩씩하게 대답하고 막싸움 브이를 사도 쪽으로 몰고 갔다. 실에 꿰어진 롱기누스의 바늘이 파르스름한 침기(針氣)를 내뿜고 있었다. 사도와 닿을 만큼 가까워지자 막싸움 브이는 사도의 궁둥이 부분에 쭈그리고 앉아 롱기누스의 바늘을 내밀었다. AT−필드가 강력하게 저항했으나 롱기누스의 바늘은 별 무리 없이 장벽을 통과한 뒤 사도의 항문을 찔렀다.

사도는 엉덩이 부분에서 뜨끔하는 느낌을 받았으나 별로 개의치 않았다. 입에 처박혀 있는 국세청 건물을 씹어 먹는 게 우선이었다. 사도는 먹이를 잘게 나눠야겠다고 생각해 빌딩을 도로 끄집어냈다.

"크오오오~"

괴성을 지르며 건물에 박치기를 날리는 사도 뚱보천사. 봉근과 막싸움 브이가 혼연일체가 된 박치기도 막아냈던 단단한 머리였다. 국세청 건물은 힘없이 반쪽이 나버렸다. 다시 한 번 박치기를 날리자 대한민국 국세 행정의 총본산은 조각조각 부서져 사도의 한입거리로 변해 버렸다. 만족스러운 미소를 지으며 공기 흡입을 시작하는 사도. 건물 잔해가 사도의 식도를 타고 위장으로 빨려 들어갔다.

사도가 식사를 하는 동안 막싸움 브이는 사도의 항문을 롱기누스의 바늘로 튼튼하게 봉해 버렸다. 봉근은 박 대위에게 다음 전술을 물었다.

"설사 한 방울 새지 않게 꿰매 버렸습니다! 이제 어떻게 하죠?"

―잘했어! 이제 그만 철수하라! 막싸움 브이와 불여우 엑스는 광천 기지로 귀환하라!

막싸움 브이와 불여우 엑스는 슬슬 사도의 눈치를 보다가 줄행랑을 놓았다. 괜히 주위에서 얼쩡대다가는 사도의 가공할 흡인력과 식욕에 희생될지도 몰랐다.

이제 사도는 도망치는 두 대의 로봇에는 관심도 없었다. 빌딩 부숴 먹기에 재미를 들인 사도는 종각역 주위의 건물들을 닥치는 대로 파괴하고 집어 먹기 시작했다. 장안빌딩, 종로서적, 보신각, 수협, 파파이스, 한빛은행, 교원빌딩이 차례로 사도의 저녁거리가 되었다. 사도의 무차별 포식은 빌딩 서른여섯 채를 삼킨 뒤에야 멈췄다. 갑자기 복통을 일으킨 사도는 아랫배를 움켜쥐고 아스팔트 위에 쓰러졌다. 사도가 쓰러질 때 미처 피하지 못한 버스 두 대와 택시 다섯 대, 승용차 일곱 대가 납작한 오징어가 되었다. 사도는 가쁜 숨을 몰아쉬고 있었다. 허연 살색이었던 피부가 검푸르게 변하고 붉은 반점이 번지기 시작했다.

모니터로 사도를 감시하던 광천 기지의 박말자 대위와 연구원들은 쾌재를 불렀다.

"성공입니다! 드디어 변독(便毒)이 사도의 몸에 퍼지고 있습니다!"

"먹기만 하고 배설을 안 하니 독이 온몸에 퍼질 수밖에!"

"롱기누스의 바늘이 우리를 살렸어!"

사도의 AT-필드가 점차 약해지자 후퇴했던 수도방위군 병사들이 다가왔다. 사도에게 전우를 잃은 병사들의 M-16 자동 소총이 불을 뿜었다. AT-필드로 보호되는 사도의 물렁살을 뚫지 못했던 총알이 이번에는 붉은 선혈을 튀어가며 사도의 몸속으로 파고들었다. 중화기를 실은 장갑차가 요란한 소리를 내며 사도의 앞에 와 섰다. 장갑차 위의 머신건이 우레와 같은 소리를 내며 두터운 탄피를 토해냈다.

사도의 마지막 숨통이 끊어졌지만 서울 시민들은 아직 환호하지 않았다. 그들은 사도의 뱃속에 갇혀 있는 생존자들을 구출해야 했다. 구조대원과 구급차가 사도의 시신 주변에 모여들었다. 구조대는 전기톱으로 사도의 배를 가르고 소화액에 녹아버리지 않은 사람들을 끄집어냈다. 뱃속이 워낙 넓다 보니 붕괴된 건물 잔해에서 생존자를 찾는 것만큼이나 어려웠다. 구조 활동은 일주일에 걸쳐 계속되었다.

수백 명에 달하는 구조대와 의료진, 그리고 자원 봉사자들이 밤을 낮처럼 밝히며 헌신적인 구조 활동을 펼쳤다. 방송 기자와 신문 기자들도 이들의 감동적인 다큐멘터리를 앞 다투어 보도했다. 구출 현장에서 기자들이 보도한 수많은 뉴스 중에서 시청자들과 독자들의 심금을 울린 것은 삼풍백화점에 깔렸던 오 모 씨의 이야기였다. 삼풍백화점 붕괴로 건물 잔해에 깔려 일주일 만에 구출되었던 오 모 씨는 이번에도 사도의 뱃속에서 끈질기게 살아남아 5일 만에 햇빛을 보았다. 사도의 뱃속에서 나오면서 그가 한 말은 아주 유명해졌다.

"에이 씨, 재수없어."

사도 격퇴의 주역인 봉근과 밍밍도 국민적인 영웅으로 떠올랐다. 방송 출연 섭외가 줄을 잇고 CF에도 여러 편 출연했다. 연합 뉴스에서 실시한 '가장 좋아하는 커플' 설문 조사에서도 봉근과 밍밍은 '쇠돌이와 애리', '훈이와 영희'를 제치고 1위를 차지했다.

그러나 봉근과 밍밍은 사적인 인기에 집착하지 않고 국방의 의무를 충실히 이행하고 있었다. 국내 최초의 로봇 조종사 커플인 그들은 새벽에 기상하여 박말자 대위와 구보를 하고, 아침 식사 후에 각기 막싸움 브이와 불여우 엑스에 탑승해 하루 종일 완벽한 싱크로나이제이션과 조종을 위해 땀을 흘렸다. 그들은 탐욕스럽고 야심 많은 앙꼬르가 언제 다시 마수를 뻗쳐 올지 알 수 없었기에 마음 편히 쉴 수가 없었다.

사도로 변했던 맏이 모상이 똥독이 올라 죽어버리자 나머지 형제들은 서로 복수를 하겠다고 나섰다. 하지만 앙꼬르와 아리랑 백작은 오로지 한 마리씩만 사도로 변할 수 있다며 흥분한 그들을 진정시켰다. 회의실 테이블 위에 올라선 아리랑 백작이 탭댄스를 추기 시작했다. 죽림칠현들이 짜증나는 얼굴이 되었다.

"저 양반 또 시작이군."

"과학자인지 뮤지컬 배우인지⋯ 아무튼 사이코야."

댄스를 마친 아리랑 백작은 특유의 소름 끼치는 미소를 지으며 죽림칠현 형제들을 둘러봤다.

"아라리요~ 안타깝게도 많이가 죽어버렸어. 아라리요~ 여섯 마리 남았군. 하지만 걱정 마. 내가 복수를 할 기회를 주지. 아라리요~ 그런데 서로 먼저 가겠다고 다투면 곤란해. 사도의 창조는 오로지 한 번에 하나씩 가능하니까. 순서를 정해주지. 너희들 나이 순으로 하자고. 그게 가장 공평하지. 안 그래? 아라리요~"

조상이 발딱 일어서서 아리랑 백작의 앞으로 걸어나왔다.

"좋소. 날 보내주시오. 그런데 나는 어떤 모습으로 바꿀 거요? 설마 모상 형처럼 뚱뚱보천사로 만들지는 않겠지?"

"아라리요~ 그럴 리가~ 우선 네 녀석의 유전자 특성을 분석해서 가장 적합한 패턴의 생체 병기로 만들 거다. 아라리요~ 물론 너를 전혀 다른 형태의 생물로 바꾸는 데는 앙꼬르 마왕님의 초능력이 절대적으로 필요하다. 아라리요~"

"앙꼬르 형님! 어서 날 사도로 만들어주세요! 하루라도 빨리 형님의 복수를 하고 싶습니다!"

앙꼬르는 씩 웃으며 알았다고 고개를 끄덕거렸다.

"네 소원대로 해주지. 하지만 아리랑 백작의 말대로 유전 형질 분석부터 해야 하니 기다려라. 자, 오늘은 이만 다들 물러가도록 해."

죽림칠현들이 물러가고 나자 앙꼬르는 아리랑 백작을 불러다 은밀히 물었다.

"그래, 조상은 어떤 사도로 만들 텐가?"

"아라리요~ 둘째는 일곱 형제들 중에서 가장 지적 능력이 뛰어난 팬더입니다. 인간보다도 뇌 용량이 큰 녀석이지요. 모상처럼 물리적인 공격을 하는 것보다는 정신 공격을 할 수 있도록 바꿔주는 게 효과적입니다."

"정신 공격이라… 내가 쓰는 최면술 같은 건가?"

"비슷하죠. 하지만 더 포괄적인 겁니다. 마음대로 부릴 수도 있고, 미쳐 버리게도 할 수 있고, 스스로 목숨을 끊게도 할 수 있지요. 조상이라면 충분히 가능할 겁니다."

제4장

두 번째 사도 부유 뇌수(浮遊腦髓: Floating Brain)

서울 상공에 나타난 두 번째 사도는 그 기괴한 형상으로 인해 광천 기지 연구원들을 당혹하게 만들었다. 주름이 가득 잡힌 지름 50여 미터의 반원형의 물체는 마치 인간의 뇌처럼 생겼다.

"으윽… 정말 징그럽게도 생겼군."

"뇌(腦)야, 뇌가 틀림없어. 저것 좀 봐. 좌뇌와 우뇌가 명확하게 나뉘어져 있잖아? 가운데 잘 보면 좌뇌와 우뇌를 연결하는 뇌량(腦梁)이 보인다구."

"저 녀석의 공격 패턴은 뭘까?"

"글쎄… 혐오스러운 외모로 기분 나쁘게 만드는 감정 공격 아닐까?"

"아냐, 그냥 호두라고 생각하는 사람도 있을 거야."

두 번째 사도는 광천 기지뿐 아니라 텔레비전에서도 방영되어 시민들을 놀라게 했다. 앵커와 기자가 서울 상공을 부유하는 뇌 모양의 괴물을 두고 농담 따먹기를 하고 있었다.

"아, 정말 골 때리게 큰 골입니다."

"그러게 말입니다. 요즘 젊은 사람들 중에 골 빈 사람들이 많다더니 정말 무지막지하게 골 빈 사람이 있었네요."

서울 강남 청담동 부위의 상공을 배회하던 뇌(腦) 사도는 구경하던 사람들을 향해 눈에 보이는 파동을 발사했다. 명품 부띠끄 앞에서 사도를 구경하던 아줌마 수십여 명이 파동에 휩싸였다. 파동을 맞은 아줌마들은 갑자기 눈빛이 달라지더니 서로 드잡이질을 했다.

"야, 이년! 그 표정은 뭐야! 내 옷이 싸구려같이 보인다는 거냐?"

"뭐야? 그럼 싸구려가 아니란 말이냐! 내 옷은 2백 8십만 원짜리 진품이야!"

"그럼 내 옷은 짝퉁이란 말이냐, 이 썩을 년아!"

모니터로 이를 지켜보던 광천 기지 연구원들의 안색이 흙빛이 되었다.

"저럴 수가! 저 녀석은 사람들의 정신을 조종하는 능력이 있군!"

"큰일이다! 어서 막아야 해!"

청담동으로 급파된 수도방위군이 뇌 사도를 향해 기관포를 발사했다. 그러나 공고한 AT-필드가 포탄을 중화시켜 버렸다. 사도는 자신을 공격한 병사들을 향해 파동을 발사했다. 물결과도 같은 파동이 수도방위군 병사들을 덮쳤다. 파동을 받은 병사들은 갑자기 총부리를 시민들에게 돌렸다.

"으게게게게게~"

병사들은 입에서 거품을 쏟으며 미친 듯이 총을 쏴댔다. 무고한 시민들이 자신들을 지켜주기로 한 군인들의 총에 피 흘리며 쓰러졌다. 도망치는 시민들과 쫓아다니며 학살하는 병사들… 그야말로 아비규환이었다.

사도는 서서히 방향을 틀어 영동대교 쪽으로 둥실둥실 흘러갔다. 다리를 건너는 차량을 향해 파동을 발사하는 뇌 사도. 파동을 맞은 차량은 중앙선을 넘어가 마주 오는 차들과 추돌 사고를 내거나 난간을 뚫고 한강으로 뛰어들었다.

사도는 강을 건너고 자양동을 지나 건국대학교로 향했다. 캠퍼스의 학생들이 고개를 쳐들고 사도를 지켜봤다. 또다시 파동이 발사됐다. 학생들이 미쳐 날뛰기 시작했다. 시위할 때 전경들에게 쓰려고 비축해 놓았던 각목과 화염병을 들고 나와 지나가던 학생들을 두들겨 패고 도서관에 불을 질렀다. 미쳐 버린 학생들이 건대 호수에 뛰어들어 자살했다.

뇌 사도가 어린이대공원 상공을 지날 때쯤 드디어 막싸움 브이와 불여우 엑스가 나타났다. 봉근은 사도를 발견하자 바로 싱크로 모드로 돌입했다. 스피커에서 박말자 대위의 목소리가 흘러나왔다.

—조심해, 추 병장! 저놈은 정신 공격을 쓰는 사도야!

"걱정 마세요, 대위님! 저놈을 반쪽 내버릴게요!"

막싸움 브이가 사도에게 달려들어 손날로 격파하는 자세로 뇌 사도를 내려쳤다. 사도가 떵 하는 충격에 전진을 멈추었다. 막싸움 브이는 멈추지 않고 계속하여 뇌 사도를 연타했다. 전투 장면을 중계하는 방송국의 앵커와 현장의 기자도 신이 나서 막싸움 브이를 응원했다.

"아, 네! 지금 우리의 늠름한 막싸움 브이가 골 때리고 있습니다! 사도는 무척 골 아프겠습니다!"

불여우 엑스도 질세라 불여우 랜스(창)를 꺼내 들고 사도를 푹푹 찔렀다. 앵커가 더욱 신이 났다.

"네! 불여우 엑스가 날카로운 무기로 골 쑤시고 있습니다! 무척 골 아프겠습니다!"

두 로봇의 협공을 못 이긴 사도가 뒤로 후퇴하고 있었다. 막싸움 브이는 도망치는 사도를 쫓아가며 계속 손날로 내려쳤다. 뇌 사도는 좌뇌와 우뇌로 쪼개질 판이었다. 봉근은 승리를 확신하고 있었다. 하지만 사도는 역시 만만한 상대가 아니었다. 뒤로 둥실둥실 물러나는 것 같더니 갑자기 화악 하고 노도와 같은 파동을 쏘았다. 봉근은 갑자기 자신의 온 신경이 강력한 힘에 의해 뒤로 당겨지는 느낌을 받았다. 밍밍 역시 등뼈가 시릴 정도의 충격을 받았다.

믿을 수 없는 일이 일어났다. 막싸움 브이가 불여우 엑스에게 로켓 주먹을 발사했다. 가슴 부위를 강타당한 불여우 엑스가 뒤로 넘어졌다. 봉긋했던 가슴이 납작하게 찌부러들었다. 찢어진 금속판 사이로 반투명한 액체가 철철 쏟아졌다. 이를 중계하던 앵커가 경악했다.

"이럴 수가! 막싸움 브이가 아군을 공격하고 있습니다! 근데 이게 어찌 된 일일까요? 불여우 엑스의 가슴이 터져 버렸습니다! 배신입니다! 풍만한 불여우 엑스의 가슴이 실리콘이었단 말입니까! 도대체 저 큰 가슴을 어디서 수술했는지 알고 싶을 따름입니다!"

화가 난 불여우 엑스는 랜스를 막싸움 브이의 사타구니에 찔러 넣었다. 막싸움 브이는 괴성을 지르더니 앞으로 고꾸라졌다. 알다시피 싱크로 모드에서는 로봇이 받는 충격이 조종사에게 그대로 전달된다. 어쩌면 봉근은 2세를 생산해 내지 못할지도 모른다.

광천 기지의 연구원들과 박말자 대위는 절망적인 심정이었다. 믿었던 봉근과 밍밍이 완전히 미쳐 있었다. 뇌 사도는 싸우고 있는 로봇들을 뒤로하고 여유있게 전진을 계속했다. 사도는 여기저기 파동을 발사하며 서울 시민들을 모두 미쳐 날뛰게 만들고 있었다.

　단란주점 '핑크 오아시스'를 운영하는 강 마담은 해가 중천에 뜨고도 한참이 지나서야 자리에서 부스스한 얼굴로 일어났다. 엊저녁 너무 늦게까지 일한 탓이었다. 싸구려 양주 한 병에 공짜 안주를 시켜놓고 두 시간가량이나 노닥거리던 철물점 주인을 간신히 돌려보냈을 때가 새벽 세시였다. 어쩔 수 없는 일이었다. 저렴한 가격으로 승부하는 강 마담은 한 사람의 손님이라도 더 받아야 했고 돈 없는 손님이라도 되도록이면 살뜰히 대해야 했다.

　속이 쓰렸다. 해장을 할 요량으로 냉장고에서 먹다 만 콩나물국을 꺼냈다. 국을 가스레인지에 올려놓고 전기밥솥에서 밥을 펐다. 갑자기 설움이 복받쳤다. 화류계 생활 이십 년에 남은 건 삭아버린 피부와 싸구려 술집뿐이었다. 젊을 때는 그래도 반반한 얼굴에 혹해서 프로포즈라도 해오는 남성들이 간간이 있었건만 지금은 곡선이 허물어진 마담을 비웃는 짓궂은 손님들뿐이다.

　그녀는 국과 반찬을 차린 뒤 부엌 구석에 놓인 텔레비전을 켰다. 드라마를 볼 생각이었는데 긴급 속보가 나오고 있었다. 호두처럼 생긴 것이 하늘에 둥둥 떠 있었다. 처음엔 아이들 보는 SF 영화인 줄 알고 다른 채널로 돌렸으나 전 채널에서 같은 장면이 방영되는 것을 보고 깜짝 놀랐다.

　'저게 실제 상황이란 말이야?'

처음엔 도대체 무슨 일이 벌어지고 있는지 감이 잡히지 않았다. 하지만 이내 명확해졌다. 호두처럼 생긴 것은 뇌의 형태를 하고 있는 사악한 침략자였다. 침략자의 이름은 '사도'로 이상한 파동을 쏘아내며 사람들의 정신을 혼란스럽게 했다. 사도로 인해 서울 시내는 아수라장으로 변하고 있는 중이었다. 강 마담은 얼마 전 온 나라를 떠들썩하게 만들었던 뚱보천사 사건을 떠올렸다.

'그렇다면 저 녀석이 뚱보천사와 같은 편이란 말인가? 이럴 수가!'

강 마담은 속에서 뜨거운 것이 울컥하고 치밀었다. 설움이 순식간에 분노와 정의감으로 바뀌고 있었다. 그녀는 장롱 속에서 보름달이 새겨진 검정 보자기를 꺼냈다. 보자기를 펼치자 초승달 모양의 장식품이 달린 검정 핸드백과 양주 몇 병이 나왔다.

"드디어 네가 나설 차례가 왔구나, 강 양아."

이마에 초승달 표식이 새겨진 검은 고양이가 강 마담에게 다가오며 말을 걸었다.

"루나, 나보구 강 양이라고 부르지 말라 그랬지!"

"야옹~ 강 양, 화났니? 그럼 강 여사라 부르리? 강 양아~ 네 주제를 알아야지~ 야옹~"

강 마담은 루나의 꼬리를 잡고 벽에다 철썩 내던졌다. 불쌍한 검은 고양이는 코에서 피를 흘리며 바닥에 뻗어버렸다.

"루나, 너 같은 잡종 고양이는 영등포시장 가면 삼천 원에 살 수 있어. 그것도 애완용이 아닌 류마티스 약재로 말이야."

강 마담은 핸드백을 걸머지고 집에서 나왔다. 사도에게 고통받는 사람들을 구해야 하는 그녀로서는 버릇없는 고양이 따위와 실랑이할 시간이 없었다.

24시간 뉴스 채널의 카메라맨 최진돌 씨는 위험을 무릅쓰고 뇌 사도를 추적하고 있었다. 막싸움 브이와 불여우 엑스 간의 자중지란(自中之亂)을 일으켜 위기에서 벗어난 사도는 방향을 틀어 여의도 쪽으로 향하고 있었다. 최씨는 불가사의한 파동으로 사람들을 계속 공격하는 사도를 계속 촬영했다. 옆에서 계속 떠드는 리포터는 이런 재난을 두고 신이 나서 떠들고 있었다.

"시청자 여러분, 정말 놀랍습니다! 사도는 국방부가 자랑했던 막강한 인간형 병기 막싸움 브이와 불여우 엑스를 무력화시킬 정도로 놀라운 능력을 가지고 있습니다! 아, 여러분! 이제 우리에게 희망은 없는 걸까요! 일부 용감한 경관들이 뛰어나와 사도를 향해 권총을 발사하고 있습니다만… 저런! 사도의 파동을 맞더니 한강으로 뛰어드는군요. 저 거대한 뇌는 인간의 정신을 유린하는 힘을 가지고 있습니다. 여러분, 사도의 뒤를 쫓는 저도 두렵습니다! 제가 파동을 맞게 된다면 필시 방송 사고를 낼 테니까요."

리포터는 최진돌 씨가 엉뚱한 방향으로 카메라를 돌리고 있는 것을 발견하고 호통을 쳤다. 이런 급박한 상황에서는 리포터와 손발을 맞춰서 생생한 영상을 전달해 줘야 하는 것이 카메라맨의 의무다.

"이봐요, 진돌 씨! 지금 뭘 찍는 거야! 사도를 찍고 있어야지, 이 사람아!"

"저것 보세요! 63빌딩 꼭대기에 사람이 있어요!"

"사도를 구경하러 나온 사람들이겠지!"

"아니에요! 웬 여자가 사도에게 고래고래 소리를 지르며 핸드백을 흔들고 있어요!"

최진돌 씨는 줌으로 당겨서 여자의 모습을 담았다. 몸에 달라붙는 검은색 원피스와 망사 스타킹이 드럼통 같은 몸매와 라면파마와 묘한 부조화를 이루고 있었다. 사도는 여자가 소리를 지르거나 말거나 묵묵히 63빌딩 옆을 스쳐 지나가고 있었다. 여자는 잠시 사라지더니 메가폰을 가지고 다시 나타났다. 그녀의 우렁찬 목소리가 메가폰을 타고 흘러나왔다. 최진돌 씨와 리포터도 똑똑히 들을 수 있다.

"야, 이 괴물 녀석아! 네 어찌 무고한 사람들을 해치고 무사하길 바라느냐! 내 너를 가만두지 않으리!"

사도와 당당히 맞서는 이 여인이 단란주점 '핑크 오아시스'의 강 마담이라는 사실은 몇몇 단골들만 알았다. 강 마담은 핸드백에서 양주 한 병을 꺼냈다. 그녀가 매우 아끼는 발렌타인 30년산이었다. 물론 가짜였지만 변신하는 데는 아무런 지장이 없었다. 병 뚜껑을 따자 대낮에도 눈부신 광휘(光輝)가 그녀의 온몸을 감쌌다. 그녀의 목소리가 다시 한 번 우렁차게 울렸다.

"알코올 프리즘 파워 안주 업!"

강렬한 빛의 그녀의 몸을 휘감아들고 있었다. 24시간 뉴스 채널의 카메라맨 최진돌 씨는 이 과정을 빠짐없이 카메라에 담고 있었다. 리포터는 멍하니 정신이 나가 그저 바라만 보고 있었다.

강 마담을 휘감아 돌던 강렬한 빛이 사그라들자 전혀 새롭게 변신한 강 마담이 모습을 드러냈다. 여고생에게나 어울릴 법한 세일러 복과 갈래 머리가 주책없어 보였다. 짧은 치마 밑으로 두터운 비곗살이 출렁거리자 최진돌 씨는 울렁거리는 속을 꾹 참아야 했다. 리포터는 이미 마이크 위에 토악질을 해놓은 상태였다. 강 마담은 검지와 엄지로 권총 모양을 만들어 사도를 겨냥하며 윙크를 했다.

"난 술(酒)의 요정 세일러 마담! 정의의 이름으로 널 용서하지 않겠다!"

마이크에 묻은 토사물을 닦아낸 리포터가 정신을 차리고 방송을 게속했다.

"시청자 여러분, 이게 웬일입니까! 어디선가 나타난 정체 불명의 여인이 사도를 상대로 선전포고를 했습니다! 사도는 소화 기관이 없어서 정말 다행입니다! 위장이 있었다면 얼마나 울렁거렸겠습니까!"

강 마담은 빌딩 옥상에서 펄쩍 점프했다. 마치 한 마리 새처럼 하늘을 향해 솟구치는 세일러 마담.

"아앗! 말씀드리는 순간 여인이 빌딩에서 뛰어올랐습니다! 놀라운 도약력입니다! 사도의 위쪽으로 최대한 솟구쳤다 내려오고 있습니다!"

세일러 마담은 사도의 정수리 부분으로 하강하며 양주 한 병을 꺼내 마개를 뽑았다. 마치 전광석화(電光石火)와도 같은 재빠른 동작이었다.

"레미마틴 스크류 어택!"

명품 코냑은 용처럼 나선형을 그리며 분출되어 뇌 사도 위에 쏟아부어졌다. 세일러 마담은 술이 뿌려진 뇌 사도 위에 사뿐하게… 아니, 철퍼덕 소리를 내며 우악스럽게 착지했다. 흥분한 리포터의 입에서 계속 침이 튀고 있었다.

"정말 놀랍습니다! 사도 위에 술을 뿌리고 그 위에 올라타는 여인입니다! 정말 간 큰 여인입니다! 도대체 저 여인의 정체는 무엇일까요? 주류 회사에서 보낸 엽기 내레이터 모델이 아닐까요? 그나저나 저런 치욕적인 공격을 받고도 사도가 반격하지 않는 이유가 뭘까요? 공기를 진동시키는 파동이 발사되면 사도 위에 올라서 있는 여인은 끝장입니다! 그녀의 정신이 온전할 리가 없습니다! 하지만 아직까지는 별 탈이 없어 보입니다!"

뇌 사도는 세일러 마담의 공격에 반격하지 않은 것이 아니었다. 레미마틴 스크류 어택으로 뇌 주름 깊숙이 알코올이 스며든 사도는 정신을 차릴 수가 없었다. 거대한 사도의 몸체가 좌우로 조금씩 기우뚱거리기 시작했다. 세일러 마담은 자신의 발 밑에서 비틀거리는 사도에게 차가운 조소를 보냈다.

"흥! 벌써 취한 거냐? 난 아직 시작도 안 했어!"

세일러 마담은 사도를 박차고 다시 공중으로 높이 튀어 올랐다. 육중한 몸매로 그처럼 엄청난 도약을 할 수 있다는 것이 놀라울 뿐이었다. 정점에 이른 세일러 마담은 곧 이어 머리를 땅으로 향하며 하강하기 시작했다. 그녀의 두 손에는 오비 라거 두 병이 들려 있었다. 싸구려 립스틱으로 두껍게 덮여 있는 입술이 공격 커맨드를 토해냈다.

"비어 클러스터 밤!"

병 뚜껑이 터지면서 맥주 방울이 비수와 같이 뇌 사도의 표면에 내리꽂혔다. 맥주 방울이 사도에게 충돌할 때마다 귀를 찢는 폭음과 함께 먼지처럼 부서졌다. 사도는 제자리에서 빙빙 돌기도 하고 아래위로 오르락내리락하기도 했다. 빈 맥주병을 집어 던지며 사도의 몸체 위에 착지한 세일러 마담은 술에 취해 요동 치는 적을 향해 시원한 웃음을 터뜨렸다.

"오호호호호호! 뇌 세포로 직접 술을 마시니 금방 취하지? 이제 곧 네놈의 뇌수를 녹여주마! 오호호호호호!"

그녀는 다시 사도를 박차고 점프했다. 이번에는 인간의 힘으로는 도저히 불가능해 보이는 어마어마한 높이였다. 63빌딩 꼭대기로 다시 점프해 올라간 그녀는 조니워커 한 병과 하이트 한 병을 하늘 높이 던져 올렸다.

"세일러 마담 필살기! 폭탄주 파도타기!"

맥주병과 위스키 병이 날카로운 파열음을 내며 사방으로 흩어졌다. 맥주와 양주는 서로를 애무하듯 마구 뒤섞이며 도도히 흐르는 한강 물 위로 떨어졌다. 그러자 놀라운 일이 일어났다. 한강 물이 마치 해일처럼 거대한 파도를 만들며 일어서는데, 하얗게 일어서는 포말이 맥주 거품이요, 코를 찌르는 향내는 위스키 냄새였다. 어느새 그 거대한 물결이 술로 변해 있었던 것이다. 세일러 마담은 화류계 생활 수십 년에 걸쳐서 내공을 축적해 맹물을 가짜 양주로 만들고 보리차를 맥주로 만드는 주신(酒神)의 현묘한 경지에 이르렀던 것이다. 아무튼 그 거대한 폭탄주의 파도는 뇌 사도를 향해 노도와 같이 몰려가고 있었고, 세일러 마담은 그 위에서 서핑 보드를 타고 있었다. 어느새 흥겨움에 젖어 팝송을 흥얼거리는 세일러 마담.

"야호오~ 서핑 유에스에이~"

사도가 두려움에 질려 줄행랑을 놓기 시작했으나 거대한 폭탄주의 파도를 피할 수는 없었다. 사도를 덮친 폭탄주가 그 일대를 휩쓸면서 지나갔다. 다행히도 세일러 마담이 일으킨 폭탄주 파도는 일회에 그쳤으나 주마(酒魔)가 스치고 간 자리는 너무나도 참혹했다.

불시에 한강주를 마셔 버린 서울 시민들이 여기저기 비틀거리며 주사(酒邪)를 부리거나 먹은 것들을 게워내고 있었다. 교통 경찰들은 세일러 마담의 폭탄주 파도타기가 지나간 뒤 마포대교 입구에 서서 음주운전 단속을 벌였는데 운전 중에 폭탄주 파도에 취한 자 삼천여 명을 잡아내는 개가를 올렸다. 그들 대부분은 혈중 알코올 농도가 1%에 달하는 완전 만취 상태로 모두 면허가 취소되었다.

비록 세일러 마담의 필살기가 서울 시민들에게 막대한 피해를 주었지만 사도에게도 치명타를 준 것만은 분명했다. 사도는 놀랍게도 뇌의 반쪽가량이 녹아서 없어져 버렸다. 술을 많이 마시면 뇌 세포가 파괴된다는 의학자들의 이론이 입증된 셈이다. 호기심 많은 아이들이 사도의 잔해에 다가가 툭툭 건드려 보지만 이미 숨이 끊어진 사도는 미동도 하지 않는다. 안심한 아이들이 도토리묵처럼 퍼져 버린 사도 위에 올라가 장난을 쳤다.

24시간 뉴스 채널의 카메라맨과 리포터는 강변에 앉아서 승리의 코냑을 마시고 있는 세일러 마담에게 헐레벌떡 달려간다. 자신에게 마이크를 들이미는 리포터에게 술 한잔 권하는 세일러 마담. 리포터는 코냑을 홀짝 마셔 버리고 속사포처럼 질문을 던졌다.

"정말 대단하십니다! 당신은 도대체 누구십니까? 당신은 이 나라를 구한 영웅입니다! 사도에게 쓴 기술들은 어디서 배우셨죠? 나이는 얼마나 먹었나요? 결혼은 하셨나요? 무엇 때문에 그런 복장을 하시는 거죠? 허리 둘레는 얼마예요? 그런 몸매로 세일러 복을 입을 용기는 어디서 나시는지? 설마 이번 기회에 방송 타서 재혼하시려는 과부가 아니신지? 원하는 이상형은? 재산은 얼마나 되시나요? 그 세일러 복 언제 빨았죠? 나이에 안 맞게 생머리는 왜 했죠? 화장을 너무 두껍게 하시는 거 아니에요? 벼룩처럼 통통 튀어 다니시던데 관절은 안 아프세요? 케토톱을 붙이셨네요!"

끊임없이 이어지는 리포터에 질문에 세일러 마담은 단 한 마디도 대답하지 않았다. 그저 묵묵히 코냑의 향기를 음미하며 잔을 홀짝거릴

뿐. 그녀는 잠시 후 검지손가락으로 리포터의 입을 막으며 말했다.

"난 그저 천하의 정의를 바로 세우려는 술의 요정 세일러 마담일 뿐이에요! 개인적으로 이득을 바라는 마음이나 공명심 따위는 추호도 없으니 쓸데없는 인터뷰할 생각일랑 마세요."

리포터는 그녀의 당당함과 공명정대함에 감탄해 더욱 집요하게 부탁했다.

"하, 하지만! 시청자들을 위해 몇 가지만 알려주세요! 제발! 이름이라도!"

"난 술의 요정 세일러 마담! 내가 밝힐 것은 그뿐입니다!"

그녀는 반쯤 마시던 코냑 병을 핸드백에 집어넣고 높이 뛰어올랐다. 자신의 키에 수십 배에 달하는 엄청난 높이였다. 빌딩과 빌딩 사이를 누비며 하얀 종이를 뿌리는 세일러 마담.

손바닥에 쏙 들어갈 정도의 카드 수천 장이 서울 시내 상공에 팔락거리며 눈처럼 내렸다. 호기심 많은 행인들이 카드를 집어 들었다가 이맛살을 찌푸리며 휴지통에 버린다. 24시간의 뉴스 채널의 카메라맨은 하늘에서 하얀 종이의 눈이 내리는 장관을 열심히 촬영하고 리포터는 바닥에 떨어지는 카드 한 장을 집어 든다.

"이건… 세일러 마담의 명함이로군."

그는 명함을 유심히 살피다 실소를 터뜨린다.

♠단란주점 핑크 오아시스♠
마담 강지연.
양주 공짜. 팁 4만원. 오빠! 지칠 때까지!
TEL. XXX—XXXX

눈을 들어보니 빌딩 숲 사이를 누비며 명함을 뿌리던 세일러 마담은 온데간데없이 사라져 버렸다. 리포터는 술 냄새 가득한 한강을 바라보며 그윽한 미소를 지었다.

"정말 신비로운 여인이야……. 출입처 홍바리(홍보직 종사자)들 불러다 핑크 오아시스에서 한잔 걸쳐야겠군."

제5장

닥터 게이, 흑심을 품다

경기도 광천 기지 의무실에서는 전투 중 큰 부상을 입은 봉근이 의사의 진료를 받고 있었다. 두 번째 사도의 정신 공격으로 서로에게 무자비한 폭력을 행사했던 막싸움 브이와 불여우 엑스. 그들의 조종사였던 봉근과 밍밍은 싱크로 모드가 가져오는 치명적인 충격파 전달 현상으로 인해 중상을 입었다. 특히 봉근은 갈비뼈가 부러지면서 내장이 상하고 사타구니를 걷어차여 자손 번성에 심각한 위협을 받고 있는 상태였다. 광천 기지 의무실장은 내로라하는 명문 의대를 졸업한 석학이었지만 봉근의 치료에 확신을 가지지 못하고 있었다.

"선생님, 우리 오빠 괜찮겠죠? 흑흑……."

머리에 붕대를 감은 밍밍은 병석에 누워 있는 봉근의 손을 꼭 잡고 눈물을 흘렸다. 그녀는 자신의 잘못으로 봉근이 크게 다쳤다는 데에 대해 자책감에 휩싸여 있었다. 비록 사도의 정신 공격으로 인한 어쩔 수 없는 상황이기는 했지만 자신이 조종한 로봇이 막싸움 브이를 만신 창이로 만들고 봉근의 목숨을 위태롭게 만든 것은 참을 수 없는 일이 었다.

"선생님… 제발 우리 오빠 살려주세요. 우리 오빠 살려주세요……."

의무실장의 손을 잡고 흔드는 밍밍은 거의 제정신이 아니었다. 의무 실장은 매우 난처한 표정으로 고개를 설레설레 저었다.

"아직까지 살아 있는 것도 기적입니다. 이렇게 강인한 인간은 처음 봅니다. 잡초처럼 질기고 차돌처럼 단단한 생명력이에요. 하지만 오늘 밤을 넘기기는 힘들 겁니다. 워낙 부상이 심해놔서… 제아무리 명의가 온다 해도 추 병장을 살리기는 힘들어요. 지금의 현대 의학으로 는……."

"하지만 의술이 신(神)의 경지에 다다른 외과의라면 말이 달라지지 요."

의무실장은 등 뒤에서 들려오는 목소리에 고개를 돌렸다. 싱크로나 이제이션 시스템을 완성하고 롱기누스의 침(針)을 만들어 첫 번째 사도 를 격퇴하는 데 혁혁한 공을 세웠던 고선진 연구원이었다. 그는 다음 달에 있을 인사 발령에서 부소장으로의 승진이 거의 확실시되고 있는 인물이다.

"고 박사님, 안녕하세요. 그런데 신의 경지에 다다른 외과의라뇨? 후후, 졸업만 해도 여자들이 열쇠 세 개를 들고 시집온다는 삼개금의과 대학(三開金醫科大學)을 우수한 성적으로 졸업한 저입니다. 지금 여기 서 저를 능가하는 외과의가 있다고 말씀하시는 겁니까?"

"유 실장, 세상은 넓고 의사는 쓸어버릴 만큼 많다네. 우물 안 개구 리처럼 혼자 잘난 척 말게나. 자네는 기껏해야 공공기관 의무실장에 불과해. 내가 홍콩에서 모시고 온 신의(神醫) 한 분을 소개하지. 외과 수술의 달인(達人) '닥터 게이' 라네. 닥터 게이, 어서 들어오시오!"

의무실 문이 스르륵 열리면서 신비한 분위기를 풍기는 건장한 남자가 안으로 들어왔다. 온몸을 검은 망토로 휘감고 있는 사내는 약간 곱슬거리는 머리칼 아래로 강렬한 눈빛을 내뿜고 있었다. 사내는 한 손에 포터블 오디오를 들고 있었는데, 스피커에서는 '크라잉 게임' 의 테마 음악이 흘러나오고 있었다.

'이 남자가… 닥터 게이?'

밍밍은 봉근의 손을 꼭 잡은 채 희망과 의혹이 뒤섞인 눈길로 그를 바라보았다.

"환자에게서 손을 떼시오!"

닥터 게이는 밍밍을 가리키며 호통을 쳤다. 밍밍이 깜짝 놀라 봉근에게서 물러서자 닥터 게이는 만족스러운 웃음을 지으며 봉근에게 다가섰다. 그는 혼수상태인 봉근의 이마를 쓸어 넘겨주며 부드러운 목소리로 말했다.

"이렇게 멋진 분의 신체에 더러운 계집의 손이 닿아서는 안 되지."

닥터 게이는 고개를 돌려 날카로운 눈빛으로 밍밍을 쏘아보며 다시 한 번 일갈했다.

"내가 집도하는 동안 저만치 물러나 있으시오!"

밍밍은 도대체 왜 저 의사가 자신을 적대시하는지 이해할 수 없었으나 봉근을 위해 꾹 참기로 했다.

닥터 게이는 검은 망토를 양쪽으로 활짝 펼쳤다. 망토 안쪽에 주렁주렁 매달린 수술 가위와 메스들이 불빛을 받아 번쩍거렸다. 의무실장은 정체 불명의 기인(奇人)에게 자신의 환자를 맡긴다는 것이 탐탁지 않았으나 고선진 연구원은 닥터 게이의 검증되지 않은 의술 실력을 확신하고 있었다.

"그럼 시작해 볼까."

닥터 게이의 손이 망토 안쪽을 스치는가 싶더니 어느새 다양한 크기의 메스가 손가락마다 끼워져 있었다. 의무실장을 비롯한 구경꾼들은 입이 딱 벌어졌다. 보통 외과의들이 한 번에 하나의 도구만을 다룰 수 있는 데 비해 닥터 게이는 보조의 도움도 받지 아니하며 동시에 여러 가지의 수술 도구들을 쓰는 게 특징이었다. 손끝의 감각이 고도로 예민하지 않고는 꿈도 꿀 수 없는 기술이었다. 닥터 게이는 마취 약물을 주입하는 일도 하지 않았다. 오로지 가는 침(鍼) 몇 개를 혈 자리에 놓아 통증을 느끼는 신경을 차단한 뒤 수술에 들어갔다.

더욱 놀라운 것은 복부를 절개하는 데 전혀 피가 나지 않는다는 사실이었다. 마치 레이저를 이용해 조직을 절개한 것처럼 깨끗하고 피가 나지 않았다. 의무실장은 궁금해 죽을 지경이었으나 혹 수술에 방해될까 질문을 던지지 못하고 있었는데, 그의 궁금증을 헤아리기라도 한 듯 닥터 게이가 설명을 덧붙였다.

"이 기술은 '규화보전'이라는 무학(武學) 서적에 나와 있는 무혈개복술(無血開腹術)이오. 침으로 무혈무통점(無血無痛點)을 자극하면 신경이 절개 부위의 혈관을 수축시켜 칼로 베어도 피가 흐르지 않고 고통도 느끼지 않게 되지. 고대의 암살자들이 잠든 자를 소리없이 암살할 때 쓰던 비급을 내가 의술로 승화시킨 것이오."

"오오……."

닥터 게이의 설명을 들은 구경꾼들은 그제야 고개를 끄덕이며 탄성을 질렀다. 실로 화타와 편작이 울고 갈 신묘한 경지의 의술이 아닐 수 없었다. 피 한 방울 흘리지 않고 봉근의 배를 가른 닥터 게이는 재빨리 손을 움직이며 상한 곳을 치료하기 시작했다. 부서진 뼛조각을 집어내고, 꼬여 있는 창자를 풀고, 찢어진 내벽을 꿰매주는데 그 손놀림이 어찌나 빠르고 변화무쌍한지 한 마리의 나비가 춤을 추는 것 같았다.

보통의 외과의가 집도하였더라면 몇 시간에 걸쳤을 대수술이었지만 닥터 게이는 그 누구의 도움도 받지 않고 삼십 분 내에 끝냈다. 봉근의 갈라진 배를 능숙한 솜씨로 봉합한 닥터 게이는 이빨로 봉합사를 끊어버리며 수술을 마무리했다. 검은 망토를 펼치고 두 팔을 서로 반대 방향으로 교차시키자 십여 개의 수술 도구들이 날아가 망토 안쪽에 가지런히 꽂혔다. 이를 지켜본 구경꾼들이 모두 혀를 내둘렀다.

'자식, 쇼맨십이 대단하군.'

'으윽… 후까시……'

'똥폼 잡구 있네.'

닥터 게이가 수술을 끝낸 봉근을 뒤로하고 사라지려 하자 그를 불러온 고선진 연구원이 팔을 잡았다.

"닥터 게이, 그대는 홍콩에서 범죄자들을 치료해 주고 현찰을 챙기는 무면허 의료인이라고 들었소. 이런 어려운 수술을 하고도 거액의 치료비를 요구하지 않았던 이유가 뭐요? 당신은 수술이 끝난 뒤 바라는 대가를 말하겠다고 했는데, 그게 뭐요?"

닥터 게이의 검은 망토 속에서 그의 손가락이 비죽이 튀어나와 봉근을 가리켰다.

"저 남자가 회복되면 나에게 보내어 하룻밤을 나와 보내도록 하시오! 그게 내가 바라는 대가요!"

닥터 게이가 요구 사항을 말하자 모든 이의 얼굴이 하얗게 질렸다.

모두 그에게서 조금이라도 더 떨어지려 슬금슬금 물러서고 있었다. 고선진 연구원은 울렁거리는 속을 달래기 위해 담배를 피워 물었다.

"닥터 게이, 당신 소문대로 동성연애자였군."

"우히히히힛! 난 마음에 드는 남자 환자에게서는 치료비를 받지 않소. 그 대신 더 큰 걸 요구하지. 목숨을 구해줬는데 그 정도는 사실 아무것도 아니잖소?"

"하지만 봉근이 회복되지 못할 수도 있을 텐데."

"지금 나의 의술을 무시하는 거요! 장담하건대 저 남자는 내일 아침이면 눈을 번쩍 뜨고 언제 아팠느냐는 듯이 활개 치고 돌아다닐 거요. 그때 저 남자에게 분명히 전하시오! 나에게 오지 않으면 48시간 내에 죽게 될 거라고!"

의무실장은 고개를 갸웃거렸다.

"봉근의 목숨을 구해줬다면서 48시간 내에 죽는다는 이야기는 또 뭡니까?"

"우히히히힛! 사실 아까 개복을 했을 때 부패산(腐敗散)이라는 맹독(猛毒)을 뿌려두었소. 하루 동안은 괜찮지만 그 다음엔 서서히 내장이 썩어버리는 무서운 독이지. 하지만 걱정할 건 없소. 나에게 있는 해독제를 먹으면 아무런 해를 입지 않을 거요. 만일 저 남자가 원기를 회복하고도 나와 하룻밤을 지내지 않는다면 해독제를 주지 않겠소. 그럼 저 남자의 목숨도 없는 거요."

"캥! 남잔지 여잔지 알 수 없는 이상한 녀석아! 우리 오빠에게 무슨 짓을 한 거야!"

듣다못한 밍밍이 손톱을 세우며 닥터 게이에게 달려들었다. 그러나 닥터 게이는 의술 못지않게 무공도 높은 경지에 달해 있었다. 철판도 단숨에 자르는 불어우의 손톱을 손가락 하나로 막아내는 닥터 게이.
그는 밍밍의 혈 자리를 눌러 움직이지 못하게 만든 뒤 귀에다 대고 속
삭였다.

"난… 추봉근을 따먹을 거야."

"캥! 죽어 버리겠어! 으아아아!"

발광하는 밍밍이었으나 혈 자리를 눌러 목 아래가 마비된 상태라 꼼
짝도 못하고 소리만 냅다 질렀다.

"이런 야비한 인간! 네가 그러고도 의사냐!"

의무실장이 삿대질을 해가며 닥터 게이에게 대들었다. 싸늘하게 웃
으며 대꾸하는 닥터 게이.

"날 나쁜 인간이라 욕하지 마시오. 난 단지 매력적인 남자를 발견했
을 때 그를 차지하고픈 욕구가 너무 클 뿐이오. 어쩌면 이런 게 사랑일
지도 모르겠소. 단지 오래가지 않는다는 게 문제지만. 아, 난 너무 바
람둥이요."

의무실 내의 사람들은 더 이상 견딜 수가 없었다. 우웩 하고 구토하
는 자가 있는가 하면 온몸에 두드러기가 돋아 밖으로 뛰쳐나가는 자도
있었다. 고선진 연구원도 속이 울렁거려 입을 막고 비틀거렸다. 의무
실장은 더 이상 참을 수가 없어 닥터 게이에게 퇴실을 요구했다.

"당장 나가주시오! 비위 약한 사람들 다 죽겠소!"

"그러지 않아도 그만 나가볼 생각이오."

닥터 게이는 검은 망토를 휘날리며 밖으로 나가 버렸다. 그의 손에
들린 포터블 카세트데크에서 '크라잉 게임'이 흘러나오고 있었다.

닥터 게이가 사라진 뒤 광천 기지 사람들 사이에는 설전이 벌어졌
다. 봉근이 설사 회복된다 하더라도 닥터 게이의 성적 노리개가 되어

서는 안 된다는 사람들과 보다 현실적으로 생각하자는 사람들의 의견
이 팽팽히 맞섰다.

"봉근이 성격에 그런 놈 비위를 맞춰주겠어? 차라리 박치기 한 방으
로 보내 버리고 해독제를 찾으려 들걸."

"봉근은 막싸움 브이를 탈 수 있는 유일한 조종사야! 봉근이 죽어버
리면 지구는 누가 지키지? 더러워도 꾹 참고 닥터 게이의 말을 듣는 수
밖에 없어."

아무리 머리를 맞대고 이야기해 봐도 묘안은 떠오르지 않고 닥터 게
이와 약속한 시간은 점점 다가왔다. 닥터 게이가 장담했던 대로 봉근
의 몸은 빠른 속도로 회복해 하루가 지나자 언제 그랬냐는 듯이 씩씩
한 얼굴로 웃고 다녔다. 봉근은 부상에서 회복된 뒤 광천 기지 사람들
이 자신을 대하는 태도가 달라졌다는 느낌을 받았다. 인사를 해도 받
는 둥 마는 둥 하고 피해 버리거나 고개를 끄덕이며 연민이 가득한 눈
빛으로 바라보는 것이었다. 특히 진경립 연구소장은 봉근의 두 손을
꼬옥 잡고 눈물까지 글썽거렸다.

"자네… 절대로 좌절하거나 인생을 포기하지 말게나. 특히 부모님
과 식구들에게는 절대 비밀로 하게."

"넵? 무슨 말씀입니까? 전 도통 모르겠는데요."

"휴우… 아닐세. 밍밍이 말해 줄 걸세."

진 소장은 한숨을 푹푹 내쉬며 사라져 갔다. 봉근은 자신이 혼수상
태에 빠졌을 때 무언가 심각한 일이 발생했음을 직감했다.

닥터 게이는 자신이 묵고 있는 호텔에서 콧노래를 부르며 샤워를 하
고 있었다. 이제 곧 봉근이 올 시간이었다. 그는 향기 나는 타월로 몸

을 닦고 침대에 누였다. 봉근의 근육질 육체를 품에 안을 생각을 하니 가슴이 설레었다. 방문에서 노크 소리가 들렸다.

"들어오시오!"

"실례하오."

봉근이 커다란 머리를 푹 숙인 채 닥터 게이의 방으로 들어왔다. 아무 말도 하지 않고 묵묵히 닥터 게이의 침대 위에 걸터앉는 그의 모습에서 패배감이 느껴진다. 닥터 게이는 의기양양해서 봉근의 어깨에 팔을 둘렀다.

"봉근, 그대는 참으로 매력적이오. 수술대 위에 누워 있는 그대를 본 순간 나의 연인으로 만들어야겠다고 생각했소. 자! 어서 잠자리에 듭시다!"

봉근은 닥터 게이의 손짓을 거부하며 굵은 목소리로 말했다.

"먼저 해독제를 주시오. 그러면 당신의 소원을 들어주겠소."

"해독제를 달라고? 먼저 나의 열망을 풀어주기 전에는 안 되오!"

봉근은 얼굴을 찡그리며 고통스러운 표정을 지었다.

"배가 살살 아프단 말이오. 당신이 내게 뿌린 독(毒)이 효과가 나타나는 모양이오."

"정말이오? 부패산이 생각보다 빨리 반응하는군. 좋소! 그런 상태에서 사랑을 나눌 수야 없지."

닥터 게이는 벽에 걸려 있는 검은 망토에서 조그만 상자를 꺼냈다. 상자 속에는 검은색 환약(丸藥)이 가득 들어 있었다. 그는 환약 한 알을 꺼내어 봉근의 손에 쥐어 주었다.

"이걸 씹어서 물과 함께 드시오. 이 해독제는 서독(西毒) 구양봉이란 자가 만든 것으로, 만독(萬毒)의 침범을 막아 몸을 지켜준다오."

봉근은 환약을 받아 들더니 입에 넣지 않고 뒤로 재주를 휙 하고 넘었다. 봉근의 짧은 팔다리가 주욱 늘어나 늘씬한 사지로 변하고 커다란 머리가 바람 빠진 풍선처럼 줄어들더니 아담한 계란형 얼굴로 변했다. 코는 오뚝하고 눈은 서늘하고 입술은 석류처럼 붉고 피부는 백설처럼 하얗게 변한 봉근. 닥터 게이 앞에 서 있는 자는 결코 봉근이라 할 수 없었다. 닥터 게이의 입에서 비명이 터져 나왔다.

"으악! 네, 네년은 봉근의 처가 아니더냐!"

"캥! 그래! 난 봉근 오빠의 조강지처 밍밍이다!"

"아뿔싸! 네년이 둔갑대법(遁甲大法)에 능할 줄은 몰랐구나!"

"캥! 이제 해독제를 손에 넣었으니 난 가겠다!"

"그렇게는 못하지! 네년의 목숨은 내 것이다!"

닥터 게이가 벌거벗은 몸으로 검은 망토를 두르더니 그 자리에서 빙그르르 하고 회전했다. 망토는 우산처럼 퍼지며 날카로운 수술용 메스들을 날려 보냈다. 메스들은 피웅피웅 하는 소리를 내며 공기를 가르고 날아가 호텔 벽에 꽂혔다. 하지만 밍밍의 모습은 보이지 않았다.

"쳇! 아주 재빠른 년이군! 다음에 만나면 살려두지 않으리!"

닥터 게이는 이빨을 부득부득 갈았다.

봉근은 밍밍이 건네주는 검은색 환약을 입에 넣었다. 정로환과 비슷한 냄새가 났는데 삼키니 아프던 속이 진정되고 몸에서 열이 내렸다.

"밍밍, 이게 무슨 약이지?"

"으응~ 그냥 소화제 비슷한 거야. 상처가 빨리 아물어서 다행이야, 오빠."

봉근의 혈색이 제대로 돌아오자 밍밍은 안도감에 젖어들었다. 사악한 닥터 게이의 마수에서 봉근을 구해냈다는 뿌듯함도 느꼈다.

진경립 소장은 행복해하는 이들 부부를 보며 고개를 끄덕였다.

"정말 다행이야. 하마터면 소중한 전투 인력들을 잃을 뻔했어."

이제 이들 부부를 갈라놓을 자는 아무도 없었다.

제6장

세 번째 사도 늑대팬더

죽림칠현 중 셋째인 리상은 어려서부터 성격이 무척 흉포하여 종종 인간들을 해치곤 했다. 자라서 조폭이 된 리상은 일곱 명의 형제들 중 가장 궂은 일들만 맡아서 했는데, 경쟁자들을 암살하거나 채무자들을 협박해 돈을 받아내는 일 등이 그의 몫이었다. 인간들은 물론이고 다른 둔갑팬더들도 리상을 무척 두려워했는데, 눈꺼풀 위에 세로로 상처가 나 있어 모두들 '흉터팬더'라고 불렀다.

"크르르르! 이건 말도 안 돼! 왜 우리 형제들이 아리랑 백작의 농간에 희생되어야 하지?! 사도가 되면 무적이 된다더니, 큰형과 둘째 형이 죽었잖아! 내 아리랑 백작을 요절내고 말 테다!"

리상이 날카로운 이빨을 드러내며 흥분하자 나머지 팬더 형제들이 그를 붙잡고 타일렀다.

"참아, 셋째 형. 아리랑 백작은 만만히 볼 인간이 아니야. 생체공학

뿐 아니라 저주와 마법에도 일가견이 있다고 하더라구."

"그래… 오죽하면 '날 버리고 가시는 님은 십 리도 못 가 발병난다' 라는 저주의 노래까지 부르겠어."

"이거 놔! 그래 봤자 정신 나간 인간일 뿐이야!"

리상은 팬더들의 만류를 뿌리치고 아방궁 리서치센터로 향했다. 아방궁 리서치센터는 아방궁의 11층부터 20층까지를 차지하고 있는 첨단 연구 시설로 팬더 마왕의 세계 정복에 도움이 될 만한 군사 기술의 연구와 병법의 개발 등을 수행하는 곳이었다. 팬더 마왕에게 스카우트된 뒤 단숨에 웅묘 왕국의 요직을 차지한 아리랑 백작은 이곳에서 보다 강력한 사도를 만들기 위한 실험과 연구에 몰두해 있었다.

리서치센터 내를 순찰하던 경비원을 족쳐서 아리랑 백작의 소재지를 알아낸 리상은 단숨에 그가 있는 층으로 뛰어올라 갔다. '사도 변환실'이라는 팻말이 붙은 자동문이 눈에 들어왔다. 조그만 책상을 놓고 앉아 있는 경비가 일어나며 그를 제지했다.

"이곳은 통제 구역입니다. 아리랑 백작님이 허락하는 분만 들어가실 수 있습니다."

"크르르르! 어서 열지 않으면 네놈의 오른손을 씹어 먹을 테다!"

겁에 질려 버린 늙은 경비는 얼른 실험실 문을 열어주었다. 안으로 들어서자 기기묘묘한 장치와 전위적인 구조물들이 리상을 놀라게 했다. 특히 실험실 가운데 둥그렇게 솟아 있는 모래 둔덕은 보는 사람으로 하여금 그 용도를 궁금하게 만들었다.

"아라리요~ 이게 누구신가! 삼현(三賢) 리상이 아니신가! 그렇지 않아도 자네를 부를 셈이었는데 이렇게 제 발로 찾아오다니 고맙군! 아라리요~"

어디선가 아리랑 백작의 목소리가 들려왔으나 모습은 보이지 않았다. 리상은 약간 불안한 마음이 들었지만 애써 무시했다.

"크르르! 네 이놈! 어디 숨었느냐! 내 오늘 너를 저세상으로 보내주겠다!"

"아이구, 무시라~ 아라리요~ 그렇지! 그런 패기가 있어야 해! 그래야 그 무지막지한 한국의 막싸움 브이와 싸울 수 있지. 아라리요~ 지난번 조상의 패배는 정말 뜻밖이었어. 막싸움 브이와 불여우 엑스를 교란시켜 승부가 끝났다고 생각했거든. 세일러 마담이라는 해괴망측한 여인만 나타나지 않았어도 지금쯤 서울에서 승리의 축배를 들고 있을 텐데 말이야. 아라리요~"

"닥쳐! 네놈이 우리 형님들을 돌아가시게 했어! 난 괴상한 사도 따위는 되지 않을 거야! 우리 형제들을 더 이상 괴롭히면 내가 갈기갈기 찢어 죽이겠다!"

"아라리요~ 역시 넌 성깔이 있구나. 좋아좋아, 죽림칠현들은 모두 개성이 있다니까. 잘 먹고 듬직한 모상, 머리 좋고 술수에 능한 조상, 난폭하고 날뛰기 좋아하는 리상, 운동을 열심히 하고 무술에 능한 변상, 항상 공부하고 정보를 수집하는 태상, 불만투성이인 지상, 내성적이고 소극적인 요상. 난 네 녀석들의 유전형질 분석을 모두 끝냈단다. 각자에게 적합한 사도의 형태를 모두 결정한 상태지. 이제 남은 건 한 마리씩 변환을 시키는 것뿐이야. 첫째와 둘째는 성공적으로 변환이 된 셈이야. 물론 목적은 달성하지 못했지만. 아라리요~ 이제 네가 형들의 복수를 할 차례다, 리상. 어서 이리 오너라."

리상은 실험실 중앙에 있는 모래 둔덕 위에 아리랑 백작이 서 있는 것을 보았다. 여전히 얼굴 반쪽은 여성, 나머지 반쪽은 남성의 모양을 하고 있었으며 의복 또한 세로로 쪼개져 각각 남녀의 의상을 입고 있었다.

"크르르르… 아… 리… 랑… 백… 작… 죽여 버리겠다……."

리상의 온몸이 분노로 부들부들 떨리고 있었다. 감정이 극도로 고조되자 둔갑이 풀리면서 점차 팬더의 모습으로 돌아왔다. 온몸에 털이 솟아나고 주둥이가 쑤욱 앞으로 나왔다. 팬더는 뒤뚱거리면서 모래 둔덕을 뛰어올라 갔다. 리상의 날카로운 발톱이 아리랑 백작을 후리는 순간, 백작의 형체가 훅 꺼지며 리상은 허공을 후려쳤다. 순간적으로 균형을 잃고 둔덕 위에 쓰러진 리상.

"아라리요~ 오호호호호! 그건 홀로그램이란 거다! 입체로 만든 허상이지! 오호호호!"

팬더는 자신의 몸이 모래와 함께 조금씩 미끄러지고 있다는 사실을 깨달았다. 소름 끼치는 아리랑 백작의 목소리가 계속 들려왔다.

"오호호호! 네가 엎어진 그곳이 바로 내가 고안한 '아리랑 고개'다. 그 고개를 넘어서는 자는 사도로 변환이 되는 거다. 오호호호! 어서 빨리 네 녀석이 사도로 변환된 모습을 보고 싶구나. 오호호호! 아라리요~ 아라리요~"

팬더는 자신이 함정에 빠졌음을 깨닫고 네 다리를 바둥거렸으나 이미 모래언덕 아래로 점점 미끄러지고 있었다. 모래언덕 아래에는 커다란 구멍이 뚫려 있었는데 그 속에 무엇이 있는지는 짐작조차 할 수 없었다. 바둥거릴수록 더 빨리 구멍을 향해 미끄러지던 팬더는 결국 괴수의 아가리와도 같은 암흑 속으로 삼켜졌다.

최수달 형사는 시체를 보는 순간 속이 메슥거려 고개를 돌렸다. 살해당한 시신이라면 강력계에 근무할 때 숱하게 보았지만 이처럼 참혹한 시신은 일찍이 본 적이 없었다. 그는 차분한 얼굴로 시신을 부검하는 이효란 형사에게 또 한 번 정나미가 떨어졌다.

"이 선배… 이 사건은 아무래도 우리 소관이 아닌 거 같은데……. 미치광이 살인마가 분명해요. 강력계로 다시 돌려보내죠?"

심령수사과 이효란 형사는 고개를 살래살래 저었다. 창백한 얼굴에 귀기(鬼氣)마저 서린 음산한 얼굴이었다. 그녀는 초자연적인 현상과 관련있는 사건들을 전문적으로 수사하며 얼뜨기 최수달 형사를 파트너로 두고 있다.

"멍청하긴. 단순 살인 사건이라면 심령수사과로 넘어왔겠어? 보라구, 이 길게 찢어진 상처. 이건 인간이 남긴 상처가 아니야."

"인간이 아니라면… 짐승이 그랬단 말이에요?"

"날카로운 이빨과 발톱, 그리고 엄청난 힘을 가진 동물. 하지만 개는 분명 아니야."

"동물이라고요? 그렇다면 더 더욱 우리가 맡을 사건이 아니네요. 손 떼자구요, 이 선배, 골치 아픈 건이에요. 지난번 통화위조범 때도 얼마나 고생을 했어요?"

"뺀질이 같으니… 치안을 담당하고 있는 자로서 책임감을 좀 가져봐. 벌써 희생자가 여덟 명이나 발생했는데 더 이상의 희생을 막아야겠다는 생각이 들지도 않니? 넌 형사로선 낙제점이야."

"치, 잘났어, 정말……."

"어? 너, 지금 뭐라 그랬어?"

"아, 아니에요! 제가 뭘……."

"까불면 죽어."

"네……."

시체실을 나온 이 형사는 걸어가면서 다이어리를 꺼내어 중요한 사항들을 메모했다. 영능력과 직관적 추리가 이 형사의 특기였지만 꼼꼼한 자료 수집과 분석 역시 그녀의 사건 해결 능력을 배가시키는 요소다. 그녀는 날짜들을 살펴보다가 놀라운 표정을 지으며 복도에서 딱 멈춰 섰다.

"왜 그래요, 이 선배? 밥 먹으러 안 가요?"

"잠깐만… 재밌는 걸 발견했어."

"뭐죠?"

"사건이 발생한 날들에 공통점이 있어. 지금까지는 몰랐었는데 다이어리에 적어놓고 보니까 알겠네."

"뭔데요? 혹시 이 선배 생리 주기와 겹치나요? 윽……."

최수달 형사는 복부를 움켜쥐고 주저앉았다. 이효란 형사의 조그맣고 매서운 주먹이 발발 떨리고 있었다.

"저질."

"허윽… 너무… 아파요… 이 선배……."

"아프라고 때린 거야. 그건 그렇고 정말 흥미로운 사실이야. 희생자가 발생한 날은 모두 음력 15일이었어. 신기하지 않아? 보름달이 뜰 때마다 찢겨 죽은 시체가 나온다는 게."

"음… 설마 보름날 생리하는 여자의 히스테리 살인? 윽……."

최 형사는 이 형사에게 채인 정강이를 쓰다듬기에 바빴다. 이효란 형사는 턱을 쓰다듬으며 생각에 잠겼다. 음울하지만 지적인 모습이었다.

"늑대인간 전설이 생각나는군. 보름달이 뜨면 온몸에 털이 솟아나고 이성을 잃은 채 방황하면서 선량한 사람들을 해치는 늑대인간 전설 말이야."

"늑대인간이라구요? 이 선배는 항상 괴상한 것들만 상상한다니까……."

서둘러 사무실로 돌아온 이효란 형사는 희생자들이 발견된 지점을 지도에 표시하다가 또 한 번 놀랐다. 살해된 지점들이 일정한 간격으로 떨어져 있어 정확히 상하좌우가 대칭을 이루는 것이었다. 그녀는 붉은색 사인펜을 꺼내어 각 지점을 연결했다. 지점을 연결하자 하나의 도형이 나타났는데, 그것은 삼각형 두 개가 포개진 다윗의 별이었다. 그녀는 그 도형을 근거로 다음번 살인이 일어날 장소를 추론해 볼 수 있었다. 그녀는 지도에서 눈을 떼어 최수달 형사를 바라보았다. 그는 이어폰을 꽂은 채 대중가요를 흥얼대는 중이었다. 이 형사는 최 형사의 귀에서 이어폰을 떼어내며 속삭였다.

"잠복 수사를 해야겠어."

최수달 형사는 한밤중 인적이 한적한 공원을 천천히 걷고 있었다. 이효란 형사의 말에 따르면 다음번 희생자가 발생할 장소가 바로 이 공원이었다. 그는 왠지 섬뜩한 기분이 들고 등골이 오싹했다. 이 형사는 황당한 말을 많이 하긴 하지만 때때로 흉사(凶事)에 대한 예언이 들어맞는 기분 나쁜 여자다. 그런 그녀가 다음번 살인이 일어날 장소라고 짚은 곳이니 으스스한 기분이 드는 것은 당연했다. 주머니 속의 권총을 꼭 잡고 있는 손에서 땀이 흘렀다. 깊은 밤이지만 보름달이 환하게 떠 사람 얼굴을 알아볼 수 있을 정도로 밝았다.

　─그쪽은 별일없지?

　이어폰에서 이효란 형사의 목소리가 흘러나왔다. 서로의 몸에 소형 무전기를 부착하고 개별 순찰을 돌고 있는 두 사람이었다.

　"이 선배, 무서워 죽겠는데 같이 돌면 안 될까요?"

　─안돼. 둘이 붙어다니면 녀석이 눈치 채고 도망칠지 몰라.

　"으아악!"

　최수달 형사의 비명 소리에 놀란 이 형사는 스피커에 입을 바짝 대고 다급하게 물었다.

　"최 형사! 무슨 일이야! 대답해!"

　그러나 이어폰에서는 지직거리는 잡음만 들려올 뿐이었다. 그녀는 권총을 장전한 뒤 최 형사가 순찰을 돌던 지역으로 뛰어갔다. 심장이 두근거리고 있었다.

　"허억! 저건……."

　그녀는 최 형사의 목덜미 부분을 물어뜯고 있는 짐승을 보곤 그 자리에 얼어붙은 듯이 멈춰 버렸다. 환하게 떠오른 보름달로 인해 이 형사는 야수의 형상을 똑똑히 볼 수 있었다. 머리 부분은 분명히 늑대였다. 기다랗게 튀어나온 주둥이와 날카로운 이빨은 인육을 탐욕스럽게 씹고 있었다. 하지만 몸통은 전혀 늑대와 어울리지 않았다. 둥그스름하고 투실투실한 몸체에 흰색과 검은색이 명확히 구분된 것이 팬더의 몸체였던 것이다.

　"저것은… 늑대팬더!"

　"살려줘요, 이 선배!"

최 형사의 비명 소리에 정신을 차린 이효란 형사는 야수를 향해 권총을 발사했다. 요란한 총성 뒤에 무시무시한 짐승의 울음소리가 터져 나왔다.

"아우웅~ 아웅~ 크르르르르……."

야수는 다리 부분에 총상을 입었지만 그다지 상처가 크지 않은 것처럼 보였다. 이 형사의 권총이 다시 불을 뿜었지만 야수를 빗나가고 말았다. 야수는 총소리에 놀랐는지 서둘러 도망쳤다. 형사가 권총을 장전하고 뒤를 쫓았으나 이미 야수는 어둠 속으로 사라진 뒤였다. 그녀는 권총을 든 오른손으로 왼쪽 가슴을 누르며 자신을 진정시켰다. 야수를 보고 놀라 극도로 긴장된 상태였다.

"크윽… 도와줘요, 이 선배……."

최 형사가 피를 흘리며 신음하고 있었다. 이 형사는 찬찬히 그의 상처를 살폈다. 출혈이 심하긴 했지만 동맥을 다치진 않았다. 지혈만 제대로 하면 목숨에는 지장이 없어 보였다. 그녀는 최 형사에게 무뚝뚝하게 말했다.

"별거 아니니 엄살떨지 마. 목숨에는 지장없어."

"으으… 늑대인간한테 물려 죽을 뻔한 사람한테 고작 한다는 소리가 그거예요? 정이 안 가… 정이……."

"널 공격한 건 늑대인간이 아니라 늑대팬더야. 이 두 눈으로 똑똑히 봤어."

"늑대… 팬더?"

"야사에 보면 청나라 때 중국 민가에는 늑대팬더가 종종 출현했다는 기록이 있어. 머리는 늑대, 몸체는 팬더인 괴물로 밤이면 나타나 사람들을 해치고 인육을 먹었다고 되어 있지. 늑대팬더는 칼이나 활로 공격해도 죽지 않고 계속 육체가 재생된다고 하지. 늑대팬더 때문에 골머리를 앓던 지방 관료가 청해 중앙에서 무술 고수들이 내려왔는데 아무도 늑대팬더를 잡지 못했어. 워낙 재빠르고 힘도 셀 뿐더러 병장기로 공격해도 상처가 금방 아물어 버리기 때문이지. 결국 불산의 황비홍이란 자가 은으로 도금한 칼을 써서 늑대팬더를 잡았다고 해."

이 형사가 이야기를 끝내고 최 형사를 돌아봤을 때 그는 이미 정신을 잃고 있었다. 그녀는 최 형사가 피를 많이 흘렸기 때문이라고 생각했다. 손수건으로 최 형사의 목 부위를 지혈한 이 형사는 그를 업고 병원으로 향했다. 가냘픈 몸매의 이 형사에게 배 나오고 통통한 체격의 최수달 형사는 너무나 버거웠다. 보름달 아래 비틀거리며 동료를 업고 가는 여형사의 모습은 왠지 불쌍해 보였다.

간단한 수술을 받은 최수달 형사는 목에 두터운 붕대를 감고 잠들어 있었다. 최 형사의 옆에서 꼬박 밤을 새운 이효란 형사는 무척 피곤했다. 집에 돌아가서 한숨 자야 할 것 같다. 이효란 형사는 최 형사의 담당 의사와 간호원에게 주의 사항을 철저히 일러주었다.

"늑대팬더에게 물린 자는 밤이 되면 늑대로 변한다는 전설이 있어요. 해가 지고 나면 절대로 환자에게 가까이 가지 마세요. 아셨죠?"

"밤이 되면 늑대로 변한다구요? 아이구, 무서워라. 밤에는 침대에 묶어두어야겠군요."

그녀는 병원에서 빠져나오면서도 걱정이 되어 자꾸 뒤를 돌아보았다. 혹 늑대로 변해 병원에서 난동을 부리거나 사람들을 해치면 큰일이었다. 그녀는 은으로 만든 총알을 만지작거리며 생각했다.

'어쩌면 최수달 형사에게 이 총알을 발사해야 할지도 모른다. 나는 과연 그렇게 할 수 있을까?'

잠시 갈등하던 그녀는 최 형사의 음흉한 눈빛과 느끼한 미소가 머리 속에 떠오르자 단호한 심정이 되었다.

'충분히 할 수 있지. 어디 늑대로 변하기만 해봐라. 그 자리에서 쏴 버릴 테다.'

사무실에는 잡무가 산더미같이 쌓여 있었다. 이효란 형사는 하루 종일 PC 앞에 앉아서 밀린 서류 업무들을 해치웠다. 형사들에게는 범인을 쫓고 수사를 하는 일보다 형식적인 서류를 꾸미고 잡무를 처리하는 일들이 더 많았다. 그녀는 현장을 쫓아다니길 좋아하고 사무실에 있을 때는 주로 심령과학 서적들을 탐독하는 편이라 잡무가 더욱 많이 밀려 있었다.

늦은 밤까지 PC와 씨름하다 보니 어느새 일이 거의 다 끝나 있었다. 그녀는 한껏 기지개를 켠 뒤 머그컵에 원두커피를 받았다. 그윽한 향기가 코를 자극했다. 창밖을 내다보니 만월(滿月)의 형태에서 약간 이지러진 달이 휘영청 밝았다.

'아뿔싸! 최수달 형사!'

그녀는 달을 보자 퍼뜩 정신이 들었다. 은도금 총알과 권총을 챙겨 든 이효란 형사는 서둘러 경찰서를 빠져나왔다. 가속 페달을 힘껏 밟아 전속력으로 병원까지 달려온 그녀는 주차장에 아무렇게나 주차시켰다. 권총에 은도금 총알을 장전하고 최 형사의 병실까지 단숨에 뛰어올라 갔다. 최 형사의 병실 주변에 간호원들과 의사들이 웅성거리며 모여 있었다.

'설마 최 형사가 늑대로 변신을?'

그녀는 복도에서 담당 의사를 발견하고 그를 불렀다.

"어떻게 된 거죠? 최 형사가 짐승으로 변했나요?"

"아, 이 형사님 오셨군요. 네… 짐승으로 변했답니다."

"이… 이럴 수가!"

그녀는 구경꾼들을 헤치고 병실 안으로 뛰어들어 갔다. 침대 위에 분명 털투성이 동물 한 마리가 뒹굴고 있었다. 그러나 그건 늑대가 아니었다. 간호원 한 명이 이 형사를 발견하고 난처한 표정으로 말했다.

"저기… 최수달 씨가 팬더로 변했는데요…….."

그녀는 뒤통수를 세게 얻어맞은 느낌이었다.

'늑대팬더에게 물리면 늑대가 아니라 팬더로 변하는 거였나?'

이 형사는 혼란스러운 정신을 가다듬고 담당 간호원에게 물었다.

"저기… 이 동물이 혹시 사람들을 공격하지는 않았나요?"

"아뇨, 자꾸 먹을 거 달라고 꿍꿍거려서 미치겠어요."

"말 안 들으면 칵 패버리세요. 저 녀석은 매가 약이에요."

최수달 형사는 팬더가 되어서도 예쁜 간호원들을 보면 음흉한 눈빛을 보내거나 궁둥이에 코를 대고 킁킁거렸다. 이 형사는 그럴 때마다 주둥이를 잡고 콧등을 세차게 갈겨주었다. 그러면 팬더는 코를 잡고 낑낑거리다가 한결 얌전해지곤 했다.

아침 해가 밝아오자 털투성이 팬더는 스르륵 하고 인간의 모습으로 돌아왔다. 최수달 형사는 아침 늦게까지 세상 모르게 쿨쿨 잤는데 잠에서 깨어난 뒤에는 어젯밤에 있었던 일을 전혀 기억하지 못했다.

"예? 제가 팬더로 변했다구요?"

"그렇다니까. 밥 달라고 계속 끙끙대고 간호원들한테 지분거렸지."

"그래요? 대나무 숲 속에서 일곱 마리의 팬더들과 노니는 꿈을 꾸긴 했는데… 근데 콧등이 왜 이리 아프지? 얻어맞은 것처럼 얼얼하고 쿡쿡 쑤시네……."

이 형사는 속으로 실컷 웃어주고는 가방에서 지도를 한 장 꺼냈다.

"어, 이 선배, 지도는 왜 꺼내세요?"

"왜 꺼내긴. 다음번에 잠복 근무할 지역을 확인하려고 하지."

"예? 아니, 그럼 보름달이 뜨는 밤에 또 괴물을 찾으러 가자구요? 아이구, 전 싫습니다. 다친 거 안 보이세요? 전 빼주세요."

"엄살 피우지 마. 너도 밤마다 팬더로 변해서 사람들한테 괴롭힘을 당하고 싶지 않으면 그 늑대팬더를 찾아서 죽여야 돼. 본체가 죽어야 감염된 자도 치유되거든."

"그, 그런 건가요? 젠장!"

이 형사는 지도 위에 그려진 다윗의 별을 유심히 살폈다. 이제 한 번만 더 보름달이 뜨면 다윗의 별은 완전한 모습을 띠게 된다.

'다음 달 보름날이 다윗의 별이 완성되는 날이군. 지금까지와는 다른 일이 벌어지려나. 음… 어쨌든 그날은 놓치지 않겠어. 은도금 총알로 녀석의 심장을 뚫어버릴 테다.'

한 달 후 이효란 형사는 다윗이 별이 완성되는 지점에서 홀로 순찰을 돌고 있었다. 파트너인 최수달 형사는 밤만 되면 팬더로 변해 거리를 헤매고 다니는 터라 혼자서 위험한 임무를 수행해야만 했다. 깊은 밤중이었지만 서울 거리는 유흥가의 불빛과 취객들로 불야성을 이루고 있었다. 인공의 불빛에 묻혀 다소 초라하게 느껴지는 보름달이 말없이 이 형사의 머리 위를 비추고 있었다. 그녀는 긴장을 늦추지 않고 골목 구석구석을 꼼꼼히 살폈다. 한 달 전 최수달 형사의 목덜미를 물어뜯던 늑대팬더가 자꾸 떠올랐다. 취객을 터는 잡범을 목격했지만 애써 무시했다. 지금 저런 사소한 사건에 말려들었다간 희대의 연쇄살인마를 놓칠 수 있었다.

"까아아악—!"

어디선가 날카로운 여인의 비명이 들려왔다. 소리가 난 쪽을 향해 권총을 겨누었던 이 형사는 등골이 오싹해졌다. 비명을 지른 여인의 눈길이 자신의 등 뒤로 향해 있었다. 갑자기 주위가 어두워졌다. 이 형사의 주위가 검은 그림자에 침식당하고 있었다. 등 뒤에서 사람들의 비명 소리가 연이어 들렸다. 그녀는 덜덜 떨리는 다리를 간신히 움직이며 서서히 뒤로 돌았다. 자신이 눈앞에 펼쳐진 광경에 이효란 형사는 정신이 아찔할 정도로 충격을 받았다.

크기가 수십 미터에 달하는 거대한 늑대팬더가 길 가던 사람들을 쓸어 담아 입에 털어 넣고 있었다. 우적우적 인육(人肉)을 씹어 먹으며 입가에 붉은 피를 주르륵 흘리는 모습은 야차가 따로 없었다. 이 형사는 공포심을 가까스로 억누르며 도대체 이게 어찌 된 일인지 추리해 보려 애썼다. 다윗의 별이 떠올랐다. 거대한 늑대팬더가 나타난 지점은 다윗의 별이 완성되는 지점이었다.

"그랬군! 다윗의 별은 육체를 팽창시키는 증폭기의 역할을 한 거였어! 그런데 도대체 저 녀석의 정체는 뭘까? 도시를 파괴하는 거대한 짐

승… 설마!'

이효란 형사는 그제야 수수께끼를 풀었다는 생각이 들었다.

"늑대팬더가… 세 번째 사도?"

이 형사는 발 아래 땅이 진동하는 것을 느끼고 있었다. 늑대팬더가 인육을 씹어먹다가 코를 벌름거리며 남쪽 방향을 노려봤다. 무언가 거대한 것이 다가오고 있었다.

늑대처럼 생긴 사도를 발견한 봉근은 곧바로 싱크로 모드로 들어갔다. 선량한 시민들을 씹어먹는 모습에 화가 머리끝까지 난 봉근은 막싸움 브이의 디젤엔진 출력을 최대로 높였다.

"아우~ 열받아~ 이 천인공노할 사도 녀석! 죽여주마! 아우~ 열받아!"

막싸움 브이는 있는 힘껏 가슴을 두드리다 양팔을 풍차처럼 돌리며 늑대팬더에게 뛰어들었다. 느닷없는 공격에 당황한 사도는 앞발을 올려 공격을 막아보려 했으나 이미 풍차돌리기에 걸려든 상태였다. 단단한 화강암 바위도 단숨에 깨뜨리는 막싸움 브이의 풍차돌리기였다.

늑대팬더 사도는 앞다리뼈가 모두 부러져 괴성을 지르며 뒤로 물러섰다.

"잘한다! 막싸움 브이! 어서 해치워라!"

발치에서 구경하던 시민들이 봉근을 격려했다.

밍밍의 불여우 엑스도 랜스를 꼬나 쥐고 나타나 사도를 공격하기 시작했다. 앞발이 부러진 사도는 불여우 엑스의 랜스를 몇 번 방어하다 결국 복부 깊숙이 불여우 랜스가 꽂히고 말았다. 불여우 엑스가 랜스를 뽑아내자 막싸움 브이가 마무리를 위해 앞으로 나섰다.

피 흘리는 늑대팬더에게 천천히 로켓주먹을 겨냥하는 막싸움 브이. 굉음과 불꽃을 토해내며 발사된 막싸움 로켓주먹은 늑대팬더의 복부에 커다란 터널을 뚫어버렸다. 늑대팬더는 구멍난 배를 앞발로 막아보려다 쿵 하고 쓰러져 버렸다.

"야호! 이겼다!"

광천 기지 연구원들과 군인들은 승리를 확신하고 환호성을 질렀다. 그러나 늑대팬더는 그리 만만한 상대가 아니었다. 배에 구멍이 뚫린 채로 엎어져 있던 늑대팬더는 갑자기 용수철처럼 튀어오르며 불여우 엑스의 목덜미를 물었다. 날카로운 늑대팬더의 송곳니가 불여우 엑스의 초합금 외벽을 뚫었다.

싱크로 모드에 돌입해 있던 밍밍은 목 부위에 살이 찢어지는 고통을 느껴 소리를 질렀다.

"까악!! 오빠, 살려줘!"

"아니, 저 자식이! 밍밍!"

봉근은 풍차돌리기를 하며 늑대팬더에게 달려들었으나 헛수고였다. 로켓주먹을 발사한 막싸움 브이는 팔 없는 토르소와 같은 모습으로 적에게 어떠한 타격도 줄 수 없는 상태였다. 늑대팬더의 복부를 뚫고 저 멀리 날아간 주먹을 주워 오기에는 상황이 너무 급박했다. 사도는 불여우 엑스의 목을 너덜너덜한 걸레로 만들고 있었고 밍밍은 이미 정신을 잃었다. 봉근은 무력한 막싸움 브이에 화가 났다.

"아우~ 열받아~ 제발 로켓주먹이 돌아오도록 개조해 줘! 아우~ 열받아~"

—침착해, 추병장! 일단 불여우 엑스에게 맡기고 어서 가서 주먹을 주워 와!

그러나 봉근에게는 박말자 대위의 충고가 들리지 않았다. 막싸움 브이는 계속 사도와 불여우 엑스 주변을 맴돌면서 발을 동동 굴렀다.

　화면을 통해 이 모든 것을 지켜보고 있는 광천 기지 연구원들은 안타까운 한숨만 내쉬고 있을 뿐 몸이 달아 있는 봉근에게 그 어떤 도움도 주지 못했다.

　"으이구… 거봐, 자기 주먹을 냅다 쏴버리고 나면 이런 문제가 생길 거라고 했잖아."

　"음… 역시 로켓주먹 회수 기술을 개발했어야 하는 건데……."

　"그건 상부에서 절대로 못하게 할걸. 복잡하고 정교한 신기술이라 회수 기술 개발 용역비만 해도 지금까지 인간형 병기 개발 전체 프로젝트 비용을 상회하니까."

　"우리가 자체 개발하면 되지 않을까?"

　"개발할 사람이 있어야지. 지난번에 관련 분야 전문가들이 몽땅 샘숭 항공에 스카우트됐잖아."

　막싸움 브이의 팔뚝을 박차고 나가 적을 일격에 파괴하고 다시 있던 곳으로 늠름하게 돌아오는 로켓주먹을 개발하고픈 광천 기지 연구원들의 꿈은 요원하기만 했다. 그저 모든 게 예산 부족 탓인 것이 안타까울 따름이었다.

　늑대 팬더는 팔 없는 막싸움 브이가 발을 동동 구르는 사이 마음껏 불여우 엑스를 유린하고 있었다. 봉근의 인내심은 드디어 한계에 달했다. 그는 눈을 희번덕거리며 괴성을 지르기 시작했다.

　"아우우우~ 열받아~ 아우우우우~ 열받아~ 아우우우우~ 열받아~"

　막싸움 브이 시스템 감시 모니터를 살피던 광천 기지 연구원들은 얼굴색이 하얗게 변했다.

"큰일이다! 막싸움 브이의 디젤엔진이 과열되고 있어! 냉각수 온도 급상승!"

막싸움 브이의 머리 부분은 이미 시뻘겋게 달아올라 외벽이 조금씩 녹아내리고 있었다. 막싸움 브이의 두 다리가 좌우로 미친 듯이 흔들렸다. 연구원 한 명이 급하게 소장에게 보고했다.

"돌발 상황입니다! 막싸움 브이가 폭주하고 있습니다! 싱크로율 이상 급상승! 조종사 맥박 분당 400회! 위험합니다!"

늑대팬더는 불여우 엑스의 봉긋한 가슴 부위를 물어뜯다가 뒤통수가 빠개지는 듯한 충격을 받고 주저앉았다. 막싸움 브이는 시뻘건 이마로 다시 한 번 박치기를 시도했다. 이번엔 늑대팬더의 미간 부분을 정통으로 들이받았다.

"깨갱! 낑낑낑……."

폭주하는 막싸움 브이의 무지막지한 박치기는 사도 늑대팬더의 이마를 표주박처럼 깨버렸다.

늑대팬더는 깨진 이마를 잡고 낑낑대며 줄행랑을 놓았다. 도망치는 속도가 어찌나 빠른지 광천 기지의 모니터에서는 하나의 회색 줄이 휘익 하고 지나갈 뿐이었다.

사도가 도망쳐 버린 자리에는 목 부위와 가슴 부위를 사정없이 뜯겨 내부 배선이 훤히 들여다보이는 불여우 엑스와 과열로 엔진이 푹 퍼져 버린 막싸움 브이가 참담한 모습으로 누워 있었다. 사도를 일단 격퇴하기는 했으나 아군의 피해가 막심했고, 사도가 멀쩡히 살아서 도망친 것이 문제였다.

늑대팬더와 막싸움 브이의 격투 장면을 VTR로 다시 돌려보던 연구원들은 경악스러운 사실을 발견했다. 그것은 늑대팬더가 상처를 스스로 아물게 하는 재생 능력을 가지고 있다는 점이었다.

불여우 랜스에 찔린 상처도, 막싸움 브이 로켓주먹에 관통당한 구멍도 시간이 지나자 흔적조차 남지 않고 원상복귀되었다.

"저럴 수가! 저 사도는 불사(不死)의 몸을 가지고 있어!"

"죽여도 다시 살아난다는 말인가? 정말 짜증나는 놈이군."

광천 기지 연구원들이 절망에 빠져 있는데 박말자 대위가 씩씩하게 연구실 문을 열고 들어왔다. 그녀는 풀이 죽어 있는 연구원들을 당찬 목소리로 격려했다.

"기운들 차려요! 사도는 불사의 몸이 아니라 단지 죽이기 어려울 뿐이에요."

"불사의 몸이 아니라구요? 배에 구멍이 나고도 벌떡 일어났는데요? 게다가 그 구멍이 금세 아물었다구요! 저건 웅묘 왕국의 생체병기가 아니라 지옥에서 온 악마가 틀림없어요!"

"악마가 아니에요. 난 사도를 죽일 수 있는 방법을 알고 있어요."

연구원들은 대화에 끼어든 생소한 목소리의 주인공을 확인하기 위해 고개를 출입문 쪽으로 돌렸다. 삐쩍 마르고 길게 생머리를 늘어뜨린 음침한 분위기의 여성이 연구원들에게 까딱 고개를 숙여 목례를 했다. 박말자 대위가 쾌활한 목소리로 그녀를 소개했다.

"인사들하시죠! 이분은 우리에게 도움을 주러 오신 경찰청 심령수사과의 이효란 형사십니다."

"형사시라구요? 형사가 여긴 어떻게 오신 거죠? 그리고 치안 유지에 힘쓰셔야 할 분이 군사 시설에는 왜 들어오신 건가요?"

보수적이고 깐깐한 고참 연구원 한 명이 일침을 놓았다. 그러나 이효란 형사는 특유의 싸늘한 눈길로 응수하며 맞받아 쳤다.

"사도의 정체를 알고 있기 때문이에요. 무능한 군인들이 더 이상 시민들의 안전을 보호해 주지 못할 거라는 불안감 때문이기도 하고요."

고참 연구원은 기분이 잔뜩 상한 얼굴이었으나 이 형사는 아랑곳하지 않고 말을 이어 나갔다.

"사도는 엽기적인 연쇄살인마를 수사하던 중 알게 됐죠. 사도의 정체는 중국 청조 때 자주 출몰하던 늑대팬더란 괴수로서, 보름달이 뜨면 늑대의 모습을 하고 사람들을 습격하는 팬더입니다. 말하자면 늑대의 피가 흐르는 돌연변이 팬더라고 할 수 있죠. 제가 늑대팬더와 맞닥뜨렸을 때는 저렇게 엄청난 크기가 아니었어요. 사람보다 약간 큰 정도였죠. 팬더가 변한 괴수이니 원래 팬더 정도의 크기인 것이 당연하죠. 그런데 한 달 뒤 다시 만났을 때는 막싸움 브이와 맞먹는 거대한 몸체로 변해 있었어요. 그래서 전 늑대팬더가 세 번째 사도라는 걸 깨달았죠. 팬더 마왕의 힘을 빌어 거대한 몸체로 팽창한 거에요."

"서론은 그만두고. 그래, 도대체 우리를 어떻게 도와줄 거요?"

고참 연구원은 유익한 대답을 내놓지 않으면 당장 쫓아내겠다는 기세였다.

"성질이 급하시군요. 늑대팬더는 예로부터 은(銀)으로 만든 무기에 약합니다. 불산의 황비홍도 은이 입혀진 도검으로 늑대팬더의 심장을 도려내어 죽였다는 이야기가 있습니다."

"은이라! 아이디어가 떠올랐소!"

그때까지 조용히 경청만 하고 있던 고선진 연구원이 손가락을 딱 하고 부딪치며 일어섰다. 얼마 전 부소장으로 승진했지만 관료주의에 물들지 않고 여전히 동료들과 허물없이 지내며 막싸움 브이의 전투 능력 제고에 힘쓰는 만년 연구원이었다.

"아이디어가 떠오르셨다구요? 그게 뭐죠, 부소장님?"

박말자 대위가 잔뜩 궁금하다는 얼굴로 물었고, 부소장은 대답 대신 빙그레 웃기만 했다.

식당에서 밥을 먹던 광천 기지 군인들과 직원들은 스피커에서 흘러나오는 박말자 대위의 우렁찬 목소리에 귀를 기울였다.

—여러분! 사도를 격퇴하고 나라의 안녕과 평화를 지키기 위해 범기지적으로 은(銀) 모으기 운동을 전개하고 있습니다. 여러분들 가정에 짱박아둔 은패물과 은숟가락, 은젓가락을 남김없이 총무과에 헌납해주시기 바랍니다. 사도를 격퇴하기 위해서는 막대한 양의 은이 필요하답니다. 은! 은을 가져오세요!

군인들과 직원들은 어리둥절한 표정들이었다.

"갑자기 웬 은타령이래?"

"그러게. 은 팔아서 군수물자 사려나?"

"에이~ 은값이 얼마나 된다고… 금이라면 몰라도."

박말자 대위의 주도 아래 전개된 광천 기지 은 모으기 운동은 그로부터 한 달간 전개되어 사도를 퇴치할 수 있을 정도로 충분한 양을 모았다. 군인들과 직원들, 그리고 그들의 가족들은 숟가락, 젓가락, 은반지, 은귀고리, 은목걸이, 은팔찌, 은그릇, 은비녀 등 집 안에 있는 은제품들을 깡그리 모아서 헌납하는 정성을 보였다. 그러나 정작 그들은 그렇게 모인 은이 어디에 쓰이는지는 알지 못했다.

　심령수사관 이효란 형사의 말대로 사도는 보름달이 뜨는 밤에 다시 도심 한가운데 출현했다. 보다 더 포악하고 강한 모습으로 돌아온 늑대팬더는 20층짜리 고층 빌딩에 기어올라 가더니 만월(滿月)을 향해 기괴한 울음소리를 목청껏 뿜어냈다.

　"아웅~ 아웅~ 아우웅~"

　시민들이 놀라서 도망치기 시작했다. 늑대팬더는 우왕좌왕하는 사람들을 보더니 더욱 흥분되고 신이 났다. 빌딩 아래로 점프한 늑대팬더는 허둥대는 사람들을 꾹꾹 밟아 죽였다. 인명을 벌레 목숨처럼 취급하는 포악한 사도였다.

　미친 듯이 인명을 살상하며 거기서 오는 쾌감을 즐기던 늑대팬더는 갑자기 번쩍하는 섬광에 눈을 찡그렸다. 눈을 아프게 하는 빛은 전방 20미터 앞에 서 있는 거대한 물체의 일부분에서 나오는 것이었다. 늑대팬더는 이내 송곳니를 드러내고 낮게 으르렁거렸다. 괴수는 지난번에 자신의 복부를 뚫어버렸던 로봇의 냄새를 기억하고 있었다.

　막싸움 브이는 달빛 아래 서서히 모습을 드러냈다. 특이한 점은 주먹과 팔뚝 부분이 달빛을 받아 은빛으로 번쩍거리고 있다는 점이었다.

　박말자 대위가 은 모으기 운동을 통해 끌어 모은 수십 킬로그램의 은이 막싸움 브이의 주먹과 팔뚝에 골고루 입혀져 있었던 것이다. 늑대팬더는 은주먹을 보자 두려움과 적개심을 동시에 드러냈다. 털을 잔뜩 곤두세우고 으르렁거리던 늑대팬더는 막싸움 브이를 향해 몸을 날렸다.

"죽어라! 미친 늑대!"

봉근은 싱크로 모드로 돌입하며 로켓주먹을 날렸다. 눈부신 은빛 주먹이 사도의 가슴 부위를 통과해서 하늘로 치솟았다. 늑대팬더의 붉은 피가 달빛 아래 분수처럼 흩뿌려졌다.

"깨깽… 끼… 끼……."

로켓주먹에 심장이 날아간 늑대팬더는 더 이상 견디지 못하고 풀썩 쓰러졌다. 아스팔트 위로 검붉은 피가 번졌다. 봉근은 가뿐한 마음으로 싱크로 모드를 해제했다. 큰대 자로 뻗어 있는 사도가 눈에 들어왔다. 봉근은 콧방귀를 킁! 하고 뿜어주곤 의기양양하게 말했다.

"꼴 좋다! 병상에 누워 있는 밍밍의 복수다."

봉근은 막싸움 브이를 돌려 광천 기지로 귀환하려 했다. 그러나 어서 빨리 기지로 돌아가 병상에 누워 있는 아내를 보려 했던 그의 바람은 박말자 대위의 명령에 무산되었다.

―추 병장! 뭐 하는 거야! 어서 가서 로켓주먹 주워 와야지!

"아차차, 깜빡 했네. 에이 씨~ 오늘은 그냥 돌아가면 안 돼요? 집사람이 아파서 누워 있는데……."

―안 돼! 지금 시집 못 간 나를 우롱하는 건가! 어서 가서 로켓주먹을 회수해 와! 로켓주먹의 발신 장치에서 보내오는 신호에 의하면 지금 잠실 석촌 호수에 빠져 있다!

"서… 석촌 호수? 또 물에 빠졌단 말이에요? 아우~ 열받아! 지난번에도 그렇게 고생했는데!"

봉근은 투덜거리며 로봇을 잠실 쪽으로 몰았다. 팔이 없으니 균형

잡기가 힘들어 자꾸 넘어졌다. 봉근이야 조종석에 완충 장치가 되어 있어 괜찮았고 막싸움 브이도 초합금이라 충격을 견딜 수 있었지만 문제는 시민들이었다. 신장이 수십 미터에 달하는 금속 로봇이 갑자기 풀썩풀썩 넘어지니 시민들의 재산이 온전할 리 없었다. 막싸움 브이에 깔려 대파된 승용차가 십여 대, 완전히 박살난 분식집과 빵집이 각 한 곳, 쓰러진 전봇대가 수십여 개, 담벼락 무너진 주택이 대여섯 채에 달했다. 성난 주민들이 막싸움 브이에 대고 삿대질을 해댔다.

"야, 너! 술 먹었냐! 왜 자꾸 비틀거려!"

"조종 똑바로 해!"

봉근은 나라와 민족을 구하고도 욕을 바가지로 먹어야 하는 현실에 기가 막혔지만 묵묵히 석촌 호수로 로봇을 몰아갔다. 겨우 잠실 석촌 호수에 도착했을 때 막싸움 브이는 여기저기 긁히고 도색이 벗겨져 꼴사나운 모습이었다. 막싸움 브이가 발목을 호수에 담그고 자신의 로켓주먹을 찾고 있던 중이었다. 웬 노인이 다가오더니 확성기를 입에 대고 소리를 질렀다.

"야, 이놈아! 뭐 혀! 거기 들어가면 안 돼! 어여 나와!"

키는 작았지만 목소리 하나는 쩡쩡한 노인이었다. 봉근은 스피커의 전원을 올리고 노인에게 대답했다.

─할아버지는 누구세요? 왜 나오라는 거죠? 전 로켓주먹이 여기 빠져서 찾아야 돼요.

"누구긴 누구냐! 여기 경비원이지! 호수에 그렇게 들어가면 안 돼! 어여 나와! 물에 빠진 건 내가 찾아주마!"

─참나… 로켓주먹이 얼마나 무겁고 큰지 아세요? 그걸 어떻게 할

아버지가 찾아줘요?

"걱정 마! 내가 건져 줄 테니께! 어여 나오래두!'"

막싸움 브이가 강압에 못 이겨 물 밖으로 나오자 노인은 확성기를 들고 어딘가로 사라졌다. 박말자 대위는 봉근에게 계속 로켓주먹의 회수를 독촉했다.

─추봉근 병장! 뭐 하는 거야! 어서 로켓주먹을 건져 와! 안에 물 들어가면 금방 고장난단 말이야!

"끙… 기다려요. 경비원 할아버지가 건져 주신다고 했으니…….'"

─뭐야! 공원 경비원이 군사 작전을 방해한단 말이냐! 당장 체포해!

"아이구, 시끄러워! 조용히 좀 해요! 짜증나 죽겠네!'"

봉근은 박말자 대위와의 통신을 끊어버렸다. 스피커 전원을 올리고 노인을 찾는 봉근.

─경비원 할아버지! 어디 계세요! 안 나오시면 저 다시 호수에 들어갈래요!

"지금 간다, 이놈아! 기다려!'"

─아… 아니, 할아버지 중장비도 몰 줄 아세요?

놀랍게도 노인은 어디선가 포크레인을 몰고 왔다. 젊었을 때 공사판에서 잔뼈가 굵었던지 노인은 능수능란하게 포크레인을 조작했다. 작업을 시작한 지 오 분쯤 지났을까. 포크레인이 번쩍이는 금빛 주먹을 들어 올렸다. 노인은 확성기를 집어 들고 막싸움 브이에게 물었다.

"이 금주먹이 네 주먹이냐?'"

─아뇨.

막싸움 브이는 고개를 좌우로 흔들었다. 노인은 금주먹을 호숫가에 내려놓고 다시 작업을 시작했다. 잠시 후 포크레인은 녹이 슨 로켓주먹을 건져 내었다.

"그럼 이 쇠주먹이 네 주먹이냐?"

―아뇨.

노인은 녹슨 쇠주먹을 다시 호숫가에 내려놓았다. 봉근은 석촌 호수에 빠진 로봇 주먹이 참으로 많다고 생각했다. 노인이 조작하는 포크레인은 드디어 번쩍이는 은빛 주먹을 건져 냈다.

"팔 없는 로봇아, 이 은주먹이 네 주먹이냐?"

―네! 맞습니다! 그게 바로 막싸움 브이 로켓주먹이에요!

봉근은 회수용 전자석을 작동시켰다. 자력이 강철 접합 부분을 끌어당기자 로켓주먹은 거꾸로 날아가 원래 있었던 곳에 결합되었다. 막싸움 브이는 경비원 노인에게 넙죽 절을 올렸다.

―할아버지! 제 로켓주먹을 찾아주셔서 감사합니다!

"아니다. 그나저나 금주먹이 네 것이 아니라고 하다니, 정말 정직한 로봇이로구나. 금주먹과 쇠주먹도 줄 테니 가져가거라. 녹슨 쇠주먹도 고철로 팔면 돈 좀 될 거다."

―됐어요, 할아버지! 전 이만 가보겠습니다! 그럼 안녕!

잃어버린 주먹을 되찾은 막싸움 브이는 신이 나서 쿵쾅거리며 뛰어갔다. 석양 속으로 사라지는 막싸움 브이를 바라보는 노인의 눈가에 눈물이 맺히고 있었다.

"정말 착한 로봇이구나. 우리 아톰 녀석이 생각나는군……."

노인은 포크레인에서 내려와 하늘을 바라보았다. 노인의 몸이 점점 투명해지면서 공중으로 떠오르기 시작했다. 그는 잠시 경비원으로 둔갑했던 로봇의 아버지 데츠카 오사무의 혼령이었다. 그는 막싸움 브이 라는 훌륭한 로봇의 파동에 끌려 인간 세상으로 잠시 돌아왔다가 편안한 마음으로 다시 저승으로 돌아가고 있었다.

소청은 세탁기에 봉근의 옷가지들을 집어넣었다. 세제를 풀고 익숙한 솜씨로 단추를 조작해 세탁기를 돌리는 소청. 그녀는 갑자기 짜증이 나서 세탁기 뚜껑에 이마를 쿵쿵 찧었다.

"쿵! 도대체 왜 내가 봉근이 녀석의 빨래를 해야 되는 거야!"

화기(火氣)가 머리끝까지 치솟자 둔갑이 풀리면서 늙은 너구리의 모습으로 돌아왔다. 너구리는 좁은 실내를 파다닥거리며 뛰어다녔다. 마치 개 경주장의 그레이하운드처럼 미친 듯이 원을 그리며 질주하는 너구리는 섬뜩한 살기마저 내뿜고 있었다. 한참 동안을 뛰어다니며 스트레스를 해소한 너구리는 다소 기분이 진정되었는지 가쁜 숨을 쌕쌕 내쉬었다. 소청은 중얼중얼 주문을 외우며 다시 노파의 모습으로 돌아왔다.

"쳇, 봉근이 녀석 밉지만 할 수 없지……."

그녀는 병석에 누워 있는 밍밍을 떠올리고는 진공청소기를 집어 들었다. 미운 정 고운 정 다 들었던 둔갑여우 밍밍은 지금 혼자서 식사도 못할 정도로 쇠약한 상태였다.

"콩… 그러게 뭐 하러 불여우 엑스인지 뭔지 하는 로봇에는 타가지구……."

진진이 지리산으로 떠나 버린 뒤 그녀는 봉근과 밍밍의 사이에서 천덕꾸러기가 된 지 오래였다. 밍밍의 닭살 돋는 애교와 봉근의 우악스러움을 꾹 참고 견뎌왔던 소청이다. 그녀는 몇 번이나 밍밍과 봉근의 곁을 떠나고자 했으나 밍밍의 만류로 그 기회를 놓쳤고, 게다가 이제는 밍밍의 부상으로 꼼짝없이 집 안의 살림살이를 떠맡는 지경에 이른 것이다. 하루에도 몇 번씩 집을 뛰쳐나가 자유로운 너구리가 되고 싶은 생각이 간절했으나 병상에 누워 있는 불쌍한 친구가 보내는 염파(念波)가 그녀를 꼬옥 붙들었다.

"뭘 그리 궁시렁대니? 안 좋은 일이라도 있어?"

소청은 등 뒤에서 들려온 익숙한 목소리에 화들짝 놀랐다. 약간 느릿느릿하면서 어눌하고 정감있는 이 목소리는 분명…….

"진진!"

"웅~ 소청이 잘 있었니? 여전히 꼬부랑 할머니로 둔갑하는구나."

"진진아! 아이구, 이게 웬일이래! 진진!"

소청은 진진의 손을 맞잡고 좋아서 팔짝팔짝 뛰었다. 반가움과 서러움과 원망의 감정이 한꺼번에 밀려왔다. 진진 역시 오랜만에 재회한 친구의 손을 잡고 한참 동안 서 있었다.

"진진! 너무한 거 알지? 어떻게 그렇게 말도 없이 떠날 수가 있지?"

"웅~ 미안해~ 나도 이제 나이를 많이 먹어서⋯ 가끔은 혼탁한 도시를 떠나 산속의 정기를 받아야 수명을 연장할 수 있거든. 게다가 앙꼬르라는 강적에 대비해 힘도 키워야 했고. 너희들 얼굴 보면 힘들 거 같아서 그렇게 서둘러 떠났던 거야."

"킁⋯ 그랬구나⋯⋯. 어쨌든 반갑다! 환영해, 진진!"

소청의 주름 가득한 얼굴에 환한 웃음이 피어올랐다. 소청의 비녀 위로 조그만 불꽃들이 폭죽처럼 솟아올라 화려하게 퍼져 나갔다. 떨어지는 불꽃들 사이로 'WELCOME JIN-JIN'이라는 오렌지 빛 글자가 떠올랐다. 도술에 능한 소청이 작은 조화를 부린 것이었다. 진진도 화답할 겸 중얼중얼 주문을 외웠다. 털을 뽑아 후— 하고 불자 작은 팬더들이 수십 마리씩 나타났다. 진진은 빙그레 웃으며 분신들에게 명했다.

"가서 술상 좀 봐오너라. 옛친구와 오늘 한잔 걸쳐야겠다."

"웅~ 알겠습니다~"

진진과 비슷한 목소리의 소팬더들이 입을 맞춰 대답하고는 뿔뿔이 흩어졌다.

"밍밍은 어딜 갔니? 안 보이는데⋯⋯."

"그게⋯⋯."

활짝 폈던 소청의 얼굴에 순간적으로 어두운 빛이 스쳤다.

"웅? 왜 그래? 갑자기 우거지상을 하고⋯⋯. 혹시 밍밍에게 무슨 안 좋은 일이라도 생긴 거니?"

"응⋯ 별건 아니고 좀 다쳤어."

"다쳐? 어딜?"

"밍밍이가 봉근이 도와준다고 로봇을 탔었거든⋯⋯."

"로봇을? 밍밍이?"

"응… 불어우 엑스라고……. 막싸움 브이 하고 세트로 만든 게 있어. 그걸 타고 사도라는 괴물과 싸우다 그만 심한 부상을 입었지 뭐야……."

"응… 그랬구나. 봉근이는 언제 집에 오니?"

"늦게 와. 퇴근하면 병실에 들러서 밍밍이랑 놀아주다가 오거든."

"응~ 그럼 저녁때 같이 밍밍이 병문안 가자. 일단 우린 오랜만에 만났으니 회포를 풀어야지!"

어딘가로 사라졌던 조그만 팬더 분신들이 돌아오고 있었다. 자기 몸보다 큰 물건을 운반하는 모습이 마치 개미 떼를 연상시켰다. 맥주를 박스째로 들고 오는 놈, 소주 한 병을 달랑 들고 오는 놈, 오징어나 땅콩 같은 안주거리가 잔뜩 쌓인 소반을 들고 오는 놈 등 가지고 오는 것도 가지가지였다. 팬더 분신들은 진진과 소청이 먹기 좋도록 안주와 술을 배열하고는 진진의 옆에 이 열 종대로 줄을 맞춰 섰다. 진진은 빙그레 웃으며 분신들에게 말했다.

"수고했다. 이제 그만 가도 좋아."

"응~ 알겠습니다~ 모두 해산!"

팬더 분신들은 이리저리 흩어지면서 허공 속으로 사라졌다. 편리하고도 신기한 술법이었다. 소청은 소주 한 병을 따서 진진의 잔을 채웠다.

"자아~ 마셔, 반가운 친구."

"응~ 그래~ 오늘 소청이 노래 좀 들어볼까~"

소청은 소주 한 잔을 입에 탁 털어 넣은 뒤 숟가락을 집어 들었다. 거실의 대형 TV에 멋진 영상이 깔리면서 가사가 밑으로 지나갔다. 소청이 술법을 써서 노래방기기로 만든 것이다.

> 또 만났네~ 또 만났어~ 야속한 그 사람~
> 약속이나 한 것처럼 또 만났네~
> 나도 모르게 생각만 해도~
> 설레이는 내 마음 언제 볼까~
> 궁금했는데 또 만났네요~

소청이 멋들어지게 트로트를 불러 제끼는 동안 진진은 일어나 궁둥이를 흔들면서 춤을 췄고, 천장에서는 난데없는 벚꽃이 눈처럼 떨어졌다. 하얀 날개옷을 입은 요정(妖精) 수십여 마리가 소청의 발치에서 깔깔대고 웃으며 몸을 흔들었다. 진진은 마른 오징어를 집어서 공중으로 던졌다. 오징어는 말리기 전의 싱싱한 모습으로 돌아가더니, 마치 살아 있는 듯이 공중을 헤엄치고 다녔다. 백열등이 들어간 거실 램프가 마치 싸이키조명과 같은 빛을 뿜어내기 시작했다. 봉근과 밍밍의 신혼집은 순식간에 환상적인 나이트클럽으로 변했다. 팬더와 너구리의 유흥은 밤늦게까지 계속되었다. 정신없이 마시고 먹고 노래 부르고 춤추다 보니 그들은 밍밍의 병문안 계획을 까맣게 잊어버리고 말았다.

봉근은 새벽이 되어서야 집으로 터덜터덜 돌아왔다. 밍밍이 잠들 때까지 옆 자리를 지키느라 파김치가 된 봉근은 꾸벅꾸벅 졸면서 문을 열었다. 어두컴컴한 집 안에 들어선 봉근은 무언가 발치에 물컹한 것을 밟으며 넘어졌다.

"아이쿠! 이게 뭐야!"

봉근은 벽을 더듬어 전등 스위치를 올렸다. 실내가 확 밝아지면서 모든 게 드러났다. 봉근이 밟고 넘어졌던 것은 통통한 진진의 몸이었다. 진진과 소청은 술냄새를 풍기며 잠들어 있었다. 마루에는 술병이 뒹굴고, 먹다 만 안주가 지저분하게 흩어져 있었다. 봉근은 앞가슴을 풀어헤치고 고릴라처럼 가슴을 두들겼다.

"아우~ 열받아~ 아우, 열받아~ 아우, 열받아~ 진진, 이 녀석!"

봉근은 자고 있는 진진을 흔들어 깨웠다.

"일어나! 어서! 이 나쁜 자식!"

"웅… 봉근… 이구나… 잘 있었니……."

봉근은 눈을 비비며 잠에서 깨어난 진진의 몸을 번쩍 들어 올려 소파 위로 던졌다.

"아이구야! 왜 그래, 봉근아……."

"몰라서 묻냐! 어떻게 그렇게 말도 안 하고 사라질 수가 있는 거야! 친구끼리 그래도 되는 거야!"

봉근은 레슬러처럼 진진에게 달려들어 한참 동안을 엎치락뒤치락했다. 봉근의 코브라 트위스트에 걸려 껙껙대던 진진이 바닥을 치면서 항복했다. 봉근은 진진을 풀어주었지만 아직도 분이 풀리지 않은 듯 씩씩댔다. 진진은 아픈 허리를 두드리며 싱긋 웃었다.

"웅~ 미안해. 너한테 말없이 떠나야 할 이유가 있었다구……."

"이유는 무슨 이유… 그래, 그동안 뭐 하고 지냈니? 소문을 듣자니 지리산에서 사이비 도사처럼 지냈다구 하던대."

"사이비 도사는 무슨… 그냥 아픈 사람들 고쳐 준 것뿐인데……. 네가 막싸움 브이 타고 사도 무찌르는 장면은 텔레비전으로 다 봤어. 정말 대단하더라……."

"그 정도야 뭘… 보통이지! 아무튼 잘 돌아왔다! 밍밍이 요즘 아파
서 고생하는데 널 보면 좋아할 거야!"

"웅~ 그래, 내일은 꼭 밍밍의 병문안을 가야지……."

소란스러워 잠에서 깼던 소청은 정겹게 이야기를 나누는 봉근과 진
진을 보고는 다시 킁! 하고 콧방귀를 뀌어주곤 잠을 청했다.

홍콩 아방궁 빌딩 최상층에는 웅묘 왕국의 최고 통수권자인 팬더
마왕 앙꼬르가 거주하는 로열 룸이 있다. 이 방에는 중국 전역을 감
시할 수 있는 수백 대의 모니터가 벽에 설치되어 있고, 방 한가운데
는 앙꼬르가 난잡한 유희를 즐기기 위한 큰 물침대가 놓여 있다. 앙
꼬르는 보통 혼자서 시간을 보낼 때가 많지만 중요한 지시를 내릴 때
는 방에 설치된 호출기를 이용해 아래층의 죽림칠현 팬더들을 불러
낸다.

죽림칠현의 집무실인 죽림방(竹林房)이 최상층 바로 아래 있는 이유
가 바로 그것이다. 앙꼬르가 부르면 바로 튀어가기 위해서다. 팬더마
왕이 마침 수행원들을 데리고 서부 지역을 순찰하러 갔기에 아방궁에
기거하는 자들은 모처럼의 자유와 평화를 만끽하고 있었는데 죽림방에
는 무거운 공기만이 감돌고 있었다. 삼현(三賢) 리상마저 막싸움 브이
에게 희생된 지금 나머지 형제들의 기분이 좋을 리야 만무했다. 피를
나눈 일곱 마리의 형제들 중 벌써 세 마리가 죽었다. 홍콩을 주름잡던
죽림칠현(竹林七賢)은 이제 그 이름조차 사용하기가 부끄러울 지경이
었다.

죽림칠현의 나머지 형제들은 죽림방에 틀어박혀 술만 마시고 있었다. 귀주성(貴州省)에서 나는 맛 좋은 마오타이 주를 마시고 있었지만 모두들 표정이 어두웠다. 여섯째 지상이 불만을 터뜨렸다.

"쳇! 이젠 죽림칠현이 아니라 죽림사현(竹林四賢)이라 불러야겠수! 어이구, 속 터져! 이게 모두 그 멍청하고 음흉한 아리랑 백작 때문이야! 우리 형제들을 허약한 사도로 만들어 적과 싸우게 하더니 모두 죽고 말았잖아! 첫째 형 모상, 둘째 형 조상… 셋째 형 리상까지!"

"사도가 허약한 게 아니라 한국인들이 강했던 거야. 정말 무서운 민족이야. 십억 인민을 굴복시켰던 우리가 겨우 인구 사천만의 나라를 못 삼켜서 이렇게 고생하고 있다니……."

"지금 우리가 점령하고 있는 북한도 통치하기가 힘들다던대? 평안도 쪽에서는 아직도 반란군이 설치고 다닌대."

"그나저나 그 막싸움 브이라는 로봇은 정말 무섭더군. 어떻게 그런 우수한 성능의 전투 기계를 만들었지? 한국인들은 정말 기술력이 뛰어난가 봐."

"추봉근이라는 조종사는 또 어떻구. 우리 정보원이 가져온 자료에 의하면 머리 무게가 50킬로그램에 목둘레가 29인치나 된대."

"우와! 괴물이다!"

"게다가 술집에 가면 소주와 맥주를 마구 섞어서 양동이에다 담아 마시는데 전혀 취하지 않는다고 하더군."

"역시… 한국인들은 술이 세다니까."

"그리고 추봉근이란 자의 마누라는 구백 년 묵은 여우인데, 그 요사스러운 짐승도 그 자의 양기(陽氣)를 주체 못해 몸져누웠대."

"우와~ 역시 한국인들은 정력이 세다니까."

"거의 짐승이라고 할 수 있지."

형제들이 이야기를 나누는 동안 침통한 표정으로 술만 마시는 팬더가 있었으니, 그가 바로 넷째 변상이다. 어려서부터 무술을 좋아해 형의권, 번자권, 태극권, 팔극권 등 갖가지 권법과 창술, 도술, 검술 등 무기술을 익혀 가히 무신(武神)의 경지에 이른 그였다. 하지만 아무리 무예가 뛰어나더라도 그 역시 한 마리의 둔갑팬더일 뿐. 추봉근이라는 괴력의 인간을 꺾을 자신이 없었기에 답답한 마음을 달래기 위해 연신 술잔을 기울이고 있었다.

변상은 마오타이 주 한 병을 모두 비워 버린 뒤에 불그스레한 얼굴을 해가지고 자리에서 일어섰다. 취기가 오르면 용기도 생기는 법. 그는 탁자를 탕 하고 내려쳤다. 다른 형제들의 시선이 일제히 변상에게 쏠렸다.

"나… 아리랑 백작을 찾아가겠다."

"엥? 뭔 소리요, 형님! 그만둬요! 다른 세 형님처럼 되고 싶어서 그러슈? 으이구… 술 좀 먹었다구 객기 부리누만……."

지상이 인상을 잔뜩 찌푸리며 투덜거렸다.

"농담 아냐… 나 사도가 돼서라도 형님들의 복수를 하겠다."

"변상 형, 사도가 되어 이기더라도 괴물이 되어 있을 텐데 그게 무슨 의미가 있어? 아리랑 백작의 변환 기술은 역변환(逆變換)이 불가능한 거 몰라? 팬더에서 사도는 될 수 있어도 일단 사도가 되면 팬더로 돌아오기 힘들다고."

학구적인 다섯째 태상이 차분히 타일렀다. 그러나 변상의 결심은 확고해 보였다. 그는 벌떡 일어나 옷자락을 펄럭이며 죽림방을 나가 버렸다. 방 안에 남겨진 세 마리의 팬더는 멍하니 서로의 얼굴을 바라보았다. 막내 요상은 머리를 감싸 쥐고 괴로워했다.

"아아… 변상 형마저… 으흑……."

태상과 지상은 소심한 막내를 다독이며 위로했다. 그들이 할 수 있는 일은 이제 없었다.

변상은 리서치센터 사도 변환실에서 아리랑 백작과 단독 면담 중이었다. 둘 사이에는 커다란 마호가니 원목책상이 놓여 있었는데, 아리랑 백작은 대화 도중 심심하면 그 위에 올라가 탭댄스를 추었다.

따가닥. 따가닥. 딱딱. 따가닥. 따가닥. 딱딱…….

변상은 아리랑 백작의 구두 뒤축 소리와 남녀가 뒤섞인 얼굴에 짜증이 나서 소리를 버럭 질렀다.

"이제 그만 좀 하시지요! 아리랑 백작님!"

"아이구, 깜짝이야!"

아리랑 백작은 변상의 고함 소리에 놀라 마호가니 책상에 엉덩방아를 찧었다. 슬슬 기어서 의자에 내려와 앉은 백작은 콤팩트 화장품을 꺼내서 왼쪽 여자 얼굴의 화장을 고쳤다. 한참 동안 요리 보고 저리 보고 얼굴을 다듬은 백작은 콤팩트 뚜껑을 닫았다. 화장품을 집어넣은 백작은 빗을 꺼내어 오른쪽 남자 얼굴의 머리를 침 발라 넘기기 시작했다. 평생을 당당한 무도가로 살아온 변상에게 백작의 행동은 참기 어려운 구석이 있었다.

"아리랑 백작… 정말 꼴값하구 계시군요. 구역질이 나서 더 이상 못 보겠소……."

침을 탁 뱉고 돌아서는 변상을 막아서는 자들이 있었으니, 모두 검은 양복을 차려입고 체격이 좋은 남자들이었다. 변상은 의아한 표정을 지었다.

"너희들은 죽림칠현의 하부 조직원들이 아니냐? 감히 두목의 앞길을 막는 거냐?"

한 사내의 얼굴이 비웃듯이 묘하게 일그러졌다.

"변상, 한때는 네가 우리 형님이었지. 하지만 이젠 아니야. 앙꼬르 마왕의 명령으로 우린 아리랑 백작님의 수행원이 되었다."

아리랑 백작이 계속 빗질을 하며 깔깔 웃어댔다.

"오호호호! 아라리요~ 나가면 안 되지, 변상~ 이제 곧 네 번째 사도에 대한 이야기를 하려던 참인데~"

변상은 자신의 오른쪽에 서 있는 사내에게 장(掌)을 날렸다. 사내는 그대로 날아가 벽에 부딪쳤다. 그는 피를 흘리며 주륵주륵 벽에서 미끄러졌다. 왼쪽을 막고 섰던 사내는 겁에 질려 주춤주춤 뒤로 물러섰다. 변상은 사내를 날려보낸 손바닥을 부들부들 떨면서 중얼거렸다.

"권법(拳法)의 정수는 일격필살(一擊必殺). 배신자를 죽이는 데 있어 망설임은 없다."

변상을 막아섰던 아리랑 백작의 수하들은 겁이 나 도망치고 백작은 난처한 표정으로 어깨를 으쓱했다.

"저런저런~ 무척 난폭한 친구로군~ 리상보다 더 무서운 놈인걸. 그런데 손이 없는 팬더가 권법을 운운하다니 좀 웃기잖아? 오호호호호! 아라리요~ 네가 아무리 무예를 연마해 봤자 인간의 육체를 쓰는 기술을 익힐 뿐이야. 팬더의 몸으로는 강해지는 데 한계가 있을 거다. 아라리요~ 물론 추봉근 같은 강적을 꺾는 건 어불성설이지. 아

라리요~ 팬더는 원래 사냥이나 싸움과는 거리가 먼 동물… 아라리
요~"

백작은 신이 나서 탭댄스를 추기 시작했다. 변상은 아리랑 백작이
춤추고 있는 원목책상으로 돌아왔다. 그를 쳐다보지 않고 조용히 묻는
변상.

"그럼 어찌하면 좋겠소? 어찌하면 추봉근을 꺾을 수 있냔 말이오!
대답하시오, 아리랑 백작!"

"흠흠~ 방법이 아주 없는 건 아니지! 아라리요~"

변상의 눈이 번쩍하고 빛났다.

"방법이 있다고? 그게 무엇이요! 알려주시오, 아리랑 백작!"

백작은 다시 의자로 내려와 앉더니 책상 서랍에서 무언가를 꺼냈다.
먼지가 뽀얗게 앉아 있는 오래된 서책이었는데, 표지 네 귀퉁이는 너덜
너덜하게 해졌다.

백작은 책장을 휘휘 넘겨 보더니 탁 덮고는 변상에게 툭 던져 주었
다. 변상이 책을 받아 들자 백작의 입가에 묘한 웃음이 번졌다.

"규화보전이다, 변상."

"규화… 보전?"

"그래. 그 책을 통달하면 절세무공의 소유자가 되어 그 어떤 적도
너를 꺾을 수 없게 된다."

"음… 정말이오? 이 책의 무공을 익히면 추봉근을 꺾을 수가 있
소?"

"추봉근을 꺾을 수 있냐구? 그건 나도 몰라. 그 녀석은 무술의 차원
을 뛰어넘는 힘을 가진 녀석이라… 너도 알잖아? 태국의 무에타이 천
재 비수나를 꺾은 놈이야. 하지만 분명한 건 지금까지 규화보전의 무

공을 익힌 자들은 모두 시대를 풍미하는 절세고수가 되었다는 점이야. 너도 지금보다는 훨씬 강해질 거다."

"알았소. 내 반드시 규화보전을 통달하여 우리 형님들의 복수를 할 거요!"

"아라리요~ 그렇게 하도록 해~ 네 번째 사도는 바로 너다! 웅묘불패(熊猫不敗)!"

아리랑 백작은 신이 나서 구두 뒤축을 따각거리기 시작했다. 변상은 규화보전을 품속에 갈무리하고 사도 변환실을 나와 표표히 사라졌다. 그는 형제들에게도 연락을 끊고 몇 달간 잠적해 버렸다. 태상과 지상과 요상은 사라진 변상을 찾아 사방을 수소문했으나 허사였다. 그저 아리랑 백작이 또 무슨 흉계를 꾸몄겠거니 하고 막연히 추측할 뿐이었다.

세 번째 사도가 사망한 뒤 웅묘 왕국은 한동안 대한민국을 침략하지 않았다. 시민들은 마음 놓고 생업에 종사할 수 있어 좋았으나 나라의 방위를 책임지고 있는 군인들은 오히려 극도의 스트레스를 받고 있었다. 사도가 침공할 때마다 막대한 피해를 입었던지라 또 언제 일어날지 모르는 사도의 난동에 대비해 매일같이 가상 훈련이 이어졌다.

사도는 예측불허의 적이었다. 모든 물질을 먹어치우는 뚱보천사에 사람들의 정신을 공격하는 뇌 사도, 보름달이 뜨면 시민들을 공포에 몰아넣는 늑대팬더에 인간의 상식을 뛰어넘은 전술로 공격해 오는 사도에 맞서 싸우기 위해서는 그에 걸맞는 기발한 시나리오가 필요했다. 국방부는 전군에서 차출한 게임 시나리오 작가들의 상상력을 쥐어짜서

인류 역사상 유래가 없었던 가상 적군을 만들어냈다.

　강원도 깊은 산중에서는 특전사 부대원들의 기합 소리가 요란했다. 그들은 모두 엄중한 선발 과정과 혹독한 훈련을 거친 엘리트 병사들이었다. 그들은 하나같이 극한의 상황에서도 살아남아 반드시 임무를 달성할 수 있다는 자신감에 차 있었다.

　"사도 출현!"

　"으야압! 돌격!"

　착검된 소총을 들고 뛰던 검은 군복의 건아들은 이내 눈물을 찔끔거리며 바닥에 뒹굴었다. 그들은 눈을 마구 비비며 엉엉 울었다.

　"아아… 눈 매워! 으흐흐… 앞이 안 보여!"

　특전사 대원들 앞에는 둥그런 모양의 사도가 자신의 몸을 강판에 슥슥 갈고 있었다. 가상의 사도를 조종하는 훈련 교관이 악을 쓰듯이 외쳤다.

　"정신 차려! 이건 양파 사도다! 눈이 매워 괴롭겠지만 이겨내야 한다!"

　"으윽… 식초에 절여뿌라!"

　선발대가 엉엉 울고 있는 동안 방독면을 뒤집어쓴 후발대는 식초가 가득 들어 있는 맥주병을 수류탄 투척하듯이 집어 던졌다. 훈련에서 낙오된 대원 한 명이 교관에게 물었다.

　"교관님, 훈련 끝나면 저녁으로 뭐 먹나요?"

　"자장면이다."

　"그럼 양파는 충분하네요."

　"그렇지. 이거 잘라 먹으면 된다. 어차피 내일은 또 새로운 사도가

나온다!'

그들이 훈련을 통해 경험한 가상의 사도는 모두 오십여 종류에 달했는데, 그중에는 자신의 온몸을 불사르며 그 화염으로 적을 공격하는 '뼈와 살이 타는 곰' 사도의 얼굴을 바라보는 순간 병사의 몸이 메주로 변해 버리는 '메주 사도', 변절한 애인들의 영상을 보여주며 병사들이 난동을 부리게 만드는 '리버스 고무신' 같은 기상천외한 사도들도 있었다.

병사들은 과연 이런 해괴한 훈련이 전력 향상에 도움이 되겠냐며 회의적이었지만 군 지도부에서는 가상 훈련이 병사들의 돌발 상황에 대한 대처 능력을 높여주었다고 자평했다.

군인들이 가상 훈련에 열심인 동안 광천 기지에서도 막싸움 브이의 전투력을 높이기 위한 갖가지 시도가 이루어졌는데, 가장 눈부신 성과는 로켓주먹 회수 기술의 개발이었다. 지금까지 막싸움 브이의 로켓주먹은 적에게 치명타를 줄 수 있는 핵심전력이면서도 빗나가거나 관통했을 때 회수가 곤란하다는 맹점이 있었다. 그런 이유로 난동을 부리는 사도를 뒤로하고 주먹을 주우러 막싸움 브이가 열심히 뛰어가는 꼴사나운 모습이 종종 연출되었던 것이다.

하지만 국내 민간기업의 전폭적인 지원으로 로켓주먹의 회수 기술이 개발되어 적을 마음껏 유린하고 얌전하게 주인에게 돌아오는 로켓주먹이 탄생한 것이다. 경기도 광천의 한 텃밭에서는 고관장성들이 모인 가운데 막싸움 브이의 로켓주먹 회수 시범이 벌어지는 중이었다. 회수 시범을 참관하러 온 귀빈들 중에는 국내 굴지의 재벌그룹 총수 이와상 회장도 끼어 있었으니, 그의 얼굴에서는 시종 웃음이 떠나질 않

있다.

막싸움 브이가 은빛으로 번쩍이는 주먹을 쳐들었다. 지난번 늑대 팬더를 퇴치할 때 도금했던 은이 아직도 주먹을 감싸고 있었다. 조준이 끝나자 로켓주먹은 굉음과 함께 발사되어 수십 미터 전방에 서 있는 풍선로봇의 명치께를 관통했다. 풍선로봇이 맥없이 터져 버리고 주먹은 유유히 공중에서 선회한 뒤 막싸움 브이의 팔뚝으로 돌아왔다. 놀랍게도 로켓주먹에는 '샘숭 항공'이라는 상업적 로고가 빛나고 있었다. 육군참모총장이 웃는 낯으로 이와상 회장에게 말을 건넸다.

"회장님, 덕분에 우리 군의 전력이 가일층 강력해졌습니다. 국가를 위해서 이렇게 훌륭한 사업을 해주신 점 감사드립니다."

"허허… 뭘요, 나도 장사꾼이기 전에 한 명의 애국자일 뿐입니다. 그저 나라를 생각하는 우국충정에서 추진했던 연구일 뿐, 다른 생각은 없었지요."

이와상 회장은 속으로 실컷 웃어주었다. 비록 로켓주먹 회수 기술 개발에 막대한 연구 개발비가 투입되긴 했으나 어마어마한 홍보 효과를 생각하면 남는 장사였다.

'후후, 사도와 막싸움 브이의 격투 장면은 CNN 같은 뉴스 채널을 타고 전 세계에 리얼타임으로 뿌려진다. 수십억 명의 시청자들이 우리 샘숭 로고를 지켜볼 텐데 그 정도 연구비쯤이야 껌 값이지.'

이 회장은 가증스럽게도 겉으로는 우국충정을 말하고 속으로는 사도의 출현을 간절히 바라고 있었다. 그러나 사도는 전혀 예상치 못했던 방향에서 전혀 예상치 않았던 모습으로 침입했으니, 그로 인해 가장 막심한 피해를 입게 된 당사자는 추봉근이었다.

　광천 기지의 출입을 통제하는 헌병들은 자신들의 눈앞에 나타난 동물을 보고 경악해 마지않았다.

　"패, 팬더 아냐?"

　"서, 설마 웅묘 왕국에서 온 적인가?"

　분명 범상한 팬더는 아니었다. 두 발로 곧게 서서 헌병들을 노려보고 있는 팬더는 소매가 넓은 화려한 가운을 입었는데 앞발에는 섬뜩한 바늘 수십 개가 들려 있었다. 헌병들은 겁에 질린 얼굴로 소총을 팬더에게 거누었다.

　"누구냐! 신원을 밝혀라!"

　"너희들은 알 거 없다."

　"신원을 밝히래두! 어느 동물원 소속이냐!"

　"알거 없대두!"

　팬더가 대갈일성하며 하늘 위로 풀쩍 뛰어올랐다. 소매를 펄럭이며 높이 도약하는 모습이 한 마리 호랑나비처럼 아름다웠다. 헌병들은 얼이 반쯤 빠져서 공중의 팬더를 쳐다보고 있다가 온몸이 날카로운 금속에 찔리는 고통을 느꼈다.

　"크윽… 이게 뭐야……."

　"바늘이잖아… 내가 뭐 옷감인 줄 알아… 씨봉……."

　병사들은 몸에서 바늘을 뽑아내려 했지만 정확히 혈도가 찔린 그들의 몸은 옴짝달싹할 수 없었다. 팬더는 음흉한 웃음을 지으며 바늘에 연결된 실들을 서서히 당겼다.

　"우욱… 으으……."

병사들은 극심한 고통을 못 이겨 피와 신음 소리를 토해냈다. 상식적으로 이렇게 세게 바늘을 당기면 살에서 빠져야 정상인데 바늘들은 마치 끝에 갈고리라도 달린 듯이 살갗을 잡아당겼다. 팬더는 실을 타고 흘러나오는 병사들의 피를 낼름낼름 핥아먹었다.

"쿠쿠쿠… 너희들의 피를 마심으로써 나는 더욱더 힘을 얻는다. 이것이 바로 규화보전에 나와 있는 흡혈대법(吸血大法)이니라……."

온몸에 고슴도치처럼 바늘을 꽂고 있는 병사들은 도대체 자신들이 무슨 일을 겪고 있는지조차 파악할 수 없었다. 다만 실을 타고 흘러가는 자신들의 피를 마시는 동물이 팬더라는 사실만이 명확했다.

"으으… 저 녀석 도대체 어디서 온 걸까……."

"글쎄… 서울랜드 출신이 아닌 건 확실해……."

팬더에게 체액을 모두 빨린 헌병들은 뼈와 거죽만 남아 마치 미라와 같은 참혹한 몰골로 변해 버렸다. 그들은 분명 꿈틀대며 괴로워하고는 있었으나 이미 살아 있는 육체가 아니었다.

팬더는 피 묻은 주둥이를 쓰윽 닦고는 기지 안으로 걸어 들어갔다. 도중에 몇 번 제지를 당했으나 귀찮게 구는 병사들은 간단하게 장풍으로 날려 보냈다. 팬더는 코를 벌름거리며 무언가에 끌려가기 시작했다.

"오오~ 이 맛 좋은 피 냄새… 분명이 아름다운 여인의 향내다. 우흐흐흐……."

팬더의 탐욕스러운 눈이 번들거리고 손에 든 바늘쌈이 부들부들 떨렸다. 홀린 듯 복도를 헤매던 팬더는 광천 기지 내 병원으로 들어섰다. 자신을 막아서는 이쁜 간호원들에게 사정없이 바늘을 꽂아 피를 마셔주었다. 경비원들이 곤봉을 휘두르며 달려왔다. 남자 피에 질려 버린 팬더는 급소에 바늘을 날려 즉사시켰다.

마침내 발걸음이 멈춘 곳은 315호 병실문 앞이었다. 문을 열고 들어서자 파리한 얼굴의 여인이 고개를 들고 이쪽을 쳐다봤다. 팬더의 입가에 침이 흘렀다.

"넌 누구냐!"

밍밍은 낯선 팬더의 출현에 표독스럽게 물었다. 비록 오랜 병실 생활로 쇠약해져 있었으나 둔갑 여우 특유의 경계심은 날카롭게 살아 있었다.

"난… 절세고수 웅묘불패(熊猫不敗)다, 아름다운 여인이여……."

"캥! 누군지 모르겠으나 넌 적이다!"

밍밍이 손톱이 길어지고 있었다. 웅묘불패는 화려한 수가 놓여진 넓은 소매를 펄럭거렸다. 소매 안에서 실에 매달린 수백 개의 바늘이 주렁주렁 늘어졌다.

"흐흐흐… 너의 향기로운 피를 마시고 싶구나……. 오오~ 흥분된다."

"캥! 웃기지 마라!"

풀쩍 뛰어올라 손톱으로 상대방의 급소를 찔러 들어가던 밍밍은 온몸이 실에 휘감기며 균형을 잃었다. 병실 바닥에 쓰러진 밍밍은 몸을 버둥대어 봤지만 그럴수록 실은 점점 더 그녀를 옥죄어왔다. 웅묘불패는 앞발로 밍밍의 얼굴을 쓰다듬었다.

"오오… 마셔 버리기엔 너무 아까운 그녀… 크악!"

웅묘불패는 코를 감싸 쥐고 뒤로 물러섰다. 밍밍이 팬더의 콧등을 물어뜯은 것이다.

피 묻은 살점을 질경질경 씹어 먹는 밍밍. 그녀의 얼굴이 점점 길어지더니 털이 솟아났다. 엉덩이에서 꼬리가 훅 하고 튀어나왔다. 콧등이 떨어져 나간 웅묘불패는 화가 잔뜩 나 있었다.

"쳇! 이제 보니 여우였구나! 어쩐지 인간의 냄새와는 전혀 다르다 했지! 하지만 분명 좋은 냄새야. 여우가 오래 묵으면 도력이 쌓여 선녀(仙女)의 체취를 풍긴다더니 정말이구나! 널 마서 버려야겠다!"

실에 묶여 있는 밍밍을 향해 반짝이는 바늘들이 소나기처럼 날아들었다. 밍밍의 비명 소리가 기지 내에 퍼져 나갔다.

비명 소리를 듣고 달려온 봉근은 잠겨 있는 병실문을 이마로 들이받았다. 문을 부수고 안으로 들어가니 팬더 한 마리가 밍밍의 몸에다 바늘을 꽂고는 실을 훑고 있었다. 봉근의 얼굴이 보라색으로 변했다.

"이 자식이! 너, 변태냐! 죽을래! 감히 우리 밍밍한테! 아우~ 열받아~"

봉근은 팔을 풍차처럼 돌리며 웅묘불패에게 달려들었다. 절세고수인 웅묘불패가 봉근의 서투른 공격에 걸려들 리 만무했다. 그는 눈 깜짝할 새에 실을 모두 끊어버리고 봉근의 공격을 피한 뒤에 바늘을 날렸다.

웅묘불패는 눈을 크게 치떴다. 투두둑― 하고 힘없이 봉근의 발치에 떨어지는 것들은 분명 자신이 던진 바늘들이었다.

"이럴 수가! 바늘이 피부를 뚫지 못하다니! 저 녀석의 살가죽은 강철인가?"

봉근은 웅묘불패의 공격에도 아랑곳하지 않고 밍밍에게로 달려갔다. 그녀는 오랜 투병 생활에 지쳐 있던 터에 웅묘불패의 흡혈대법에 당해 목숨이 위태로운 지경에 이르렀다. 눈을 희번덕거리며 가쁜 숨을 색색 내쉬는 여우를 끌어안고 어쩔 줄 모르는 봉근.

"밍밍! 정신 차려! 죽으면 안 돼!"

웅묘불패는 봉근의 튼튼한 피부에 감탄하며 다시 한 번 흡혈대법을 시험하려 했다. 밍밍에게 정신이 팔려 있는 봉근의 등 뒤로 다가가 소매를 펄럭거리는 웅묘불패. 그는 갑자기 뒤통수에 충격을 받고 앞으로 고꾸라졌다.

"웬 놈이냐!"

신경질을 부리며 뒤로 돌아서자 둥그런 얼굴의 남자가 빙긋 웃으며 서 있었다.

"동족을 만나 반갑구나. 난 진진이라구 해~"

남자의 얼굴에 검은 털과 흰 털이 교대로 솟아나더니 팬더로 변해 버렸다.

"흥! 둔갑팬더로구나! 네 무덤을 네가 판 줄 알아라!"

웅묘불패의 소매에서 성난 바늘이 쏟아져 나왔다.

"웅~ 아파라~ 아이구, 따끔거려~"

진진은 온몸에 바늘이 꽂힌 채 몸을 뒤틀었다. 웅묘불패의 표정이 묘하게 변하고 있었다.

"가만있어 보자… 진진이라면… 앙꼬르에게 죽임을 당한 팬더 원로들이 애타게 찾던 그 주술사가 아닌가? 오호라~ 너, 잘 만났다. 네놈의 힘이 강대하고 술법이 오묘함은 귀에 딱지가 앉도록 들어왔던 터였다. 오늘 너의 피를 마셔 네놈의 힘을 내 것으로 만들 테다!"

진진의 피가 실을 타고 흐르기 시작했다. 웅묘불패는 실을 한곳으로 모아 자신의 입 안으로 가져갔다. 그는 아주 맛있는 음료를 마시는 것처럼 꿀꺽꿀꺽 잘도 삼켰다. 행복한 표정으로 피를 마시던 웅묘불패의 얼굴이 갑자기 일그러졌다. 간(肝)에서부터 극심한 통증이 전해져 왔다. 그는 눈알이 튀어나오는 고통 속에서 외쳤다.

"크윽… 이것은… 독혈(毒血)!"

진진은 유사시에 자신의 체액을 독(毒)으로 변화시킬 수 있는 능력이 있었다. 웅묘불패의 공력이 높긴 했으나 역시 진진보다는 한 수 아래였던 것이다. 웅묘불패는 바닥에 누워 온몸을 뒤틀기도 하고 자벌레처럼 기어가기도 하다가 한참 만에 온몸을 부르르 떨고 절명했다. 진진은 웅묘불패가 죽은 뒤 온몸에서 바늘을 떼어냈다. 팔뚝과 허벅지를 벅벅 긁는 진진.

"웅~ 아이구야~ 바늘 맞은 자리가 가려워~"

다시 인간의 모습으로 돌아온 진진은 봉근에게 다가서다가 얼굴이 하얗게 질리며 그 자리에 서버렸다. 봉근의 어깨가 들썩이고 있었다. 진진은 얼른 밍밍의 손목을 가져다 맥을 짚었다. 봉근은 맥을 짚는 진진의 손길을 뿌리쳤다.

"죽었어……."

봉근의 입에서 땅이 꺼지는 듯한 한숨이 흘러나왔다.

"흑… 밍밍이 죽었단 말이야……."

진진은 아무 말도 할 수 없었다. 믿을 수 없었다. 있을 수 없는 일이었다. 밍밍이 죽다니. 구백 년을 하루처럼 살아온 천하의 불여우 밍밍이 죽다니. 진진은 이것이 현실인지 꿈인지 분간할 수가 없었다.

봉근은 아예 어린애처럼 엉엉 목 놓아 울고 있었다. 닭똥 같은 눈물이 뚝뚝 떨어졌다. 그녀가 살아 있는 동안 최선을 다하지 못했다는 회한(悔恨)의 눈물이었다. 밍밍이 가고 나서야 봉근은 자신이 누군가에게 깊이 사랑받았다는 사실을 깨달았다.

"어흐흐흐— 미안해, 밍밍! 어흐흐흐— 용서해 줘, 밍밍!"

진진도 옆에서 말없이 울고 있었다. 긴 세월을 살아오면서 사랑하는 이들을 많이 떠나보냈던 진진이지만 이번만큼 슬픈 적은 별로 없었다. 봉근은 슬픔이 극에 달해 제정신이 아니었다. 밍밍의 시신을 마구 흔들다가 고통스럽게 울부짖었다. 벽에다 머리를 찧으며 자해를 하는가 하면 가슴을 두드리며 감정을 분출시켰다.

"아우~ 이럴 순 없어! 아우~ 열받아! 앙꼬르! 죽여 버리겠어! 어흐흐흐… 어흐흐흐……."

분노와 슬픔이 어지럽게 교차하며 봉근의 마음을 뒤흔들었다. 진진은 항상 들고 다니는 조그만 손가방에서 오렌지 색의 반투명 플라스틱 병을 꺼냈다. 병 속에는 은단처럼 자그만 알약들이 가득 들어 있었는데, 이는 심화(心火)를 진정시켜 몸을 보호하는 한약이었다. 진진은 정수기에서 따뜻한 물을 받아 알약을 풀었다. 은은한 약초 냄새가 병실 안에 퍼져 나갔다. 냄새를 맡은 봉근이 조금씩 진정되어 가고 있었다. 진진은 봉근에게 약이 담긴 종이컵을 내밀었다.

"자, 마셔……."

봉근은 진진이 내미는 약을 꿀꺽꿀꺽 단숨에 마셨다. 봉근의 마음이 진정되자 진진은 간호원들을 호출하고 소청에게 전화를 걸어 장례식 문제를 상의했다. 소청은 밍밍의 비보(悲報)를 듣고 오열했으나 이내 이성을 되찾고 장례 준비에 들어갔다.

밍밍의 장례식은 매우 성대하게 치러졌다. 그녀는 몇 번씩이나 국가를 위기에서 구해낸 추봉근 병장의 부인이자 몸소 불여우 엑스를 타고 싸웠던 여전사였다. 국방부 장관, 삼군 참모총장, 한미 연합사령관 등 고위 관료와 장성들, 진경립 연구소장, 고선진 팀장 등 연구소 관계자들, 박말자 대위, 막싸움 브이 정비공 등 봉근의 동료들, 소청이 초청한 재한 중국 둔갑동물들, 뇌 사도를 물리쳤던 세일러 마담 등이 참석해 고인의 명복을 빌었으며 국내외 공중파 방송사, 케이블 방송사, 신문사, 잡지사 등에서 몰려온 수십 명의 기자들이 밍밍의 장례식을 취재했다.

"그녀는 친절했고, 강인했으며, 본질적으로 선한 사람이었습니다. 지친 동료들에게 맛있는 간식을 만들어주던 그녀의 미소를 우리는 결코 잊지 못할 겁니다……."

진경립 연구소장이 추도사를 읽어 내려가는 동안 봉근은 밍밍의 기억을 되새기고 있었다. 그의 기억은 과거를 거슬러 올라가기 시작했다.

회상 1.

사도가 출현하면서 봉근의 하루 일과는 막싸움 브이를 타고 전투 훈련을 하는 것으로 시작됐다. 군화 끈을 매고 집을 나서는 봉근에게 무언가를 내미는 밍밍. 박하사탕이 가득 담겨 있는 예쁜 유리병이었다. 병목에는 분홍색 리본이 매듭 지어져 있고 리본 끝에 '밍밍이 박하사탕'이라고 적혀 있었다.

"오빠, 훈련받기 힘들지? 조종석에 갇혀 있으니 답답하고……. 그럴 때마다 내 생각하면서 하나씩 먹어."

"밍밍, 고맙다."

그는 박하사탕에서 묻어나는 아내의 살가움에 몸서리치도록 행복했다.

회상 2.

그는 아직 밍밍에게 마음을 열지 않았다. 봉근의 관심은 온통 회사 동료인 미스 송에게 쏠려 있는 상태였다. 물론 미스 송은 대부분의 여직원들이 그렇듯이 그를 경멸했다. 하지만 봉근의 일방적인 구애는 계속되고 있었고, 밍밍의 존재는 봉근이 이루고자 하는 사랑의 장애물일 뿐이었다. 회사 근처 빵집에서 밍밍을 만나고 있는 봉근의 표정과 목소리에는 짜증이 섞여 있었다.

"아우~ 짜증나! 왜 자꾸 쫓아다니니?! 회사에까지 찾아오고! 난 여우한테 관심없다니까! 진진이 얼굴 봐서 우리 집에 머물게 해주는 거니까 살림이나 잘해!"

"캥… 오빠, 너무해… 흑……."

"그러니까 왜 회사까지 찾아오고 그래… 여직원들이 보면 괜히 의심한다고."

밍밍은 커피잔을 집어 드는 봉근의 두툼한 손가락을 물끄러미 쳐다보았다. 그녀는 샐쭉 웃으며 말했다.

"오빠 손……."

"응?"

"오빠 손… 참 착해……. 뭉툭하고 두툼하고… 처음 봤을 때 참 착하게 생긴 손이라고 생각했어."

봉근은 심드렁하게 자신의 손을 바라보다가 가운뎃손가락을 세워 보았다.

"내 손… 착하지?"

"오… 오빠… 그건 빽큐… 잖아……."

"응."

밍밍의 뺨에서 뜨거운 눈물이 한줄기 흘러내렸다.

"흑… 오빠, 너무해……."

테이블 위에 놓여진 단팥빵 위로 밍밍의 눈물방울이 떨어지고 있었다.

회상 3.

봉근과 밍밍, 진진, 소청은 시내에서 술 한잔을 걸치고 집에 돌아가는 중이었다.

철도 건널목 앞에 선 봉근은 갑자기 눈시울이 붉어졌다. 봉근의 표정을 살피던 밍밍이 궁금해 물었다.

"왜 그래, 오빠? 오빠답지 않게 울먹거리고……."

"응… 왠지 이곳… 슬퍼… 전에 한번 와봤던 거 같애……."

"서울 살면서 여길 처음 와봤겠어? 오며 가며 지나쳤겠지."

봉근은 기차가 지나갈 때 엉엉 울고 있었다. 왜 우는지는 자신도 몰랐다.

진 소장의 추도사가 거의 끝나갈 무렵 봉근은 갑자기 밖으로 뛰쳐나갔다. 그는 슬픔을 못 이겨 괴성을 지르고 있었다.

"우아이아~ 우아이아~ 밍밍ㅡ! 밍밍ㅡ!"

놀란 진진과 소청이 그를 붙잡으러 장례식장을 빠져나왔다. 진진은 고개를 두리번거리며 봉근을 찾았다.

"웅~ 봉근이 녀석 어디로 가버린 거지?"

"아! 저기 있다! 머리가 커서 찾기 쉽다니까."

소청이 철도 건널목 쪽을 가리켰다. 봉근은 위험스럽게도 레일 위에 멈춰 서 있었다. 통행 차단기가 내려오고 경고등이 점멸했다. 봉근의 정면에서 시커먼 화물 열차가 빠른 속도로 달려오고 있었다. 진진은 놀라서 소리를 질렀다.

"봉근아! 위험해! 어서 피해!"

봉근은 진진의 외침을 듣는지 마는지 멍하니 열차를 마주 보고 서 있었다. 진진과 소청이 사력을 다해 철도 건널목으로 뛰었으나 열차가 더 빨랐다. 충돌 직전에 소청은 두 눈을 질끈 감았다. 봉근은 양팔을 벌리고 목이 터져라 외쳤다.

"나 다시 돌아갈래애애애애애애~"

"보오옹그으은아아아~"

진진은 달리는 열차를 향해 절규하듯이 친구의 이름을 불렀다.

진진과 소청은 서로 머리를 맞대고 이게 도대체 어찌 된 일인가 토론했다. 분명 봉근은 달려오는 열차를 향해 두 팔을 벌리고 서 있었다. 그러나 열차가 멈추고 경찰이 도착했지만 봉근의 시신은 찾을 수가 없었다. 피 한 방울 떨어지지 않은 레일과 자갈은 봉근이 열차에 치이지 않았다는 사실을 말해 주고 있었다.

"봉근이 녀석… 괜히 쇼한 거 아닐까? 우릴 놀래주려고……."

소청이 입을 샐쭉거리며 퉁명스럽게 말하자 진진은 고개를 도리도리 저었다.

"밍밍을 잃은 충격으로 절망해 있는 녀석이 그런 장난을 칠 리가 없잖아. 내 생각엔 아무래도……."

"뭐?"

진진이 뜸을 들이자 소청이 궁금해 다그쳤다.

"뭔데? 봉근이 어떻게 된 거야?"

"아무래도… 차원 이동을 한 거 같아."

"차원… 이동?"

"응, 시공간을 뛰어넘어 다른 세계로 가버리는 거지. 이 철도 건널목 주변에 웜홀이 있는 게 틀림없어."

"웜홀?"

"응. 우리가 살고 있는 세계와 다른 세계를 이어주는 통로라고나 할까."

"흠… 그리고 보니 3백 년 전에 내가 살던 마을에도 비슷한 일이 있었지."

"그래?"

소청은 고개를 끄덕이며 말을 이어 나갔다. 그녀는 오래전 기억을 더듬느라 미간을 잔뜩 찌푸렸다.

"그러니까… 내가 마을 처녀로 둔갑해서 떡을 얻어먹고 있었는데, 떡을 나눠 준 여인이 갑자기 사라져 버린 거야. 그 장면을 목격한 자 중에 나와 같이 떡을 먹던 남자가 있었는데, 그는 여인이 눈앞에서 증발했다고 관가에 고했다가 살인 누명을 쓰고 투옥되었지. 나도 공범으로 몰렸는데 너구리로 돌아와 그 마을을 떠나 버렸어."

"음… 그 여인도 분명 차원 이동을 한 게 틀림없어."

"재밌는 건 그 마을에서 이후에도 적지 않은 사람이 실종됐다는 거야. 소문에는 호랑이가 물어갔다고도 하고 귀신이 잡아갔다고도 했지. 난 그 기분 나쁜 마을에는 두 번 다시 돌아가지 않았어."

진진은 무언가 골똘히 생각에 잠겨 있었다. 철도 건널목에 차단기가 내려졌다. 소청은 땡땡거리는 경고음이 시끄러워 귀를 막았다. 진진이 큰 소리로 말했다.

"여기가 웜홀이 틀림없어."

"뭐라고?"

소청은 귀를 막은 채로 진진에게 물었다. 열차가 점점 더 다가오고 있었다.

"여기가 웜홀이 틀림없다고. 기차가 지나는 순간에 이세계(異世界)로 통하는 출구가 열리는 거야. 봉근은 거길 통해 다른 곳으로 가버린 게 틀림없어."

"무슨 소린지 안 들려."

기차가 거의 다다랐을 때 진진은 차단기 밑으로 허리를 숙이고 선로에 들어섰다. 소청이 기겁을 해서 진진에게 나오라는 손짓을 했다.

"무슨 짓이야! 위험해, 진진! 어서 나와!"

"소청! 여기가 차원 이동을 하는 장소가 틀림없어! 봉근이가 괜찮은지 따라가 봐야겠어!"

"옴메! 난 몰라!"

소청은 두 손으로 눈을 가렸고 진진은 봉근이 했던 것처럼 두 팔을 벌려 기차와 마주섰다. 기적 소리에 맞서 힘차게 소리치는 진진.

"나 봉근이 따라갈래애애애애애애~"

육중한 기관차가 자신을 덮치는 순간 진진은 정신이 아득해짐을 느꼈다. 파란 하늘이 보이다가 눈앞이 노래지고 별이 보이는 듯도 했다. 의식은 점점 멀어져만 갔다. 소청이 울부짖는 소리가 아주 먼 곳에서 들려왔다.

　진진은 살며시 눈을 떴다. 눈앞이 온통 하얀색이었다. 하얀색 공간 가운데 세로로 길쭉한 빛의 줄기가 보였다.
　'응… 이곳이 이세계(異世界)인가? 정말 기하학적인 풍경이구나.'
　시력이 점차 돌아오자 빛의 줄기가 좀 더 현실적으로 보였다.
　'응… 뭐야… 형광등이었네.'
　하얀색 공간은 그냥 보통 회벽이었다. 옆으로 고개를 돌리고 싶었지만 꼼짝도 하지 않았다. 말을 하고 싶었으나 턱이 제대로 움직이지 않았다. 불쑥 하고 나타난 얼굴은 진진을 깜짝 놀라게 했다. 주름이 자글자글한 노파의 얼굴. 바로 소청의 얼굴이었다. 소청은 걱정스러운 얼굴로 말했다.
　"도대체 왜 그런 미련한 짓을 했어, 진진? 의사 말이 죽지 않고 살아난 게 기적이래. 기관사가 재빨리 정지시켰으니 다행이지 조금만 늦었어도 황천 갈 뻔했어."
　"응응응～ 우우웅(여기가 어디야)?"
　"어디긴 어디야, 병원이지. 전치 8주래. 온몸에 기브스했으니 앞으로 꼼짝 않고 누워 있어야 돼."
　"응… 우우우우웅(흑… 난 왜 차원 이동이 안 된 거야)……."
　진진은 머리부터 발끝까지 붕대에 감긴 채 눈만 내놓고 있었다. 소청은 웅웅대는 진진을 보며 키득키득 웃었다.
　"진진아～ 너 꼭 미라 같구나. 아이구, 너 간호할 생각 하니 끔찍하다. 어서 나아라. 봉근이야 어딜 내놔도 살아남을 녀석이니 걱정하지 말구."

진진은 도대체 봉근이 어디로 사라졌는지 궁금해 죽을 지경이었다. 하지만 진진이 할 수 있는 일은 아무것도 없었다. 그저 병실에 죽은 듯이 누워 있을 수밖에. 석고붕대로 감은 다리가 근질거렸다.

제8장
봉근, 다른 세계로 가다

봉근은 자신의 눈앞에 나타난 색다른 풍경에 놀라 멍하니 서 있었다. 밍밍을 잃은 슬픔에 못 이겨 열차로 뛰어들었던 그는 지금 생전처음 보는 장소에 와 있었다. 그는 분명 몇 분 전만 해도 회색 빛 도시 한가운데에 있었다. 그런데 지금은 지름이 수미터는 됨 직한 거목들이 빽빽이 들어선 울창한 숲 속에 와 있는 것이다. 숲 속을 온통 차지하고 있는 거목이나 주변에 자라고 있는 식물들로 봐서 한국은 분명 아니었다. 봉근은 자신에게 어떤 일이 벌어진 건지 제대로 상황 파악을 못하고 있었다. 사방이 숲이라 어디로 가야 할지 도통 감이 잡히지 않았다. 그는 커다란 나무 밑동에 털썩 주저앉아 생각에 잠겼다. 이상한 숲 속으로 떨어지기 전에 마지막으로 남아 있는 기억은 자신을 향해 무섭게 달려들던 기관차였다.

'설마… 이곳은 저승인가? 음… 그렇군. 난 죽은 게 틀림없어.'

자신이 죽었다는 생각이 들자 왠지 허탈한 심정이 들었다. 파란만장한 인생이었지만 왠지 아쉬웠다. 밍밍과의 사랑을 제대로 꽃피워 보지 못하고 죽었다는 게 너무 억울했다. 밍밍에까지 생각이 미치자 정신이 퍼뜩 들면서 또 다른 희망이 솟구쳤다.

"그래! 이곳이 저승이라면 밍밍을 다시 만날 수 있을지 몰라!"

봉근은 벌떡 일어섰다. 다른 영혼들이 머무는 곳으로 가야 했다. 자신이 서 있는 위치는 전혀 알 수 없었지만 해가 떠 있는 방향을 기준 삼아 동서남북은 가늠할 수 있었다.

'그런데 저승에도 태양이 뜨다니 웃기는군.'

봉근은 남쪽으로 발걸음을 옮겼다. 살아 있을 때도 태양이 이글거리는 남국을 동경하던 봉근이었다. 왠지 남쪽으로 가면 좋은 일이 벌어질 것 같았다.

"하아아아악— 하아아아악—"

봉근은 어디선가 들려오는 여자의 비명 소리에 귀를 쫑긋 세웠다. 비명 소리는 두시 방향에서 들려오고 있었다. 봉근은 소리가 들려오는 쪽으로 뛰어갔다. 수풀 사이로 움직이는 물체가 보였다. 가까이 가서 보니 금빛 머리칼이 출렁이며 이쪽으로 오고 있었다.

"하아아악!"

"아이구야!"

봉근은 수풀 속에서 뛰쳐나온 여자와 정면으로 충돌하고 말았다. 봉근은 균형을 잃고 뒤로 자빠졌고 여자의 몸은 쓰러진 봉근의 위로 포개어졌다. 여자는 봉근의 얼굴을 가까이서 보더니 비명을 지르며 뒤로 물러섰다. 봉근은 툭툭 흙을 털고 일어서 자신과 부딪친 여자를 자세히 살펴보았다. 서양 여자였다. 머리는 금발에 얼굴은 앳되었는데 피부는 눈처럼 희고 눈은 호수처럼 파랬다. 그녀의 옷은 옛날 서양 사람들이 입던 드레스였다. 나뭇가지에 찢기고 더럽혀졌으나 무척 화려한 장식이 달려 있었다. 그녀는 집 잃은 강아지처럼 오돌오돌 떨면서 봉근을 두려운 눈으로 쳐다보고 있었다.

"아가씨는 누구세요?"

"······."

여자는 아무런 대답 없이 봉근을 계속 두려운 눈으로 관찰할 뿐이었다. 봉근은 자신의 이마를 탁 치며 웃었다.

"아아··· 서양 사람한테 영어로 물어봤어야지!"

봉근은 혀를 말았다 폈다 하면서 준비 운동을 해준 뒤 짧은 영어로 썰을 풀어 나갔다.

"후아유? 웨아유프롬? 하우올드아유? 유아 베리 프리티. 아유 버진?"

"······."

여자는 여전히 묵묵부답이었다. 봉근은 뒷머리를 벅벅 긁었다.

'벙어리인가? 아니면 영어를 못하는 유럽인인가?'

답답해하던 봉근은 화들짝 놀라며 뒤로 물러섰다. 무언가 팽 하는 소리와 함께 귓가를 스치고 지나갔기 때문이다. 뒤를 돌아보니 커다란 나무 줄기에 검은색 화살이 꽂혀 있었다. 화살대는 아직도 힘이 남아 부르르 떨리고 있었다.

"햐아아아악!"

여자가 다시 비명을 지르기 시작했다.

"아가씨! 왜 그래요! 진정해요! 지······."

봉근은 말문이 막혀 버렸다. 여자의 등 뒤로 괴상한 생물이 접근하고 있었다. 얼굴은 분명 돼지의 얼굴인데 사람처럼 두 발로 걸어다니고 있었으며 사람의 옷을 입고 손에는 둥그렇게 휘어진 칼을 들고 있었다. 봉근은 여자의 등 뒤를 가리키며 소리를 질렀다.

"아가씨! 조심해요! 뒤에 멧돼지가!"

"햐아아악! 햐아악!"

여자는 대답 대신 냅다 소리만 질렀다. 봉근은 그제야 자신들이 그 돼지머리 괴물들에게 포위당했다는 사실을 깨달았다. 돼지머리 괴물은 도합 스무 마리 정도였으며 하나같이 고약한 인상에 지독한 냄새를 풍겼다. 그놈들은 모두 손에 날카로운 병장기들을 들었는데 어떤 놈들은 시커먼 활에 화살을 먹여 봉근을 겨누고 있었다. 봉근은 상황이 극도로 불리함을 깨닫고 손을 들어 올렸다. 돼지 몇 놈이 달려들어 봉근과 여자를 밧줄로 포박했다. 돼지머리들은 봉근과 여자를 굴비처럼 엮어서 어딘가로 끌고 가기 시작했다. 여자는 비참한 얼굴로 연신 눈물을 흘렸고, 봉근은 이 황당한 사태를 어떻게 받아들여야 할지 혼란스러웠다.

'젠장, 여기가 말로만 듣던 지옥이라는 덴가? 그럼 이 여자도 죄를 많이 지었나 보지?'

그는 밍밍을 만나려던 계획이 점차 멀어지는 것을 느꼈다.

돼지머리들은 저희들끼리 이상한 언어로 대화했는데, 꽥꽥거리는 억양에 지독한 입 냄새가 봉근을 괴롭혔다.

"아우~ 이 자식들! 평소라면 소주에 곁들여 안주로 구워 먹을 녀석들이! 아우! 열받어!"

하루 종일 걸었으나 빽빽한 숲이 끝도 없이 계속되었다. 봉근은 다리가 튼튼해서 별문제없었으나 여자는 자꾸 비틀거리며 쓰러졌다. 돼지머리들은 쓰러지는 여자에게 꽥꽥거리며 짜증을 내다가 어느 지점에 이르자 짐을 풀었다. 태양도 숲 저쪽으로 넘어가고 점차 어둠이 찾아오기 시작했다. 돼지머리들은 저희들끼리 역할을 분담해서 야영지를 만들었다. 마른 나뭇가지를 모아 불도 피우고, 저희들끼리 먹을 것도 나누어 먹었다. 여자와 봉근에게는 시커먼 죽 같은 것을 주었는데 여자는 거부했지만 봉근은 결박된 손으로 스푼을 쥐고 맛있게 퍼먹었다. 모양은 볼품없었지만 허기가 져서 그런지 꽤 맛있었다. 깨죽 같기도 하고 잣죽 같기도 한 것이 무척 고소했다. 봉근이 죽을 다 먹고 나서 큰 소리로 트림을 하자 돼지들은 낄낄대고 웃었다. 봉근은 기분이 나빠져서 돼지들에게 소리쳤다.

"야이, 삼겹살들아! 내일 아침에는 네놈들을 구워서 먹을 테다! 상추에 싸서 꼭꼭 씹어 먹어줄 테다, 이놈들아!"

"쿠에엑~ 쿠에엑~"

돼지들은 봉근의 말을 알아듣는지 모르는지 저희들끼리 좋아서 낄낄댔다. 봉근은 자신이 삼겹살과 대화한다고 생각하니 자존심이 상했다.

여인은 무척 상심한 표정이었다. 오뚝한 콧날에 붉은 입술이 무척 아름다운 얼굴이었는데 수심이 가득하니 보는 사람으로 하여금 애틋한 연민을 불러일으키기에 충분했다. 봉근은 여인이 불쌍하다는 생각이 들어 무언가 위로의 말을 해주고 싶었다. 다시 한 번 짧은 영어를 구사하는 봉근.

"돈 워리 비- 해피."

"……."

봉근이 큰 이빨을 드러내며 웃어주었으나 여인은 아무 말도 하지 않았다. 봉근은 모닥불에 비친 그녀의 얼굴이 참 아름답다고 생각했다. 섹시하면서도 동양적인 아름다움을 간직했던 밍밍과는 또 다른 분위기를 풍기는 여인이었다. 그녀는 곤란한 지경에 처했으면서도 기품이 흘렀고, 더러워진 옷을 입었어도 고결함이 손색되지 않았다. 봉근은 여인의 아름다움을 감상하다가 어느새 잠이 들어버렸다. 금발머리의 미인과 따뜻한 모닥불은 봉근에게 기분 좋은 휴식을 가져다 주었다.

돼지머리의 인간들은 생김새와는 달리 부지런한 구석이 있었다. 봉근과 금발의 여인이 아직 새벽잠에 취해 있는데 돼지인간들은 해가 뜨기 전부터 일어나 부산을 떨었다. 병장기에 맺힌 이슬을 닦아내고 봇짐을 꾸리고 식량을 점검하는 등 소란스럽게 움직였다. 봉근은 꽥꽥거리는 소리에 못 이겨 눈을 떴다. 금발의 여인은 이미 자리에서 일어나 눈을 부비고 있었다. 아침에 보는 금발의 여인은 더욱 청초한 매력을 내뿜고 있었다. 봉근은 그녀에 대해 너무 궁금한 게 많았다. 나이는 몇 살이고, 국적은 어디이며, 이름은 뭐라 하는지…….

"헬로… 프리티 걸…….

또다시 봉근의 짧은 영어가 시작되었다. 여인은 물끄러미 봉근을 쳐다보다가 자지러지게 놀라는 비명을 질렀다.

"하아아아악!"

봉근은 여인의 비명에 놀라 뒤로 벌렁 넘어졌다.

"왜… 왜 그래요? 내가 그렇게 무서워요? 하긴… 제가 좀 무섭게 생기긴 했죠. 하지만 마음만은… 마음만은… 으액! 으악!"

"하아아아악!"

봉근과 여인은 동시에 비명을 질렀다. 돼지머리가 공처럼 데굴데굴 굴러와 두 사람 사이에 들어왔다. 돼지의 얼굴은 공포에 질려 있었고 목에서는 피가 흘렀다. 사방에서 꽥꽥대는 소리가 들려왔다. 알아들을 수는 없었으나 돼지머리의 인간들이 무척 흥분해 있는 건 분명했다. 활을 든 돼지인간들이 검은 화살을 날려 보냈다. 봉근은 그제야 돼지 인간들을 공격해 오는 자들을 발견했다. 그들은 아이보리 색 옷을 입고 있는 금발머리의 전사들로, 키가 훤칠하고 체구가 당당했으며 손에는 거대한 칼이나 긴 창을 들고 있었다. 그들 중 몇몇은 날렵한 흑마를 타고 다니며 돼지인간들의 목을 쳤다. 활과 둥근 칼로 저항하던 돼지인간 보병들은 금발의 전사들을 당해낼 수 없었다. 그들은 수적으로 우월했으며, 전투력 또한 대단했다. 특히 흑마를 탄 기사들은 말이 돼지인간을 스치는 족족 목을 공중으로 날려 보냈다. 봉근과 여인은 참혹한 살육전이 벌어지는 동안 수풀 속에 숨어 목숨을 보전코자 했다.

드디어 돼지인간들이 뿔뿔이 흩어져 도망치기 시작했다. 일부 기사들은 패주하는 돼지인간들을 뒤쫓고 대부분의 금발 전사들은 주위를 두리번거리며 무언가를 찾기 시작했다. 봉근은 수풀 밖으로 뛰쳐나가려는 여인의 손목을 잡아당겼다. 여인이 소리를 지르려 하자 솥뚜껑 같은 손으로 얼른 그녀의 입을 막는 봉근.

"쉿! 가만히 있어요. 저놈들도 어떤 마음을 먹고 있는지 알 수 없잖아요."

"음~ 음~ 음음음~"

여인이 무언가 말하려고 발버둥 쳤으나 그럴수록 더욱 세게 입을 틀어막는 봉근이었다.

"쉬잇! 으이구, 조용히 하래두… 끄아악!"

봉근은 손가락을 감싸 쥐고 땅바닥에 머리를 박았다. 여인이 작은 입으로 그의 손을 힘껏 깨물었던 것이다. 금발의 여인은 수풀 속을 뛰쳐나와 말 탄 기사 한 명에게 달려갔다. 두 발이 밧줄로 연결되어 있어 마음껏 뛰지는 못했으나 그래도 꽤 빠른 속도로 달려가고 있었다. 기사는 곧 여인을 발견하고 말을 이쪽으로 몰았다. 여인은 기쁜 표정으로 기사에게 달려가다 우뚝 멈춰 섰다. 그녀의 얼굴에 두려움이 깃들었다. 기사는 검은 화살에 목줄기를 관통당해 말 위에서 그대로 절명했다. 또 다른 기사가 말을 몰아 왔지만 그 역시 검은 화살을 맞고 낙마했다. 금발의 여인은 다시 봉근이 있는 곳으로 돌아오다 앞을 막아서는 돼지머리 인간에게 붙잡혔다.

"하아아악— 하아아악— 하아아악—"

그녀는 미친 듯이 비명을 지르며 손발을 움직였지만 돼지인간은 털이 숭숭 난 팔뚝으로 그녀의 허리를 꽉 붙들고 있었다. 장창을 꼬나쥔 금발의 전사 한 명이 고함을 지르며 돼지인간에게 달려왔다. 돼지인간은 씨익 웃으며 작은 손도끼를 꺼내 들었다. 돼지인간이 손을 들었다 놓자 금발의 전사는 이마에 도끼를 박고 쓰러졌다. 여인을 잡고 있는 돼지인간은 다른 동료들보다 덩치가 훨씬 크고 뾰족한 어금니도 한껏 튀어나와 있었다. 생김새만큼이나 억세고 싸움에 능한 돼지인간이었다.

"야, 이 삼겹살 놈아! 어서 그 아가씨를 풀어주지 못할까!"

돼지인간은 큰 소리를 지르며 수풀 속에서 뛰어나오는 봉근을 보고 씨익 웃었다. 봉근의 팔다리는 밧줄에 묶여 있었다.

"어서 풀어주지 못하겠어! 안 그러면 불판에다 구워 먹을 테야! 마늘

과 같이 구워서 쌈장에 찍어 먹을 테다!'

결박당한 채로 방방뜨며 발악하는 봉근이 돼지인간은 무척 재밌었다.

"꾸에엑~ 꾸에엑~ 꽥꽥꽥~"

돼지인간이 고개를 뒤로 젖히고 웃었다. 봉근은 화가 머리끝까지 났다. 멧돼지에게 놀림을 받을 수는 없었다.

"아우~ 열받아~ 아우~ 열받아~ 아우~ 열받아~"

봉근의 맥박이 급상승하고 있었다. 얼굴색이 순식간에 적색으로 변했다. 안면의 핏줄이 툭툭 튀어나왔다. 봉근은 앞이빨로 손목을 감고 있는 두꺼운 밧줄을 물었다. 돼지인간은 말을 묶어두는 데 쓰이는 두터운 밧줄이 봉근의 앞이빨에 맥없이 끊어지자 흠칫 놀라는 표정을 지었다. 봉근은 주저앉아 발목의 밧줄도 끊어버린 뒤에 돼지인간에게 달려들었다.

"야, 이 냄새 나는 돼지 놈아! 네놈을 정육점 빨간 불 아래로 보내주마!"

"꾸에에엑~"

봉근은 다짜고짜 돼지인간의 어금니를 붙잡고 양쪽으로 있는 힘껏 벌리기 시작했다. 돼지머리의 인간은 괴로운 비명을 내질렀다. 금발여인은 끔찍한 장면을 견디지 못하고 고개를 돌려 버리고 말았다. 봉근의 손에는 피 묻은 돼지인간의 어금니가 들려 있었다. 돼지인간은 어금니가 뽑히는 고통을 못 이겨 혼절해 버렸다.

잠시 후 달려온 금발전사들은 자신들의 눈앞에 벌어진 광경에 어리둥절한 모습이었다. 금발의 여인은 오들오들 떨고 있고, 돼지인간은 쓰러져 있고, 정체 불명의 종족이 돼지인간의 어금니를 들고 있었다. 전사들은 봉근과 같이 돼지인간들에게 사로잡혔던 금발의 여인과 서로 아는 사이처럼 보였다. 그들은 기다란 창으로 봉근을 위협해 꼼짝 못하게 해놓고 여인과 대화를 나누기 시작했다. 여인은 봉근과 돼지인간을 번갈아 가리키며 무언가 열심히 설명을 했다. 봉근은 여인의 말에 열심히 귀를 기울였지만 한마디도 알아들을 수 없었다. 여인이 지껄이는 말은 영어도, 프랑스어도, 독일어도 아닌, 봉근이 태어나서 처음으로 들어보는 언어였다. 여인의 설명을 들은 금발의 전사들은 봉근에게서 무기를 거두었지만 경계심을 풀지는 않았다. 그들은 여인을 말에 태우고 봉근은 보병들과 같이 걷게 했다. 봉근은 또다시 자신의 의사와 관계없는 여행을 시작하게 되었지만 그다지 불만은 없었다. 어차피 어디로 가야 할지도 모르는 신세였기에 아름다운 여인과 그 일행을 쫓아가는 것도 괜찮았다. 봉근은 왠지 흥겨운 기분이 들어 큰 머리를 앞뒤로 끄덕거리며 숲길을 걸어갔다.

봉근은 앞뒤로 창을 든 병사들에게 둘러싸여 걷고 있었는데, 병사들은 그를 힐끔힐끔 쳐다보며 피식피식 웃거나 불쾌한 얼굴로 노려보았다. 개중에는 말린 고기나 비스킷을 건네주는 친절한 자들도 있었다. 날렵한 흑마의 등 위에 타고 있는 금발의 여인은 말이 걸을 때마다 기품있게 아래위로 흔들리며 전방을 똑바로 주시하고 있었다. 봉근은 그녀가 자신을 향해 미소라도 한번 지어주기를 바랬지만 그녀는 무표정한 얼굴로 앞만 바라보았다.

단조로운 녹색의 풍경은 끝도 없이 계속되고 있었다. 거대한 아름드리 나무들은 좁은 숲길 양쪽을 빽빽하게 채우며 한없이 늘어서 있다. 봉근은 정말 울창한 산림이라고 감탄하고 있었다. 그는 웃통을 벗고 마음껏 수풀 속을 뛰어다니는 자연인으로 돌아가고 싶었다. 그동안 혼탁한 문명의 한가운데서 그는 얼마나 많은 스트레스를 받았던가! 밭을 일구며 살았던 어린 시절에는 봉근도 여유롭고 해맑은 소년이었다. 하지만 서울에 올라와 직장 생활을 시작하면서 그는 조그마한 자극에도 감정이 폭발하며 '아우~ 열받아~'를 외치는 성격파탄자로 변해 버렸다. 그는 만일에 밍밍을 만나게 된다면 이 숲 속에 통나무집을 짓고 밭을 일구며 살아야겠다고 다짐했다.

"비오르! 비오르! 아슈르무이 비오르!"

최전방에서 알 수 없는 외침이 들려왔다. 흑마들이 히힝거리며 불안해하자 기사들이 말머리를 뒤쪽으로 돌리고 있었다. 보병들은 장창을 앞으로 겨누고 궁수들은 활시위에 살을 먹였다. 질서정연하던 병사들의 대오가 흐트러지고 있었다.

"비오르!"

봉근은 비오르가 무슨 뜻인지 단박에 짐작할 수 있었다. 곰. 그것도 성인 남자의 두 배는 됨 직한 아주 큰 흑곰이었다. 검은 털은 기름을 먹인 것처럼 윤기가 자르르 흘렀고 눈과 주둥이 근처에는 흉터가 있었다. 아마 저항하는 사람들에게 당한 흔적이리라. 곰은 덩치에 어울리지 않게 무척이나 재빨랐다. 궁수들이 날린 화살은 연신 곰을 빗나가 애꿎은 동료나 나무줄기에 꽂혔다. 곰은 이리저리 뛰어다니며 금발전사들을 혼란스럽게 만들었다.

크르르르르르……

흑곰은 자신의 영역을 침범당해 무척이나 화가 나 있었다. 말 탄 기사 한 명을 낙마시킨 흑곰은 날카로운 발톱과 이빨로 그의 목줄기를 물어뜯었다. 기사가 지르는 비명에 병사들은 얼굴을 찡그렸다. 흑곰은 급소를 공격해 단숨에 기사를 죽여놓고는 다음 희생자를 택해 덤벼들었다.

"하아아아악―"

봉근은 여인이 지르는 비명에 온몸의 신경이 곤두섰다. 흑곰은 금발여인이 탄 말을 공격하고 있었다. 말은 방향을 틀어 도망치려 했으나 재빠른 흑곰이 앞길을 막았다. 말의 목을 물어뜯는 흑곰. 여인은 자신이 탄 말과 함께 땅에 쓰러졌다. 안타깝게도 여인의 한쪽 다리가 쓰러진 마체에 눌렸다. 여인은 다리가 끼어 도망치지도 못하고 흑곰의 무서운 이빨을 바라보고 있었다.

용맹한 금발전사 한 명이 짧은 칼을 들고 흑곰에게 달려들다가 바깥쪽으로 내치는 흑곰의 앞발을 맞고 정신을 잃었다. 창을 든 보병 한 명이 흑곰의 명치께를 찌르려 했다. 곰은 재빨리 창이 비껴가도록 몸을 틀었다. 곰을 찌르려 했던 보병은 어느새 옆구리를 물려 이리저리 흔들리고 있었다. 보병이 내뱉는 비명 소리가 섬뜩했다.

흑곰은 다시 말에 깔린 여인에게 달려들었다.

"야, 이 썩을 놈의 곰탱아! 내게로 오너라아아아아!"

곰은 봉근의 우렁찬 목소리에 놀라 뒤로 움찔 물러섰다. 봉근은 여인을 누르고 있는 말의 송장을 뛰어넘어 그대로 곰에게 달려들었다. 당황한 흑곰은 뒤로 살짝 물러서며 강력한 앞발을 휘둘렀다. 픽 소리와 함께 봉근의 짜리몽땅한 육체가 땅바닥에 데굴데굴 굴렀다. 봉근은 온몸의 흙을 털고 일어나 다시 곰에게 돌진했다. 자신감을 얻은 곰은 뛰어들어 오는 봉근을 살짝 비껴나며 그의 두꺼운 목덜미를 물었다.

"아우~ 아우~ 씨붕!"

목이 물린 봉근은 괴로움에 못 이겨 소리를 질렀다. 괴로운 건 곰도 마찬가지였다. 봉근의 목 근육이 워낙 두껍고 딱딱해 이빨과 턱이 아파왔다. 봉근이 바둥대자 이빨이 욱신거려 도저히 계속 물고 있을 수 없었다. 결국 봉근을 놓아주는 흑곰. 봉근는 곰의 이빨 자국이 난 목을 문지르며 씩씩거렸다.

"아우~ 열받아! 이 자식이 감히 날 물어? 복수다! 나도 널 물어주마!"

봉근은 흑곰의 몸뚱아리 위로 펄쩍 뛰어올랐다. 가슴의 털을 붙잡고 곰의 어깨 위로 올라섰다. 흑곰이 난동을 부렸으나 막싸움 브이를 맨손으로 기어오르던 봉근이었다. 그는 절대로 떨어지지 않는 찰거머리였다. 밧줄도 끊어버리는 봉근의 튼튼한 이빨이 흑곰의 귀를 물었다.

그워어어어어— 우어어어어—

흑곰이 고통스러운 신음을 토해냈다. 흑곰의 귀 역시 약하지는 않았다. 마치 가죽 구두처럼 질기고 튼튼한 귀였지만 봉근의 맷돌 같은 이빨에 갈리는 고통은 야생 동물이 견디기 힘든 것이었다.

그워어어어어—

흑곰은 봉근을 태운 채로 미친 듯이 내달렸다. 앞에서 얼쩡거리던 보명 한 명이 흑곰의 발에 짓밟혔다. 아무리 들썩거려도 봉근은 절대로 문 귀를 놓아주지 않았다. 한번 물면 상대가 죽을 때까지 놓아주지 않는다는 불독과도 같은 집요함이었다. 고통을 못 이긴 흑곰은 드디어 스스로 목숨을 끊기로 결정했다. 수백 년 묵은 아름드리 고목을 향해 있는 힘껏 내달리는 흑곰. 곰의 머리가 고목과 충돌하자 쿵 하는 육중한 소리와 함께 땅이 진동했다.

　모든 게 끝났다. 흑곰은 뇌진탕을 일으켜 혀를 길게 빼고 죽어 있었다. 두려움에 떨고 있던 병사들이 흑곰 주위로 몰려들었다. 봉근은 아직도 씩씩거리며 곰의 귀를 물고 있었다. 병사 한 명이 이제 그만 하라는 손짓과 함께 그의 어깨를 두드렸다. 봉근은 그제야 흑곰의 귀를 놓아주고 침을 탁 뱉었다.

　"자식이, 까불고 있어."

　금발의 전사들이 봉근의 주위로 몰려들었다. 도저히 믿을 수 없다는 표정들이었다. 봉근이 물리친 흑곰은 숲의 수호신으로 불리던 존재로 그 숲을 지나는 여행자들에게는 공포의 대상이었다. 그러한 흑곰을 물어 죽인 인간이 나타났으니, 그들은 봉근에게 두려움과 존경의 마음을 동시에 가지게 되었다. 말에 깔려 있던 금발의 여인은 금발 전사들의 도움으로 빠져나와 봉근에게 다가왔다. 다리를 다쳐 약간 절뚝거리기는 했으나 여전히 기품이 있었다. 그녀는 봉근에게 살짝 웃어 보이며 우아한 목소리로 말했다.

　"미유르."

　봉근이 나중에 알게 되었지만 그건 고맙다는 소리였다. 봉근은 여인의 미소를 선물로 받게 되자 기운이 솟아났다. 금발의 전사들은 다시 지루한 행군을 재개했지만 봉근에게는 즐거운 여행이 되고 있었다. 그녀가 말 위에서 종종 봉근을 돌아보며 상큼하게 웃어주었기 때문이다. 여인이 웃을 때마다 봉근도 큰 이빨이 다 드러나게 함박웃음을 지으며 화답했다.

이후로는 모든 게 순조로웠다. 집채만한 새가 하늘에 나타나 금발전 사들을 긴장하게 만든 것 빼고는 아무 일도 일어나지 않았다. 봉근은 식량이 떨어질까 걱정했지만 다행히도 그들은 말린 고기와 비스킷을 충분히 가지고 있었고, 숲에는 이름 모를 맛난 열매들이 가득했다. 금 발의 전사들은 남들보다 서너 배 이상 더 많은 음식을 먹어치우는 봉 근의 식사 량에 놀랐지만 아낌없이 먹을 것을 나누어 주었다. 봉근은 그렇게 충분한 음식과 아름다운 여인의 미소를 즐기며 이색적인 여행 을 즐겼다.

봉근과 금발전사 일행이 길을 떠난 지 일주일이 채 못 되었을 때, 드 디어 거목이 빽빽하게 들어선 숲이 끝나고 탁 트인 평원이 나타났다. 봉근의 예상대로 평원 곳곳에 농경지가 들어서 있었고 드문드문 인가 가 보이기 시작했다. 조금 더 나아가자 사람들이 조밀하게 모여 있는 도시가 나타났는데 도시 너머 언덕 위로는 중세 시대의 성처럼 생긴 건물이 당당하게 자리 잡고 있었다. 금발의 전사들은 봉근에게 손짓 발짓을 해가며 저 언덕 위의 성이 자신들이 가야 할 곳이라고 일러주 었다. 전사들의 옷처럼 아이보리 색의 돌로 지어진 성은 푸른 담쟁이 잎으로 뒤덮여 더욱 고풍스러운 멋을 풍겼다. 봉근은 금발의 여인이 저 성에 살고 있는 공주가 아닐까 추측했다.

기름진 땅과 풍성한 과실로 유명한 로이렌의 영주 바루크는 혼란에 빠졌다. 고요의 숲 건너편에 있는 자센 지방으로 여행을 떠났던 딸 유 레아가 돼지머리의 몬스터 오크들에게 납치되었으나 그 소식을 접하고 급히 추격한 로이렌의 용맹한 기사들이 그녀를 무사히 구출해서 되돌아왔다. 정말 다행스러운 일이었고, 기사단장 류드를 비롯한 모든 전사들에게 고마워할 일이었다. 그러나 문제는 기사단이 끌고 온 큰 머리의 남자였다. 기사단장은 큰 머리의 남자가 영주의 딸을 구해주었다고 말하고 있으나 시종장과 행정관을 비롯한 영주 휘하의 관료들이 모두 그를 적대시했던 것이다.

"주군! 저 녀석은 오크가 틀림없습니다! 생김새를 보세요! 유레아님을 납치했던 녀석들 중 하나가 분명합니다! 당장 처형하지 않으면 반드시 후회하실 겁니다."

영주의 손발 노릇을 하고 있는 시종장 스바치는 누구보다도 머리 큰 남자의 처형을 극렬하게 주장했다.

"오크라니… 오크는 몸에 털이 많고 돼지머리에다 고약한 냄새를 풍기는 종족이 아닌가? 그런데 저자는 오크보다는 인간에 더 가깝게 보이는걸?"

"인간의 피가 섞인 하프 오크일지도 모르지요. 제가 보기에 인간은 분명 아닙니다. 요정이나 난쟁이는 더욱더 아니구요."

행정관 리슐리가 특유의 경계심을 내비치며 말했다. 법률서사 도뇌르가 이마의 식은땀을 닦아내며 중얼거렸다.

"정말 저런 괴상한 종족은 처음 봅니다. 오크보다도 큰 머리에 황토처럼 누런 얼굴, 게다가 밤하늘처럼 새카만 머리칼하며… 오크가 아니라면 악마의 자식이 분명합니다."

관료들이 머리 큰 남자의 처형을 계속 주장하자 영주는 난처한 입장이 되었다. 자신이 신임하는 기사단장 류드의 말을 아예 무시할 수도 없는 데다, 만일 류드의 말이 사실이라면 딸의 목숨을 구해준 은인을 배신하는 짓이 아닌가? 바루크 영주는 곤란한 얼굴로 류드에게 물었다.

"류드 단장… 관료들이 머리 큰 남자를 계속 오크라고 주장하니 어찌하면 좋겠소? 더러운 오크들은 절대로 로이렌 땅에 발을 못 붙이게 하는 것이 우리 로이렌의 법률 아니겠소?"

로이렌 최강의 전사이자 최고의 미남자 류드 기사단장은 파도처럼 출렁이는 긴 금발을 쓸어 넘기며 조용하지만 단호한 어조로 주장했다.

"주군, 제가 데리고 온 자가 어느 종족에 속하는지는 알 길이 없습니다. 저 역시 이렇게 괴상하게 생긴 종족은 오크 말고는 본 적이 없으니까요. 다만 이 괴상한 자의 용맹성에 대해서는 제 부하들 그 누구도 이견을 다는 자가 없습니다. 이자는 맨손으로 오크의 어금니를 뽑아서 물리쳤으며 고요의 숲을 지키는 사나운 흑곰을 이빨로 물어 죽였습니다. 두 번씩이나 유레아님의 생명을 지켜주었고, 우리에게 아무런 해도 끼치지 않았는데 어찌 그를 죽이겠습니까? 제가 그를 여기까지 데려온 이유는 그의 용맹한 행동에 대해 합당한 보상을 해주시옵기를 영주님께 부탁하기 위해서지, 배덕한 짓을 저지르기 위해서가 아닙니다."

영주와 그의 관료들은 얼굴이 파랗게 질려 버렸다. 바루크 영주는 떨리는 목소리로 류드에게 물었다.

"맨손으로 오크의 어금니를 뽑았다고? 혹시 그 어금니가 충치로 썩어버린 이빨은 아니었나? 아니면 그 오크가 늙어서 치주질환에 걸렸던 건 아닐까?"

류드는 고개를 가로로 저었다.

"아닙니다. 구멍 하나 없는 튼튼한 이빨이었습니다. 아시지 않습니까, 오크의 이빨은 강철만큼 강하다는걸."

법률서사 도뇌르가 부들부들 떨면서 물었다.

"고요의 숲을 지키는 흑곰을 물어 죽였다고? 그게 정말인가? 난 도저히 믿을 수 없는걸."

"정말이오. 그가 오크의 어금니를 뽑는 것은 내가 확실하게 보았고, 흑곰을 물어 죽일 때는 모든 부하들이 함께 있었소."

"그렇다고 저자가 오크가 아니란 걸 증명할 수 있소?"

행정관 리슐리였다. 40년 동안 로이렌에서 잔뼈가 굵은 토박이로 이재와 행정에 밝아 오랫동안 바루크 영주의 참모 역할을 해왔다. 로이렌의 최고 권력자인 바루크 영주가 지역의 세세한 실정에는 어두운 데 반해 리슐리는 로이렌 주민들의 신상 내역부터 소작료 미납분까지 빤히 알고 있을 뿐 아니라 지역 유지들과 친하고 치안을 담당하고 있는 자경대의 자금줄까지 쥐고 있어 실질적인 로이렌의 주인 행세를 하고 있었다. 바루크 영주가 사소한 행정적인 업무를 처리할 때도 반드시 리슐리가 필요할 정도로 그에 대한 의존도는 절대적이었다. 리슐리는 자신의 뛰어난 언변으로 류드 기사단장을 공박하기 시작했다.

"류드 단장은 자신의 눈앞에 벌어졌던 일들만 가지고 이자가 유레아 님을 구한 용자라고 추켜세우지만 사실은 더러운 배신자일지도 모르는 일이오. 오크라는 족속은 원래 저희들끼리도 서로 목숨을 빼앗는 일이 비일비재하다고 들었소. 미련하고 머리가 둔하면서도 자신의 이해관계에 따라서는 믿음과 우정을 가볍게 내던지는 종족이 바로 저들이오. 전세가 불리해지자 자신의 동족을 살해하고 알량한 목숨을 구하고자 했던 것이 아닐까 싶소. 저자가 하프 오크라면 의문은 더욱 쉽게 풀리지. 오크의 피도 절반, 인간의 피도 절반이라면 유리한 쪽에 붙어버리는 게 당연한 것 아니겠소?"

"그만두시죠! 더 이상 당신의 궤변은 듣기 싫습니다! 당신이 언제 내가 한 일에 대해 좋게 말한 적이 있나요? 항상 나의 공을 깎아 내리려 드는 당신, 이번에도 예외가 아니군요! 주군, 그럼 전 이만 물러가겠습니다! 저런 음흉한 자와는 한시도 같은 곳에 머물고 싶지 않습니다."

류드 기사단장은 화가 머리끝까지 나서는 금발머리를 휘날리며 밖으로 나가 버렸다. 바루크 영주는 더욱 난처한 표정이었고, 행정관 리슐리와 법률서사 도뇌르는 야비한 웃음을 흘리고 있었다.

그때 영주와 관료들이 모여 있는 홀 안으로 들어오는 어떤 백발 노인이 들어왔다. 하얗게 센 머리만큼이나 얼굴에 많은 주름을 안고 있는 노인은 허리는 굽었으나 눈빛만큼은 영민하게 살아 있었다. 노인의 등장에 얼굴을 찌푸린 자들은 관료들이었고, 화색이 도는 자는 바루크 영주였다.

"오오! 대마법사 간보도! 어서 오시오! 지금이야말로 당신의 지혜가 필요한 때라오!"

"간보도, 주군께 인사드리옵니다."

"그래, 유레아는 좀 어떻소?"

로이렌 지방뿐 아니라 가이센 왕국 전체를 통틀어 최고의 마법사로 불리는 간보도는 국왕의 부름에도 응하지 않고 자신의 고향인 로이렌을 떠나지 않은 의리파 노인이었다. 성밖의 숲 속에서 오두막을 짓고 혼자 사는 간보도가 이곳에 와 있는 이유는 오크에게 납치되었던 유레아의 건강을 살피기 위해서였다. 그는 연금술과 마법뿐 아니라 의학과 생물학에도 조예가 깊었는데, 특히 약초의 성분과 효능을 분류하고 암기하는 데 있어서는 타의 추종을 불허했다.

"따님께서는 많이 쇠약해진 상태이긴 하나 건강을 회복하는 데는 큰

무리가 없어 보입니다. 제가 드린 약초를 끓는 물에 우려서 하루에 한 번씩 드시고 푹 쉬시면 일주일 내로 다시 건강해질 것입니다."

"오오… 고맙소. 간보도, 현명한 당신에게 또 한 가지 부탁을 드려야겠소. 바로 우리들의 논쟁을 결말지어 주셨으면 하는 거요."

"논쟁이라면 저 머리 큰 남자를 어찌 처결할지에 관한 말다툼을 말씀하시는지요?"

"아니, 그걸 어찌 알고 있소? 역시 대단한 마법사로군!"

"실은 홀에 들어오기 전에 문밖에 서서 모두 엿들었습니다."

"그, 그랬소? 어쨌든 당신의 의견을 말해 보시오. 로이렌의 위대한 마법사 간보도의 고견을 듣고 싶구려."

간보도는 손에 들었던 뾰족한 모자를 깊게 눌러쓰고 생각에 잠겼다. 영주 앞에서 하는 행동치고는 무척 무례하고 발칙한 도발이었지만 간보도이기에 용서가 되었다. 그가 어려운 결정을 내리거나 깊은 생각을 할 때 뾰족모자를 눌러쓰는 습관이 있다는 것은 영주를 비롯해 모든 로이렌 주민들이 알고 있는 사실이었다.

"저자는 오크가 아닙니다."

한참 만에 간보도의 입에서 튀어나온 말은 바루크 영주가 안도의 한숨을 내쉬게 만들었고, 리슐리 행정관을 발끈하게 했다.

"간보도 선생, 어찌 그리 쉽게 오크가 아니라고 말하시오? 조목조목 말해 보시오!"

"오랜만이오, 리슐리. 그대는 여전히 남을 모함하여 죽이는 간교한 살인을 계속하고 있구려. 저 머리 큰 남자가 오크가 아닌 점은 다음과 같소. 첫째, 가이센 왕국 산업부에서 나오는 '표준 종족 분류'라는 책에 의하면 오크는 다른 종족과 대별되는 열두 가지 신체적 특징이 있

소. 예를 들면 코가 들창코라든가 손톱이 길고 더럽다든가 하는 점들
이오. 이 남자는 머리가 좀 크다는 점을 제외하면 표준 종족 분류의 기
준에 부합하는 신체적 특징이 없소. 둘째, 이 남자가 유레아님의 목숨
을 구해주었다는 사실입니다. 유레아님의 진술을 가만히 곱씹어보고
전후사정을 연결해 보면 동족에 대한 배신보다는 인간에 대한 연민이
라는 해석이 더 어울립니다."

"유레아님이 저 괴상한 종족을 옹호했다고? 당신 말을 어찌 믿을 수
있소?"

"간보도님의 말씀은 사실이에요!"

마법사에게 회의적인 반문을 던졌던 행정관 리슐리는 귀청을 찢을
듯이 날카롭게 들려오는 여자 목소리에 위축되어 한 걸음 뒤로 물러섰
다. 목소리가 들려온 곳을 쳐다본 관료들은 모두 옷매무새를 고쳐 입
거나 살짝 고개를 숙였다.

"유레아님… 어서 오십시오."

바루크 영주의 차녀이자 로이렌에서 제일가는 미녀 유레아는 위험
한 여행에서 겨우 살아 돌아올 때의 초췌한 모습에서 벗어나 활기 차
고 신선한 매력을 내뿜고 있었다. 그녀는 자신의 아버지에게 다가가
뺨에 키스를 하고 옆 자리에 앉아 모든 관료들을 내려다봤다.

"저 사람은 날 살려주었고, 분명히 오크는 아닙니다. 그건 제가 보증
할 수 있어요. 오크에게 쫓기다가 수풀 속에서 맞부딪쳤거든요. 저자
가 그때 왜 그곳에 있었는지는 알 수 없으나 저와 함께 오크에게 사로
잡혀 며칠 동안 끌려 다녔던 걸로 봐서 그들의 패거리는 아닙니다. 게
다가 오크들과 싸울 때 보여준 용기과 힘은 기사단장 류드에 못지않았
습니다. 리슐리, 조심하는 게 좋을 거예요. 저 사람은 흑곰을 물어서

죽일 정도의 힘을 가지고 있습니다."

"그렇군요… 잘 알겠습니다, 유레아님……."

행정관 리슐리는 자신이 불리한 위치에 있다는 걸 깨닫고 금세 꼬리를 내렸다. 바루크 영주는 사랑하는 딸이 등장하여 골치 아픈 논쟁을 끝맺어주자 기분이 좋아졌다. 그는 연신 싱글벙글 웃으며 마법사에게 말했다.

"간보도, 이제 저자가 우리의 적이 아니라는 사실이 분명해졌으니 서로 대화를 해봐야 되지 않겠소? 그런데 저자가 우리의 말을 알아듣지 못하고, 우리도 저자가 지껄이는 소리가 도통 무슨 뜻인지 알 수 없으니 어찌 대화가 되겠소? 아무래도 열두 가지 언어를 알고 있는 현자 간보도께서 통역을 해주셔야겠소."

대마법사 간보도는 뾰족모자를 벗고 영주에게 정중히 예를 갖추며 대답했다.

"통역은 불가합니다. 저 역시 저자가 지껄이는 소리를 들었사오나 태어나서 한 번도 들어보지 못한 생소한 언어였습니다. 과연 저것이 언어인가? 그냥 혀가 놀고 싶은 대로 아무렇게나 지어내는 소리가 아닐까 하는 생각도 해봤습니다. 그러나 저자의 생김새로 봐서 매우 먼 곳에서 온 종족이 틀림없고, 우리가 상상도 할 수 없는 특이한 생활 방식과 언어를 가지고 있을 거라고 생각합니다."

"아쉽군. 그럼 저자와 이야기하는 건 불가능하다는 말인가?"

"꼭 그렇지는 않습니다. 아직 미완성된 마법이기는 하나 제가 개발 중인 소통 마법을 써본다면 어느 정도 의사 소통이 가능할 것입니다."

의사 소통이 가능하다는 마법사의 말에 유레아과 바루크 영주는 기대감에 찬 얼굴을 하고 서로 바라보았다.

봉근은 지루해서 죽을 맛이었다. 궁성 내에서 가장 큰 방에 들어왔건만 기대했던 화려한 만찬이나 향기로운 술은 고사하고 딱딱한 빵조차 주지 않았다. 게다가 창을 든 경비병들이 자신의 양 옆에 서서 꼼짝 못하게 지키고 있고, 코 큰 서양인들은 자기들끼리 계속 뭐라고 쑥덕대고 있었는데 무슨 소린지 통 알아들을 수가 없었다. 봉근은 한숨을 푹푹 내쉬며 천장을 쳐다보았다.

"아우~ 지루해~ 아우~ 짜증나~ 언제 끝나고 밥을 먹나."

"배가 고프시오?"

봉근은 백발의 노인이 자신에게 말을 걸어오자 깜짝 놀라서 쳐다봤다. 분명 자신이 알고 있는 말은 아니었다. 봉근이 자유롭게 구사할 수 있는 언어는 오로지 한국어뿐이었다. 하지만 노인이 했던 말의 뜻은 알아들을 수 있었다.

"배가 고픕니다. 근데 지금 우리가 하고 있는 말은… 어라? 내 입에서 이상한 말이 술술 나오네?"

간보도는 빙그레 웃으며 봉근의 어깨를 툭툭 두드렸다.

"난 지금 우리가 이야기를 나눌 수 있도록 소통 마법의 주문을 걸었소. 우리 가이센 어의 문법 규칙과 기본 어휘들을 마법을 통해 상대의 머리 속에 직접 넣어주는 거지. 아직 완벽하진 않지만 그런대로 쓸 만하군."

"아, 그래요? 거참 편리하군요. 근데 난 배가 고픕니다! 당신들 왕의 딸을 구해주었는데 밥도 안 주남!"

대마법사는 대답 대신 빙그레 웃으며 물러나고 붉은색 천과 금속 장식으로 만든 옷을 입은 남자 한 명이 나타났다.

"당신이 말하는 '밥'이라는 음식은 여기 없습니다. 하지만 이제 곧 하인들이 고깃국과 호밀빵을 가져올 것이니 조금만 참으시지요. 그리고 저분은 왕이 아니라 로이렌 지방의 영주십니다. 가이센 국 전체를 통치하시는 왕은 마르렌 3세이시지요."

조금 전까지만 해도 봉근의 처형을 주장하던 시종장 스바치는 비굴한 웃음을 지으며 친절하게 설명해 주었다.

바루크 영주는 푸근한 미소를 지으며 봉근을 자신의 앞으로 데려오게 했다.

"유레아를 구해주어서 무척 고맙소. 그런데 당신네 종족의 이름은 무엇이고, 어디 사는가?"

"종족? 그야 당연히 사람이지! 당신은 내가 동물로 보이슈?"

"아… 사, 사람이라고? 그, 그렇지… 사람이 되고 싶겠지……. 근데, 어디에 사는가?"

"난 대한민국에 사는 열혈청년 추봉근이오!"

"어디 산다고? 지명이 발음하기 힘들군……."

대마법사 간보도가 나서며 영주에게 설명했다.

"제가 생각하기에는 바다 건너편에 있다는 대륙에서 오지 않았나 싶습니다. 고대의 서적들을 보면 바다 건너 저 먼 곳에 머리가 검고 키가 작은 인간들이 사는데, 우리들과 대등한 기술과 힘을 가진 사회를 건설했다고 씌어 있습니다."

"흠… 그렇소? 거참 흥미롭군. 그런데 머리 큰 사람, 당신 이름이 무엇이오?"

"이름? 방금 말했잖아요! 추봉근이라니까. 봉근이에요, 봉근!"

"볼컨?"

"봉! 근!"

"볼컨. 볼컨이란 말이지."

"씨붕… 맘대로 부르슈……."

"반갑소, 볼컨."

바루크 영주는 봉근의 공을 크게 치하하고 행정관 리슐리의 건의에 따라 영지 내 채마밭을 내주어 농사짓고 살도록 해주었다. 그리하여 봉근은 로이렌에서 농사꾼이 되었다. 밭 갈고 거름 주고 채소 키우는 일은 태국에 있을 때 카놈 톰 노인으로부터 충분히 배웠기 때문에 큰 어려움이 없었다. 로이렌 사람들은 원래 솔직하고 화통한 사람을 좋아하기에 봉근은 주민들과 금세 친해졌고 한동안 모든 게 순조로웠다. 다만 죽은 밍밍과 다른 세계에 두고 온 친구들이 문득문득 떠올라 그를 괴롭게 했다. 이제 그는 자신이 죽은 것이 아니라 전혀 다른 시공간으로 순간적으로 이동해 왔다는 사실을 어렴풋이 깨닫고 있었다.

제9장

식인 기사 카니발

"볼컨, 안에 계시오?"

봉근이 그날의 농사일을 마치고 오두막에 돌아와 저녁 준비를 하고
있는데 화려한 보라색 관복을 입은 자가 수행원 한 명을 데리고 집 안
에 들어왔다. 로이렌의 행정관 리슐리였다. 그는 정기적으로 봉근의
오두막에 들러 사는 모습을 살펴보고, 봉근이 얼마나 잘 적응하고 있는
지를 바루크 영주에게 꼬박꼬박 보고했다. 봉근이 로이렌에 정착한 지
도 어언 반년이 다 되어갔다. 처음에는 로이렌의 환경과 너무나도 어
울리지 않았던 봉근이 이제는 어엿한 농부로 탈바꿈해 있었다.

"리슐리 씨, 오셨군요! 반갑습니다! 어서 들어오시죠!"

봉근이 쾌활한 목소리로 인사했다. 리슐리와 수행원은 간단하게 목
례를 올리고 식탁 옆에 앉았다. 봉근은 벽난로에 걸어두었던 수프 양
동이를 내렸다. 구수한 고기 수프 냄새가 코를 간지럽혔다.

"전 지금 막 저녁을 먹으려던 참인데요! 리슐리 씨도 좀 드시겠어요?"

"아니, 됐소. 난 먹고 왔소. 어서 드시오. 난 당신과 이야기만 좀 하다 가겠소."

고급 음식들만 입에 대는 천하의 미식가가 소작농이 내어주는 천한 음식에 손을 댈 리가 없었다. 봉근은 나무 수저로 수프를 게걸스럽게 입에 퍼 넣었다. 리슐리는 관복에 수프가 튀지 않도록 조금 물러나 앉았다.

"쩝쩝쩝… 아이구, 많이 배고팠거든요… 쩝쩝쩝… 근데 저한테 할 이야기가 뭐죠?"

"볼컨 씨, 바루크 영주께서 당신을 뵙고 싶어하시오."

"영주가요? 무슨 일이죠?"

"음… 영주님은 지금 당신의 힘이 필요하오. 그것도 아주 절박하게 말이오."

"힘? 무거운 가구라도 옮기시나 보죠?"

"허흠! 그런 게 아니오. 저녁 식사가 끝나면 나와 함께 바루크 성으로 갑시다. 가보면 알게 될 거요."

봉근은 더 이상 묻지 않고 고기 수프를 먹는 데 열중했다. 한식을 특히 좋아하던 봉근이었지만 딱히 가리는 거 없이 잘 먹기에 로이렌의 음식에도 잘 적응했다. 그는 손수 끓여 먹는 수프와 시장에서 사오는 빵과 치즈로 튼튼한 체력을 유지했다.

그가 로이렌 생활에 잘 적응하고 강인한 체력을 보전했던 것은 다행스러운 일이었다. 바루크 영주의 부탁은 너무나도 위험한 일이었기 때문이다.

오랜만에 만난 바루크 영주는 변함없이 혈색이 좋고 후덕한 인상의 노인이었다. 불그스레한 뺨을 만지며 허허거리고 웃는 그의 모습은 인자한 지도자의 전형이었다. 하지만 그의 편안한 모습 뒤에 숨겨진 고민은 그의 건강과 내면을 침식하고 있었는데, 고민의 실체를 듣고 난 봉근은 무척 놀랐다.

"에? 정말인가요? 식인 기사라구요? 처녀를 잡아먹는다구요?"

"그렇다네, 볼컨. 사람을 잡아먹는 기사지. 식인 기사 가니발은 검은 옷에 검은 갑주를 두르고 검은 말을 타고 검은 랜스와 소드를 들고 우리 로이렌처럼 작은 영지들을 돌아다니지. 보통 일 년에 한 번 정도 우리 로이렌에 들르는데, 매번 방문할 때마다 일 대 일 결투를 청해온다네. 우리는 그의 결투 신청에 응해 한 명의 기사를 내보내야 하지. 우리 측 기사가 결투에 나가서 지면 끔찍한 일이 벌어진다네. 바로 가니발이 패한 기사를 잡아먹는 거야. 먹히는 장면을 직접 본 적은 없는데, 끌고 다니면서 조금씩 뜯어먹는다고 하네. 실제로 그에게 패한 기사는 잡혀간 뒤 몇 주일 만에 살점이 마구 뜯겨진 참혹한 모습으로 발견된다네."

"패한 기사를 잡아먹는다… 근데 처녀를 잡아먹는다는 이야기는 또 뭐죠?"

"내가 아까 말했듯이 식인 기사는 일 년에 한 번 정도 찾아오는데, 4년마다 한 번씩 처녀를 요구한다네. 즉, 패한 기사를 먹지 않고 대신 마을의 처녀를 바치라고 요구한다네. 올해가 바로 처녀를 바쳐야 하는 해라네. 식인 기사와 싸우고자 하는 용맹한 기사들은 많지만 처녀를 내주고 싶은 부모는 아무도 없으니, 결국 제비뽑기로 희생양을 미리 정해두어야 하는 기막힌 일을 4년마다 해오고 있지."

"아우~ 답답해! 그 미친 자식한테 지지 않으면 되잖아요!"

"우리도 이기고 싶네. 하지만 2백 년 동안 한 번도 이긴 적이 없어. 로이렌 지방의 전임 영주였던 마그나르 공은 식인 기사의 야만적인 행동을 참지 못해 일 대 일 결투에 응하지 않고 기사 다섯 명과 궁수 두 명, 보병 오십 명으로 이루어진 토벌대를 보냈지만 얼마 뒤에 모두 시체로 발견됐지. 살점이 군데군데 떨어져 나간 채로 말이야. 그 이후로는 일 대 일 결투에 군말없이 기사를 내보내고 있네. 다행히 로이렌에는 용감한 젊은이들이 많아서 지원자가 꼭 몇 명씩은 있었지. 난 로이렌의 기사가 결투에 나갈 때마다 많은 상금을 걸고 그들을 응원해 왔네. 언젠가는 식인 기사를 물리쳐 주리라는 일말의 희망을 가지고 말이야."

"음… 그런데 번번이 절망하고 말았군요."

"그렇지. 올해도 용감한 지원자들이 몇 명 있었지만 난 그들을 받지 않았어. 더 이상 무익한 희생이 계속되는 걸 바라지 않기 때문이지."

바루크 영주는 자리에서 일어나 봉근의 두 손을 덥석 잡았다.

"볼컨! 내가 올해의 지원자들을 내친 이유는 로이렌에서 이 일을 해낼 자는 오직 자네밖에 없다는 생각이 들어서일세! 오크의 이빨을 맨손으로 뽑고 숲의 수호신을 물어 죽인 자, 오직 볼컨만이 식인 기사에 맞서 싸울 수 있을 거야! 부탁하네! 식인 기사 가니발을 물리쳐 주게! 만일 성공한다면 내 딸을 자네에게 주겠네!"

봉근의 부리부리한 두 눈에 번쩍하고 불꽃이 일었다.

"따… 따님을 제게 주신다고요? 정말입니까?"

"그렇네. 이제 곧 시집갈 나이가 되어서 말이야. 좋은 상대를 아직 못 만났지."

봉근의 가슴이 두 방망이질 치기 시작했다. 그는 고요의 숲에서 유레아를 처음 만났을 때를 회상했다. 오크에게 쫓기던 그녀는 겁에 질린 사슴처럼 떨고 있었다. 황금빛 머리칼에 호수처럼 파란 눈동자, 눈처럼 하얀 피부에 장미 꽃잎처럼 붉은 입술, 오뚝한 콧날에 긴 속눈썹… 그러고 보니 로이렌에 온 뒤로는 통 그녀를 본 적이 없었다. 봉근은 유레아가 자신의 아내가 된다고 생각하니 식인 기사도 두려울 것이 없었다. 원래 사랑을 위해서라면 물불을 가리지 않는 열혈청년 추봉근이 아니었던가!

"좋습니다! 그놈의 패악무도한 식인 기사 놈, 제가 요절을 내버리지요!"

"오오… 볼컨! 고맙네! 자네만 믿겠네!"

바루크 영주는 봉근의 손을 잡고 감격해 있었고 봉근은 유레아의 생각을 하며 속으로 기뻐했다. 행정관 리슐리는 순진한 봉근을 비웃으며 로이렌에서 위협적인 인물 하나가 사라지게 된 것을 다행스러워했다.

기사단장 류드는 바루크 성의 뜰에서 홀로 검술 연습에 열중하고 있었다. 그가 들고 있는 검은 가문 대대로 전해 내려오는 보검 갸리우메였다. 손잡이 부분에는 정교한 담쟁이 무늬가 음각되어 있고, 손막이에는 붉은 보석이 점점이 박혔다. 종잇장처럼 얇지만 절대로 부러지지 않는 칼날은 적의 두개골을 깨끗하게 조각낼 수 있었다. 류드는 갸리우메를 눈에 보이지 않을 만큼 빠른 속도로 휘두르며 가상의 적을 공격했다. 실제로 적이 있었더라면 그의 보검에 몸이 조각나서 죽었을 것이다.

"검끝의 살기가 많이 무뎌졌군. 천하의 류드 단장도 이제 쇠락하는 건가?"

행정관 리슐리가 조소하며 류드에게 다가왔다. 류드는 얼굴에 노기를 띠며 답했다.

"올해도 식인 기사의 상대는 내가 아니더군요. 당신이 정했나요?"

"아… 난 그저 영주님께 추천을 해드렸을 뿐이야. 결정은 영주님이 내리셨지."

"도대체 왜 번번이 내 앞길을 막는 거요! 내가 공을 세울까 겁이 나는 거요?"

"저런저런, 왜 나에게 화를 내는 거지? 난 자네가 걱정이 되어서 그런 거야. 자네가 식인 기사 가니발을 꺾을 수 있다고 생각하나? 착각하지 말게. 자네는 그저 잘 훈련된 기사일 뿐이지만 식인 기사는 몇백 년이나 살아오며 기사들과 처녀들을 숱하게 잡아먹은 괴인이야. 아니, 인간이라고 할 수도 없지. 오히려 자네 목숨을 연장시켜 준 나에게 감사해야 하는 거 아닌가?"

"닥치시오!"

류드 단장의 갸리우메가 목 끝을 겨누자 리슐리는 입을 다물었다. 리슐리의 침이 꿀꺽 목젖을 넘어가자 류드는 검을 치웠다.

"내년에는 반드시 이 갸리우메로 식인 기사를 반 토막 내겠소."

"하하하… 자네도 볼컨이 이길 거라곤 생각지 않는군."

"당신, 죄없는 사람을 죽게 만드는군. 유레아님을 구한 공이 있으니 영주님의 총애를 받기 전에 미리 제거하려는 속셈이지? 어서 물러가시오. 당신의 얼굴을 바라보고 있으면 욕지기가 나서 견딜 수가 없으니."

"그럼 검술 연습 잘하시게. 춘궁기가 되면 또 도적 떼가 출몰할 테니."

리슐리는 보라색 관복을 끌고 성안으로 발걸음을 옮겼다. 그는 류드 단장을 언제까지 살려둘 것인가에 대해 항상 고민하고 있었다. 영주의 신임을 얻고 있는 단장은 언젠가 제거해야 할 대상이었지만 안보 상태가 불안한 로이렌 지방에는 류드 단장 같은 걸출한 영웅이 꼭 필요했다. 로이렌은 국경 지대에 인접해 있는 데다 고요의 숲 한가운데에 자리 잡고 있어 항상 적국의 침략이나 몬스터의 출몰 가능성을 안고 있었다. 그렇다고 마냥 류드가 승승장구하도록 내버려 둘 수는 없었다. 그리하여 행정관 리슐리는 꼭 필요할 때만 기사단을 움직였다.

매년 찾아오는 식인 기사는 기분 나쁜 녀석이긴 했지만 로이렌의 근간을 흔들 정도로 위협적인 존재는 아니었다. 매년 건장한 청년이나 순결한 처녀 한 명만 희생되면 아무런 해도 끼치지 않고 조용히 물러가기 때문이다. 괜히 류드 단장을 내보내서 감당 못할 결과를 초래할 필요가 없는 것이다. 진다면 로이렌에 꼭 필요한 전사를 잃어버리는 것이요, 이긴다면 류드의 인기만 높여서 자신의 입지를 위협할 수 있었다. 류드 단장은 그저 조용히 자리를 지키면서 전쟁을 억지하고 도적떼를 쫓아버리면 그만인 것이다. 그가 봉근을 식인 기사의 상대로 점찍은 이유는 봉근이 영주의 딸 유레아를 구했기 때문에 항상 바루크 영주의 관심 안에 있었고, 기사가 아닌 농부를 내보내 죽게 만듦으로써 높은 소작료에 대한 농부들의 불만을 잠시 다른 곳으로 돌릴 수 있기 때문이다.

'후후후… 난 역시 머리가 잘 돌아간단 말이야. 로이렌의 숨은 실권자는 바로 나 리슐리다. 나 이외의 그 어떤 자도 권력을 잡게 내버려둘 수 없어.'

리슐리는 음흉한 웃음을 흘리며 좋아했다.

식인 기사 가니발과 싸우겠다고 선언한 봉근은 결투 일자가 일주일 뒤라는 소리에 놀랐다.

"엥? 그렇게 빨리?"

"가니발은 원래 시간을 많이 주지 않는답니다. 여러 곳을 떠돌아다니며 기사들을 잡아먹기 때문이지요. 싸움에 패한 기사는 가니발이 다음 결투 장소로 이동할 때까지 그의 식량이 되어야 합니다."

시종장 스바치는 소작농인 봉근에게 꼬박꼬박 경어를 쓰고 있었다. 보통의 경우라면 거만한 얼굴을 하고 발가락의 때처럼 취급했겠지만 간교한 그는 봉근이 여느 소작농과 다르다는 걸 알고 있었다. 유레아의 목숨을 구한 그는 영주에게 충분한 재산과 지위를 받을 만한 자격이 있었다. 다만 쓸데없이 재정을 축내고 싶지 않아하는 리슐리가 봉근의 순진함을 이용하고 있는 것이다. 그러나 최고 실권자인 바루크 영주의 눈에 들어 있는 만큼 언제라도 신분이 급상승할 수 있는 가능성을 안고 있었다. 만에 하나 식인 기사를 이기기라도 한다면 단번에 기사 작위를 꿰찰 수 있는 인물이었다.

"우웃! 끔찍하군. 하지만 난 잡아먹히지 않겠어!"

"그럼요, 그럼요. 봉컨님은 식인 기사 가니발쯤은 꼬치에서 떡 빼 먹듯이 해치우실 겁니다."

스바치는 바루크 영주가 직접 하사한 갑옷을 봉근에게 입혀주었다.

"갑옷은 항상 손질을 잘 해두셔야 합니다. 그래야 위험한 순간에 목숨을 구해줄 수가 있는 거죠."

"알았어. 근데 칼은 왜 안 주지?"

"병기는 볼컨님의 마스터가 자질과 성격을 고려하여 가장 적합한 것을 택하게 됩니다."

"나의 마스터라고?"

"볼컨님에게 싸우는 법을 가르쳐 줄 스승 말이지요. 바로 기사단장 류드가 볼컨님의 마스터입니다. 바루크 영주님께서 친히 단장께 부탁하셨으니 성심으로 가르쳐 주실 겁니다."

"아~ 기생오라비처럼 생긴 그 녀석 말이구나! 자식, 계집애처럼 생겨 가지구 싸움이나 제대로 하겠어?"

"모르는 소리를 하고 계시는군요. 류드 단장님은 부드러운 외모 속에 독수리의 용맹함을 감추신 분입니다. 그분이 이끄는 로이엔 기사단은 백여 회에 걸친 크고 작은 전투에서 단 한 번도 패하지 않은 무적의 전단입니다. 류드님의 보검 갸리우메에 목이 떨어진 적장의 숫자는 헤아릴 수조차 없습니다."

"흠, 그래? 그럼 뭐… 이 추봉근님께서 기꺼이 한번 배워보지."

"그래야지요. 아! 저기 기사단장께서 오시는군요. 마스터에게는 정중하게 대해야 합니다."

류드 기사단장은 씩씩하게 걸어와 목례를 한 뒤 오른손을 왼쪽 가슴에 갖다 대었다. 신분이 대등한 사람끼리 나누는 로이렌 식의 인사법인데, 류드가 봉근에게 이런 인사를 한다는 이야기는 그를 소작농 신분이 아닌 견습 기사의 수준에서 대우해 주겠다는 뜻이다.

"볼컨, 오랜만이오. 그동안 농사를 지었다고 들었소. 채마밭에서 쟁기질을 하고 있어야 할 사람이 이런 위험한 일을 떠맡게 되다니 무척 유감이오. 당신 목숨을 구할 수 있을지 모르겠으나 최선을 다해 가르쳐 보겠소."

"음하하하! 걱정 마시구랴~ 이 추봉근이 싸움이라면 아직 누구한테도 져본 일 없수다. 근데 당신한테 뭐 배울 게 있을는지 모르겠소."

류드는 봉근의 건방진 태도에 약간 기분이 상했으나 피식 웃어넘겼다. 이런 남자에게 기사도를 기대하는 건 애초부터 무리였다.

"좋소. 볼컨, 우선 당신이 쓸 무기를 골라야 하니 나를 따라오시오. 무기고로 가봅시다."

바루크 성의 무기고에 들어온 봉근은 눈이 휘둥그레졌다. 무기고 안에는 랜스부터 단검, 철퇴, 석궁까지 없는 게 없었다. 봉근은 검을 진열한 곳을 주욱 둘러보다가 가장 맘에 드는 검을 집어 들었다.

"난 이걸로 하겠소! 제일 크고 묵직한 게 마음에 드는구만!"

봉근은 검을 머리 위로 붕붕 휘두르며 즐거워했다. 류드 단장은 약간 놀라는 표정을 지었다.

'우웃, 두 손으로 잡는 바스타드 소드를 한 손으로 채찍 휘두르듯 하다니… 정말 힘 하나는 좋은 남자로군.'

류드는 봉근을 뜰로 다시 불러내어 서로 마주 보는 자세를 취했다. 그는 보검 갸리우메를 뽑으며 봉근에게 말했다.

"자, 우선 당신의 검술 실력을 테스트해 봅시다. 그 바스타드 소드로 날 마음껏 공격해 보시오."

"엥? 정말? 그러다 다칠 텐데……."

"난 전문적인 검술 교관 훈련을 받았소. 훈련생이 휘두르는 검에 다치거나 하지는 않을 테니 걱정 마시오."

"쩝… 정 그렇다면 한번 해볼까… 자! 간다앗! 우야야야얍!"

봉근의 무지막지한 바스타드 소드가 류드의 정수리 위로 내려왔다. 류드는 눈으로 검의 궤적을 확인하고 살짝 옆으로 피했다. 봉근의 검이 다시 수평으로 허리 부분을 베어 들어왔다.

창一!

보검 갸리우메가 바스타드 소드를 막아냈다. 봉근은 무척 놀라웠다. 기생오라비처럼 생긴 남자가 종잇장처럼 얇은 칼로 자신의 무거운 바스타드 소드를 가뿐하게 막아내는 것이다. 다시 한 번 사방에서 검을 날려보는 봉근. 류드의 갸리우메는 한 마리 나비처럼 나풀거리며 봉근의 공격을 막아내고, 흘려보내고, 반격했다. 봉근의 얼굴이 벌겋게 상기되고 있었다.

"아우~ 약 올라! 정말 재빠른데? 당신 날 슬슬 열받게 하구 있어!"

류드 단장은 흔들림없이 냉정한 얼굴로 갸리우메를 잡고 있었다.

"흣, 볼컨… 당신의 힘은 정말로 놀랍소. 그 무거운 바스타드 소드를 그렇게 자유자재로 다루는 훈련생은 처음 보았소. 하지만 역시 당신의 검법은 아직 거칠고 다듬어지지 않았소. 식인 기사 가니발을 꺾기에는 턱없이 부족하군."

"씩씩… 어디 한번 계속 막아보시구랴! 우갸갸갸갓!"

봉근은 괴성을 지르며 달려들었다. 조금 전 공격보다 더욱 빠르고 맹렬한 기세로 베어 들어왔다. 위로, 옆으로, 사선으로 정신없이 베고 찌르고 올려치는 마구잡이 검법이었다. 허점투성이의 서투른 공격이었지만 스피드와 힘만은 굉장해서 보검 갸리우메를 잡은 류드 단장은 손목이 시큰거릴 정도였다.

쨍一!

날카로운 금속 파열음이 뜰 안에 울려 퍼졌다. 공중을 날아가는 금속 조각이 태양 빛을 받아 반짝였다.

"그만! 중지!"

류드 단장은 뒤로 멀찌감치 물러서며 대련을 중지시켰다. 그는 절반 정도로 짧아진 갸리우메의 칼날 부분을 처다보며 얼굴이 파랗게 질렸다. 그의 입술이 파르르 떨리고 있었다.

"갸… 갸리우메가 부러졌어!"

"엥? 부러졌수? 다른 걸로 가저올까나? 아까 무기고에 많던데……."

"보검 갸리우메가 부러졌단 말이야! 가문 대대로 세습해 온 보검 갸리우메가!"

"쩝… 그거 비싼 거유? 얼마나 하는데?"

"우우우… 우……."

류드 단장은 어쩔 줄 몰라 하는 표정이었다. 목젖이 울렁거리고 눈시울이 붉어지더니 급기야 울음을 터뜨리고 말았다.

"우와아아앙~ 갸리우메가 부러졌어~ 우와아앙~ 난 몰라~ 물어내~ 우와아앙~"

로이렌의 이름 높은 전사 류드는 아이처럼 잔디 정원에 주저앉아 다리를 바둥거리며 눈물과 콧물을 쏟아내고 있었다. 봉근은 바스타드 소드를 짚고 서서 머쓱한 얼굴로 사과했다.

"어이… 미안해… 그러게 왜 그리 부실한 검으로 막고 그랬어… 좀 더 튼튼한 걸로 연습할 것이지……."

"우와아아앙~ 몰라! 이 무지막지한 놈아! 내 보검 물어내… 우와아아앙~"

봉근과 류드의 첫날 수업은 그렇게 끝이 났다. 류드는 부러진 보검을 들고 울면서 집으로 갔고, 봉근은 마스터도 없이 혼자서 바스타드를 휘두르며 연습했다. 로이렌을 비추던 따뜻한 태양이 지평선으로 넘어가고 있었다.

류드 기사단장은 보검 갸리우메를 잃은 충격으로 병자처럼 앓아 누웠고, 봉근을 제대로 훈련시킬 수 없었다. 봉근은 그저 혼자서 열심히 바스타드를 휘두르다가 싫증나면 무기고로 달려가 이것저것 아무거나 집어 들고 사용해 보면서 시간을 보냈다. 가끔 류드가 와서 봉근이 연습하는 데 토를 달거나 충고했지만 완전히 의욕을 상실한 터라 봉근의 훈련에 그다지 열의를 보이지 않았다. 어쩔 수 없이 봉근은 또다시 타고난 막싸움으로 식인 기사 가니발에 맞서 싸워야 했다.

　일주일이란 시간은 목숨을 건 결투를 준비하기에는 너무나도 짧은 기간이었다. 봉근은 검법의 기초도 마스터하지 못한 채 바스타드 소드를 질질 끌고 결투 장소인 '머리언덕'으로 나왔다. 아주 오래전부터 기사들 간에 명예로운 결투 장소로 쓰여진 이 완만한 언덕은 수많은 남자들의 머리가 뒹굴었다고 해서 머리언덕이라 불리고 있었다. 결투 장소에는 바루크 영주를 비롯해 행정관 리슐리, 시종장 스바치, 기사단장 류드, 마법사 간보도 등 로이렌의 유명인사들이 모두 모여 있었다. 로이렌의 청년들이 희생되는 걸 지켜보는 것은 고역이었지만 로이렌을 위해 가상한 용기를 보여준 청년을 위해 영주는 매번 이렇게 응원을 나왔다.

　"볼컨… 난 당신을 믿소. 식인 기사를 반드시 꺾어서 로이렌이 오랜 저주에서 벗어날 수 있게 해주시오. 내 딸과 함께 신께 기도하겠소."

　바루크 영주는 몸소 허리를 굽히며 봉근의 손등에 키스했다. 봉근은 영주의 딸과 함께 기도하겠다는 말에 기분이 한껏 좋아졌다. 얼굴에 함박웃음을 지으며 영주의 뒤에 선 유레아를 쳐다봤다. 가슴 부분이

움푹 파여진 진홍색 드레스를 차려입은 그녀는 그날따라 매우 고혹적으로 보였다. 평소 기품있고 우아한 분위기로 남성들을 압도하는 유레아였지만 이날만큼은 죽은 아내 밍밍만큼이나 관능적인 모습이었다.

'아우, 오늘 이기기만 하면 저 여성이 내 품 안에… 아우… 좋아라……'

봉근은 입 밖으로 흘러넘치려는 침을 꿀꺽꿀꺽 삼키며 자신의 예비 신부에게 계속 눈길을 주었다. 유레아는 봉근과 자꾸 눈이 마주치자 쑥스러운 듯 시선을 피하며 웃고 있었다.

"가니발이다! 가니발이 왔다!"

구경꾼들이 술렁이기 시작했다. 머리언덕 너머에서 조금씩 검은 투구가 솟아오르고 있었다. 검은 갑주에 검은 말, 검은 랜스를 든 식인 기사 가니발. 그는 온몸에서 이상한 마력을 내뿜어 군중들을 섬뜩하게 만들었다. 가니발이 탄 말은 보통 말에 비해 두 배 정도는 컸는데 콧구멍에서는 시커먼 김을 푸륵거리며 내뿜었다. 엄청난 무게로 인해 말이 한 걸음 한 걸음 지나갈 때마다 편자 자국이 선명하게 남았다. 가니발이 검은 투구의 눈 가리개를 걷어 올리자 불꽃처럼 이글거리는 두 눈이 보였다.

"오늘 나와 싸울 자가 저 오크인가?"

봉근은 당황하여 옆으로 넘어질 뻔했다.

"우웃! 이 자식아! 내가 왜 오크냐! 너, 죽을래!"

"킬킬킬… 흥분을 잘하는 녀석이군. 좋다, 괴상하게 생긴 놈. 어서 덤벼라."

식인 기사는 무거운 갑주를 두르고도 가뿐하게 말에서 뛰어내렸다. 랜스를 바닥에 내려놓고 소드를 뽑아 드는 가니발. 봉근도 바스타드 소드를 머리 위로 치켜들었다.

"아우우~ 열받아! 너, 죽었어! 간다아아앗!"

봉근은 미친 듯이 달려가 소드를 가니발을 향해 내려쳤다. 가니발은 방패로 봉근의 소드를 막았으나 그 충격으로 약간 뒤로 밀려났다.

"킬킬킬… 힘이 좋은 녀석이군. 농부라고 했던가? 농사일은 정말 잘했겠군."

"아우우~ 이 자식이 입만 살아가지고! 죽어라!"

봉근의 소드가 수평으로 날아들며 가니발의 목을 노렸다.

챙—!

검은 소드가 바스타드를 막아냈다. 가니발의 검은 소드는 바스타드를 슬쩍 밀어내고는 재빨리 봉근의 어깻죽지를 찔렀다.

"우왁!"

봉근이 비명을 지르며 뒤로 물러섰다. 구경꾼들이 앗! 하는 소리를 질렀다. 봉근의 구멍난 갑옷 사이로 피가 흘렀다. 가니발은 검은 소드의 날을 혀로 스윽 핥으며 피 맛을 즐겼다.

"켈켈켈… 정말 텁텁하고 맛없는 피로구나. 너, 평소에 뭘 집어 먹길래 피가 이렇게 더럽냐? 뭐, 어차피 오늘은 처녀를 잡아갈 테지만 말이야."

"닥쳐! 아이구, 아파라……."

사기(邪氣)가 가득한 검은 소드에 상처를 입은 봉근은 정신이 흐려오고 있었지만 깡다구와 정신력으로 버티고 있었다.

"켈켈켈… 아직 개시도 안 했는데 벌써 눈이 풀리면 안 되지. 너무 재미없잖아. 조금만 더 버텨보라구. 얍!"

가니발은 봉근에게 말을 걸며 조금씩 다가오다가 기습적으로 목 부위를 찔렀다. 다행히도 검은 소드는 봉근의 목을 스치고 지나갔지만 결코 만만치 않은 상처를 남겼다. 봉근은 목에서 끈적이는 피가 흘러내리자 슬슬 열받기 시작했다. 태어나서 그 누구도 이처럼 그를 아프게 하지는 않았다.

"아우… 열받아… 아우… 열받아……."

봉근은 감정을 조금씩 끌어올려 머리끝까지 피를 모았다가 단번에 폭발시켰다.

"아우우~ 열받아!"

감정이 폭발한 봉근은 엄청난 괴력을 발휘했다. 바스타드 소드를 붕붕 소리가 나도록 휘두르는데 소드를 휘두를 때마다 강한 바람이 일어 구경꾼들의 모자가 날아갔다. 날렵한 가니발은 바스타드에 베이지는 않지만 바람에 섞여온 흙먼지가 눈에 들어가 잠시 주춤거렸다. 봉근은 그 틈을 놓치지 않고 그대로 뛰어가며 소드를 쑥 내밀었다.

"켈! 그으으윽……."

봉근의 바스타드 소드가 검은 갑주를 부수고 가니발의 늑골 사이를 헤집었다. 가니발은 고통스러운 신음 소리를 내다가 자신의 검은 소드로 봉근의 목을 자르려 했다. 검은 소드가 봉근의 목을 옆으로 자르려는 순간 딱! 하는 소리가 들렸다.

"켈… 이 녀석… 이거 놓지 못해!"

"으음, 음음음(절대 안 놓지)!"

봉근은 튼튼한 이빨로 검은 소드를 꽉 깨물고 있었다. 가니발이 아무리 소드를 빼내려 용을 써도 소드는 꼼짝도 하지 않았다.

"켈! 이 자식! 그렇다면 아가리를 잘라 버리겠다!"

가니발은 검은 소드를 봉근의 목 쪽으로 힘껏 밀었다. 봉근은 소드가 미끄러지지 않도록 더욱 힘껏 깨물었다.

쟁—!

믿을 수 없는 일이었다. 식인 기사 가니발의 검은 소드가 봉근의 이빨 사이에서 부러졌다. 가니발은 화가 나서 부러진 칼로 봉근의 옆구리를 쑤셨다.

"와!"

봉근은 부러진 칼이 옆구리에 박히자 뒤로 물러섰다. 부러진 검을 뽑아내자 옆구리에서 피가 철철 흘렀다. 중상이었다. 하지만 식인 기사 가니발도 만만치 않은 부상이었다. 검은 갑주를 뚫고 들어간 봉근의 바스타드는 가니발의 늑골 사이로 들어가 폐를 찢어놓았다. 보통 사람 같으면 벌써 절명했겠지만 식인 기사 가니발은 기이한 괴력의 소유자인지라 그런 중상을 견뎌내고 있었다.

"그으으윽… 이 자식… 보통 내기가 아니구나… 크윽……."

"아우, 아파… 너, 오늘 제삿날인 줄 알아라! 시커멓고 기분 나쁜 놈아! 우다다닷!"

봉근은 중상을 입은 가운데서도 혼신의 힘을 다해 가니발에게 달려들었다. 쿵 하고 두 사람의 몸체가 충돌했다. 봉근은 뒤로 나동그라진 가니발의 몸통 위에 걸터앉아 투구를 벗겨냈다. 가니발의 얼굴이 햇빛 아래 드러나는 순간 봉근은 우웩 하고 토사물을 쏟았다. 투구 사이로 이글거리던 눈은 분명 두 개였는데, 투구를 벗겨놓고 보니 눈이 옆으로 네 개나 더 있었다. 입은 기이하게 생겼는데 좌우로 낫 같은 이빨이 커다랗게 수평으로 나 있고, 상하로 뾰족뾰족한 톱날 같은 이빨이 솟아 있었다. 얼굴 색깔은 자신의 차림새처럼 시커먼색이었는데 두텁고 까칠한 털로 온통 뒤덮여 있었다.

"아우! 이 자식! 몬스터였구나! 어쩐지 기분 나쁘더라니! 감히 인간을 잡아먹어?! 죽어라, 이놈아!"

봉근은 바위처럼 단단한 주먹으로 가니발의 얼굴을 후려치기 시작했다. 식인 기사 가니발은 한참 동안 얻어맞더니 정신을 잃었다. 봉근은 축 늘어진 가니발의 몸통 위에 올라가 발을 구르며 분풀이를 했다.

"이 자식! 죽일 놈! 나쁜 자식! 괴물딱지! 더러운 놈! 씩씩……."

식인 기사와 봉근의 대결을 지켜보던 군중들은 침을 꼴딱꼴딱 삼키며 침묵을 지켰다. 그들은 식인 기사보다 봉근이 더 무섭다고 느끼고 있었다.

'우웃… 저게 인간이냐… 저놈, 진짜 오크 아녀?'

마법사 간보도는 흥분해 있는 봉근에게 다가와 가만히 어깨를 붙들고 그를 진정시켰다.

"자아… 볼컨, 진정하시게……. 식인 기사는 이미 정신을 잃었다네. 이자는 로이렌의 법률대로 화형에 처할 테니 자네는 이제 그만 쉬게. 자네는 지금 중상을 입었네. 안정을 취하면서 상처를 치료해야 해……."

간보도는 봉근을 데리고 머리언덕을 내려가고 있었다. 봉근은 아직 화가 덜 풀려 씩씩대고 있었지만 간보도가 조용하게 읊조리는 주문에 조금씩 감정이 가라앉았다.

식인 기사를 물리쳤으나 군중들은 약간 떨떠름한 얼굴들이었다. 로이렌 출신도 아니고 외지에서 온 농부가 일을 해냈기에 약간의 시기심이 일었던 것이다. 게다가 앞으로는 식인 기사의 결투 장면을 볼 수 없다고 생각하니 재밌는 구경거리가 사라졌다는 아쉬움이 남았다. 행정관 리슐리는 아예 벌레 씹은 표정이었다. 이제 봉근은 영주의 확실한 신임을 얻게 되었다. 류드 기사단장 말고도 또 한 명의 위협적인 경쟁자가 등장한 것이다. 오직 바루크 영주만이 싱글벙글이었다. 자신의 딸을 구해준 용사가 이번에는 로이렌을 오랫동안 괴롭혀 온 식인 기사를 물리쳐 주었다. 너무나도 고맙고 다행스러운 일이었다. 그는 리슐리의 건의대로 소작농으로 살게 해준 데 대해 봉근에게 항상 미안한 마음이 있었다. 이제는 확실한 명분이 생겼으니 리슐리가 반대하더라고 큰상을 내릴 참이었다. 물론 봉근에게 내릴 상 중에는 딸을 준다는 약속이 포함되어 있었다.

바루크 성에서는 봉근의 승리를 기념하기 위한 성대한 연회가 베풀어지고 있었다. 연회장에는 잘 차려입은 신사 숙녀들이 여기저기 모여 담소를 나누거나 맛있는 음식을 먹고 있다. 소탈한 바루크 영주의 성격대로 연회에는 귀족과 평민이 고루 초대받았고, 깐깐한 리슐리 행정관의 입맛대로 진귀한 음식들이 가득했으며, 노련한 스바치 시종장의 지휘 아래 하인들의 빈틈없는 시중들기가 이루어졌다.

두말할 나위 없이 이날의 주인공은 식인 기사를 물리친 봉근이었다. 그가 스바치 시종장이 골라준 넉넉한 정장을 입고 연회장에 들어서자 모든 사람들이 자리에서 일어서서 아낌없는 박수를 보냈다. 봉근은 기분이 우쭐해서는 코를 벌름거리며 사람들에게 인사를 했다. 바루크 영주가 환한 얼굴로 봉근을 불러 자신이 옆 자리에 앉혔다. 영주의 옆 자리에 앉는다는 것은 대단한 영광이며, 영주가 그를 자신과 동등한 위치에서 귀빈으로 대우한다는 뜻이다.

"볼컨, 자네가 우리 로이렌을 구했네. 자네는 영웅일세!"

"감사합니다, 주군."

"그동안 자네한테 미안한 마음이 많았어. 우리 유레아를 구해주었는데 내가 변변한 답례도 하지 못했지. 내 이번 기회에 크게 한턱 씀세."

"전 별로 바라는 것도 없는걸요. 채마밭에서 농사짓고 농부들하고 즐겁게 지내는 지금 생활이 좋아요."

"허참! 자네는 정말 욕심이 없는 사람이로군! 그래도 살아가면서 뭔가 부족한 점이 있을 텐데, 아무거라도 좋으니 이 자리에서 말해 보게."

"방금 말씀드린 대로 지금 생활에 만족하기 때문에 특별히 원하는 건 없습니다. 다만……."

"오! 그래, 어서 말해 보게."

"다만… 이 나이에 혼자 살다 보니 적적해서… 장가를 갔으면 좋겠다 생각을 하고 있었죠……."

봉근은 얼굴을 붉히며 영주의 건너편에 앉아 있는 유레아를 슬쩍 쳐다보았다. 그녀 역시 부끄러운 미소를 지으며 고개를 다른 쪽으로 돌렸다. 바루크 영주는 알았다는 듯이 고개를 끄덕거렸다. 그는 인자한 웃음을 지으며 봉근의 어깨를 감쌌다.

"이 친구야… 내가 딸을 주겠다고 약속하지 않았는가. 우리 딸이 미모는 좀 부족하나 마음씨가 착하고 교양이 있으니 자네한테 잘 맞을 걸세."

봉근은 팔을 크게 휘저으며 눈을 휘둥그레 떴다.

"미모가 부족하다뇨! 전 따님 같은 절세가인은 본 적이 없습니다! 제

목숨을 바쳐도 아깝지 않을 여인입니다!"

"정말인가?"

바루크 영주는 못 미더운 눈초리로 봉근을 흘기며 웃었다.

"그럼요! 따님을 제게 주신다면 절대로 고생시키지 않겠습니다!"

"당연하지. 우리 딸을 불행하게 한다면 저기 류드 기사단장이 자네 목을 따올 걸세."

"하하하! 당연하죠! 제가 어찌 따님을 불행하게 만들겠습니까!"

"허허허… 장차 내 사위가 될 사람이 호탕한 성격이라 정말 다행이야! 허허허……."

바루크 영주와 봉근은 주거니 받거니 술잔을 기울이며 마음껏 취했다. 한창 취기가 오르고 있는데 바루크 영주가 봉근의 손을 잡았다.

"볼컨, 저기 내 딸이 연회장에 들어오고 있네. 아직 인사를 못 나눴지? 오늘 이 자리에서 내가 소개시켜 줌세."

"엥? 소개라구요? 따님하고는 이미 구면인데요. 아시잖아요, 제가 따님을 구해줬던 일."

"자네가 구해줬던 건 작은딸 유레아일세. 내가 지금 소개시켜 주는 아이가 바로 장녀 모레아일세. 내가 이 세상에서 가장 아끼는 소중한 보물이지. 어서 오너라, 모레아!"

영주가 두 팔을 크게 벌리자 회색 빛 드레스를 입은 건장한 여인이 그의 품에 파고들었다. 봉근은 손에 들고 있던 술잔을 떨어뜨렸다. 입에 고여 있던 포도주가 주르륵 흘러내렸다. 망치가 뇌수를 때리고 억장이 무너지는 심정이었다.

봉근보다 더 큰 체구에 절구통 같은 허리, 주근깨 가득한 둥글넓적

한 얼굴, 희미한 눈썹에 비뚤어진 코, 웃을 때 드러나는 썩은 이빨들… 봉근은 저것이 과연 영주의 딸인가, 아니면 영주가 키우는 애완용 몬스터인가 헷갈렸다.

"이분이… 제가 결혼할… 따님인가요……."

"그렇다네. 모레아! 인사하거라! 너의 노처녀 딱지를 떼어줄 용맹한 기사 볼컨이다!"

"어머~ 아빠… 외모가 너무 꽝이에요. 전 류드 단장님 같은 미소년이 좋은데……."

봉근은 순간 속에서 뜨거운 것이 끓어올랐다. 아름답고 기품있는 유레아에 비해 모레아는 덜떨어진 소녀의 무례함까지 갖추고 있었다. 그는 당장 모레아인가 모래알인가 하는 여자를 펄펄 끓는 가마솥에 집어넣어 삶아버리고 싶은 충동이 일었다. 그는 온몸을 부들부들 떨면서 영주에게 말했다.

"영주님… 저 잠깐 바깥공기를 쐬고 오겠습니다. 속이 안 좋아서……."

"아, 그런가? 볼컨, 음식을 가려서 먹어야 할 게야. 워낙 진귀한 음식들만 있어서 자네처럼 거친 빵만 먹던 사람은 속이 놀란다구. 허허허……."

봉근은 자리에서 몸을 일으키다가 두 사람이 나누는 이야기를 듣고 말았다.

"모레아, 저 남자를 놓쳐서는 안 된다. 비록 생긴 건 괴상하지만 힘과 용기가 대단한 사람이다. 장차 너처럼 튼튼한 아기를 낳아야 하지 않겠니?"

"그럼요, 아빠. 저도 더 이상 노처녀로 늙고 싶지 않아요. 맘에는 안 차지만 저 남자를 꽉 잡아서 빨리 결혼할래요. 호호호…….”

봉근은 두 주먹을 불끈 쥐고 연회장을 뛰쳐나왔다. 뜨거운 눈물이
볼을 타고 흘러내렸다. 뜰로 나온 봉근은 밤하늘을 올려다보았다. 까
만 도화지에 설탕 가루를 뿌려놓은 것처럼 별들이 많았다. 그가 사랑
했던 여인들의 얼굴이 떠올랐다. 비록 짝사랑에 그치고 말았지만 그의
모든 걸 바쳐 사랑했던 여인 송은경(미스 송), 봉근을 진정으로 사랑해
주었고 결국 봉근의 마음을 돌려놓았던 둔갑여우 밍밍, 그리고 그가 스
토킹했던 수많은 미녀들……. 갑자기 그녀들 얼굴 위로 밥맛 떨어지는
모레아의 얼굴이 겹쳐지면서 봉근의 마음을 짓이겨 놓았다. 봉근은 얼
굴을 파묻고 슬플 때 부르는 노래를 중얼거렸다.
“외로와도 슬퍼도… 나는 안 울어… 어흐흐흐흐… 어흐흐흐
흐…….”
봉근이 얼굴을 무릎 사이에 파묻고 서럽게 울고 있는데 누군가 그의
신발을 툭툭 차고 있었다. 눈물 젖은 얼굴을 들어보니 리슐리 행정관
이 뒷짐을 지고 웃고 있었다.
“저런저런, 용맹한 볼컨께서 계집아이처럼 울고 있다니… 누가 보기
라도 하면 당신의 드높은 명성에 흠이 가겠소.”
“리슐리 행정관… 연회는 안 즐기고 왜 나오셨어요?”
“흠… 나야 원래 연회 따위는 흥미가 없소. 쓰레기 같은 인간들하고
공허한 잡담을 나누는 건 시간 낭비지. 요리사들이 만들어내는 희귀한
음식들이나 먹어보는 게 유일한 재미요. 그나저나 볼컨, 당신이 울고
있는 걸 보니… 모레아님을 소개받은 모양이군.”
“아… 그걸 어떻게…….”

"후후후, 다른 사람은 몰라도 이 리슐리는 못 속인다오. 당신이 유레 아님을 속으로 흠모했다는 걸 알고 있소. 영주님께서 따님을 주신다는 말에 당연히 유레아와 결혼할 거라 생각했겠지. 안 그렇소?"

"맞아요. 딸이 둘일 줄은 꿈에도 몰랐습니다."

"후후후, 모레아는 결혼 적령기가 지났지만 남자 귀족들한테 인기가 없어 아직 결혼을 못했소. 바루크 영주님은 동정심이 많으신 분이라 불쌍한 모레아님을 더 끔찍하게 생각하시지. 볼컨, 까놓고 말해 볼까요? 영주는 공을 치하한다는 핑계로 딸을 당신에게 시집보내려는 거요. 당신은 좋으나 싫으나 모레아와 결혼해야 될 거요."

"우왁! 싫어요! 내 타입이 아니란 말예요!"

"후후, 그래도 잘 생각해 봐요. 정략결혼이란 게 있잖소. 영주의 딸과 결혼하면 당신으로선 부와 지위를 단숨에 거머쥐게 될 텐데… 마다할 이유는 없지 않소?"

"싫어요! 난 그 딴 거 필요없어요! 이 추봉근이에게 사랑없는 결혼은 무의미하단 말예요! 그리고… 난 유레아님을 사랑해요!"

"꿈 깨시오, 볼컨. 유레아님은 눈이 높으신 분이오. 당신 같은 남자한텐 추호도 관심이 없을 거요. 그분은 왕족들하고만 교제를 하신다오. 장차 가이센 왕국의 왕후가 될지도 모르는 분이오."

봉근은 카드 회사에 근무하던 시절 미스 송에게서 느꼈던 높은 장벽을 다시 한 번 느끼고 있었다. 넘지 못할 높은 벽. 저 너머엔 간절히 희구하는 사랑이 있는데 그걸 얻을 길은 요원했다.

"그래요… 유레아님하고 결혼하는 건 불가능하겠군요. 하지만 모레아와 결혼하진 않겠어요! 영주님이 시켜도 거절할 겁니다!"

행정관 리슐리는 뭐가 즐거운지 빙글빙글 웃고 있었다.

"당신에게 선택권은 없소, 볼컨. 영주는 명분을 만들었고, 명분에 의해 시행되는 사안은 절대로 번복되지 않소. 그게 로이렌의 법칙이오."

"뭐, 뭐라구요? 그럼 억지로 모레아와 결혼해야 한단 말이에요?"

"물론 피해갈 수 있는 방법은 있소. 자결을 하든지 로이렌에서 도망치든지 하는 거요."

망설이는 봉근의 귀에다 대고 조용히 속삭이는 리슐리였다.

"도망치시오, 볼컨……."

봉근은 가만히 고개를 끄덕였다. 행정관 리슐리는 음흉한 웃음을 지으며 봉근의 어깨를 두드렸다. 그가 영주의 사위가 되는 것은 리슐리에게 결코 반가운 일이 아니었다.

결혼 준비는 바루크 영주의 시종장 스바치의 지휘 아래 치밀하고도 신속하게 진행되었다. 바루크 성내에는 봉근과 모레아의 신방이 꾸며졌는데, 로이렌의 솜씨 좋은 장인들이 만들어낸 가구가 들어오고, 은은한 장미 빛깔 벽지로 도배되었다. 요리사들은 천 명도 넘는 하객들을 먹일 음식 재료를 사들이느라 바쁘게 돌아다녔고, 하인들은 그동안 방치했던 성내 구석구석까지 청소하느라 먼지를 뒤집어썼다. 시종장 스바치는 청첩장 한 장 한 장에 영주의 필체를 흉내 내어 사인을 하고, 로이렌의 중요 인사들이 빠지지 않도록 미리미리 일정을 조정했다.

봉근은 목숨을 걸고 식인 기사와 싸운 대가가 로이렌의 손꼽히는 추녀와 결혼하는 것이라는 사실에 치가 떨렸다. 주위의 많은 사람들은 다음과 같은 축하 인사를 건네어 그를 더욱 돌게 만들었다.

"볼컨 씨~ 둘이 아주 잘 어울립니다~ 행복하세요~"

봉근이 그토록 두려워하던 모레아와의 결혼식은 결국 닥치고야 말았다. 봉근의 결혼식에 대해 구설이 없는 것은 아니었다. 오크의 피가 섞인 자(일부 사람들은 아직도 이렇게 믿고 있다)가 영주의 딸과 결혼하는 횡재를 했다는 쑥덕공론도 있었고, 식인 기사를 물리친 용맹한 전사가 영주의 협박에 못 이겨 억지로 결혼한다는 소문도 돌았다. 하지만 중론은 대체로 '둘이 천생연분'이라는 것이었다. 하객들은 로이엔의 전통대로 양손을 꼭 잡고 식장에 들어서는 신랑신부를 향해 뜨거운 박수를 보냈다. 봉근은 손을 뿌리치고 식장을 뛰쳐나가고 싶은 충동을 억누르며 주례를 보는 사제에게 다가서고 있었다.

"볼컨, 그대는 숲의 정령과 로이렌의 수호신 앞에 신부 모레아를 평생의 반려자로 받아들일 것을 맹세합니까?"

"그렇게 해봅시다……."

봉근은 사제의 질문에 땅이 꺼져라 한숨을 내쉬며 대답했다.

"모레아, 그대는 신랑 볼컨을 돈을 잘 벌 때나 못 벌 때나, 정력이 좋을 때나 약할 때나 변함없이 사랑할 것을 맹세합니까?"

"물론이죠(돈은 내가 많고 힘은 좋은 남자니까)."

"오늘 이 두 사람은 부부로 맺어졌으니 로이렌의 일곱 가지 이혼 사유에 해당하지 않는 한 결코 헤어지지 않으리라는 것을 여러분 앞에 선포합니다."

사제가 혼인이 성립되었음을 선언하자 하객들이 우레와 같은 박수를 보냈다. 그들은 시끄러운 박수 소리에 묻힌 봉근의 침통한 표정을 보지 못했다. 사제는 부드러운 미소를 지으며 봉근에게 말했다.

"자, 이제 신랑은 로이렌의 전통에 따라 신부를 둘러메고 신방까지 뛰어가십시오. 달릴 때 기쁨의 외침을 전하는 것을 잊지 마십시오."

봉근은 사제가 말한 로이렌의 전통 의식만큼은 도저히 하고 싶지 않았다. 이곳 사람들에게야 자연스러운 모습이지만 대한민국 열혈청년 추봉근의 관점에서는 무척 꼴불견이었다. 게다가 모레아 같은 여자를 둘러메고 뛰어야 하다니! 하지만 어쩔 수 없다. 하객들은 벌써 의식을 재촉하는 박수를 열렬히 보내고 있었다. 봉근은 두 눈을 질끈 감았다. 모레아의 물컹한 허리를 힘껏 잡아당기자 포도주가 그득 담긴 가죽 푸대처럼 살이 출렁거렸다. 모레아의 육중한 몸을 어깨 위에 올린 봉근은 우렁찬 소리를 내지르며 결혼식장의 통로를 질주했다.

"우어어어어어어― 우어어어어― 우어어어―"

하객들의 박수 소리와 웃음소리가 점점 커지고 결혼식의 분위기는 절정에 다다랐다.

"신랑이 정말 기쁜가 봐! 태어나서 이렇게 우렁한 신랑의 외침은 처음이야!"

"역시 볼컨은 용사 중의 용사야! 모레아는 얼마나 행복할까!"

봉근의 고성에 예민한 몇몇 사람의 고막이 터지고 예배당의 스테인드글래스가 몇 장 깨져 나갔지만 그런 사소한 일에는 아무도 신경 쓰지 않았다.

"우어어어어― 우어어어― 우어어어―"

신부를 둘러메고 황소처럼 질주한 봉근은 그대로 바루크 성까지 내달렸다. 밭둑을 지나 과수원을 가로질러 늪을 빠져나와 나지막한 담장을 뛰어넘고 바루크 성문을 밀어젖히고 신방까지 들어온 봉근은 신부 모레아를 머리 위에서 빙 한 바퀴 돌린 뒤 침대 위에 집어던졌다.

"우어어어―"

모레아의 체중을 견디지 못한 침대의 스프링이 매트리스 밖으로 튀어나왔다.

"볼컨, 당신은 무척 야성적이군요. 좋아요! 당신의 그런 면이 좋아요!"

모레아는 어느새 웨딩드레스에서 뱀이 허물 벗듯이 빠져나와 있었다. 출렁거리는 뱃살과 허릿살에 압도당한 봉근은 다리가 휘청거렸다. 그는 급박한 상황에서도 냉정을 잃지 않기 위해 애썼다. 봉근의 손에는 행정관 리슐리가 전해준 조그만 약병이 들려 있었다. 그는 모레아 모르게 금으로 된 술잔에 약을 몇 방울 빠뜨렸다. 품에 안기려 드는 모레아를 한 손으로 얼른 제지하는 봉근.

"잠깐! 기다리시오, 모레아. 그대와 사랑을 나누기 전에 로이렌의 명물인 머루 와인을 마시고 싶소. 자, 한잔 드시오."

"후후후… 볼컨, 의외로 분위기있으시네요. 좋아요. 건배."

화려하게 빛을 발하는 크리스털 잔이 챙 하고 부딪쳤다. 머루 와인이 모레아의 목젖을 타고 꿀꺽꿀꺽 넘어가는 순간 봉근은 회심의 미소를 지었다. 모레아는 게슴츠레한 눈으로 봉근을 올려다보며 중얼거렸다.

"볼컨… 음… 와인 맛이… 이상… 해……."

그녀는 더 이상 말을 잇지 못하고 봉근의 무릎에 얼굴을 묻었다. 그녀는 이내 코를 드르렁거리며 잠에 빠져들었다. 모레아가 잠든 것을 확인한 봉근은 창가에 달린 긴 커튼을 뜯어냈다. 이빨로 커튼을 찢어 세로로 연결하자 튼튼한 밧줄이 만들어졌다. 그는 창문을 활짝 열고 아래를 내려다보았다. 수십 미터 아래가 까마득하게 내려다보였지만 봉근은 전혀 무섭지 않았다. 35미터 높이의 막싸움 브이를 맨손으로 오르내리던 그였기에 바루크 성의 높이는 그에게 전혀 공포감을 안겨

주지 못했다. 커튼을 묶어 만든 밧줄이 출렁거리며 아래로 늘어졌다. 봉근은 밧줄을 무릎 사이에 끼우고 양손으로 잘 잡은 뒤에 심호흡을 한번 했다.

"자… 그럼 내려가 볼까."

그는 밧줄을 약간 느슨하게 쥐고 무릎 사이를 조금 벌렸다. 봉근의 몸은 밧줄에 매달려 주르륵 미끄러지기 시작했다.

"아우우~ 신난다!"

순식간에 바닥까지 내려온 봉근은 냅다 뛰었다. 밀밭을 가로지르고 밭둑을 지나자 바루크 성에서 제법 멀리 떨어진 곳까지 다다랐다. 숲 근처 외진 위치에 조그만 술집이 눈에 들어왔다. 로이렌을 찾아오는 여행자들이 가장 먼저 들러 여독을 풀고 한잔 걸치는 곳이었다. 봉근은 안도의 한숨을 내쉬며 술집으로 들어갔다. 검은 두건을 쓴 사내가 등을 돌리고 앉아 맥주를 마시고 있었다. 그는 돌아보지도 않고 방문자를 알아맞혔다.

"볼컨, 왔는가?"

사내는 천천히 뒤로 돌아 두건을 걷었다. 행정관 리슐리였다.

"들키지 않고 무사히 빠져나왔겠지?"

"헉… 헉… 무, 물론이죠… 아이구, 숨차라……."

"잘했네. 맥주 한잔 권하고 싶지만 시간이 없군. 자네가 없어진 걸 알면 당장 추격할 거야. 마구간에 섀도우폭스라는 명마를 준비해 놓았으니 그걸 타고 멀리 가버리게. 아무도 찾지 못할 먼 곳으로……."

봉근은 로이렌을 떠난다고 생각하자 눈시울이 뜨거워졌다. 그는 리슐리의 손을 꼭 잡고 석별의 정을 나눴다.

"리슐리, 고맙습니다. 신경 써주신 덕분에 끔찍한 결혼을 피할 수 있게 되었군요!"

"하하… 뭘 그 정도 가지고… 자, 추격대가 오기 전에 어서 떠나게. 어서!"

리슐리는 출발을 재촉하며 봉근을 마구간으로 데려갔다. 봉근은 다시 한 번 리슐리에게 인사를 고하고 박차를 가했다. 섀도우폭스는 히 힝— 하는 울음소리와 함께 마구간을 뛰쳐나왔다. 이 명마는 어찌나 빠른지 눈 깜짝할 새에 로이렌을 빠져나와 고요의 숲 속 깊은 곳까지 들어와 버렸다. 도중에 늑대 몇 마리가 뛰쳐나와 말을 놀라게 했지만 바람처럼 빠른 섀도우폭스를 따라잡지는 못했다.

고요의 숲은 똑같은 풍경이 지겹도록 계속되는 거대한 삼림이다. 봉 근은 말의 달리는 속도를 줄이고 천천히 좌우를 둘러보며 앞으로 나아 갔다. 그는 난처한 표정을 지었다. 출발할 때는 분명 로이렌과 인접해 있는 보로미아 공국을 목적지로 삼았건만 섀도우폭스는 엉뚱한 길로 접어들었던 것이다. 보로미아 공국은 아침나절에 출발하면 점심 먹을 시간이 되기 전에 도착할 수 있을 정도로 가까운 나라인데 봉근은 밤 이 다가오는데도 아직 숲에서 벗어나지 못하고 있었다.

고요의 숲은 인간들에게 호의적이지 못한 정령과 생물들이 많이 살 고 있는 위험한 지역이다. 빨리 벗어나는 게 상책이었다. 봉근은 잘못 된 숲길인 줄 알면서도 섀도우폭스의 배를 걷어찼다. 숲길을 계속 따 라가다 보면 인가를 발견할 수 있을 거라는 기대에서였다. 어둠 속을 바람처럼 질주하던 봉근은 드디어 불빛을 발견했다. 숲길 저 너머에서 호롱불처럼 흔들리고 깜빡이는 작은 불빛이었다.

"드디어 숲이 끝나고 마을이로구나! 가자!"

과연 숲길이 끝나는 곳에 작은 마을이 나타났다. 마을의 규모는 작앉지만 여인숙, 술집, 대장간 등 있어야 할 건 다 있었다. 봉근은 마을 내의 건물들이 뭔가 이상하다는 느낌을 받았다. 생김새가 로이렌의 집들과 비슷하긴 한데 크기가 매우 작았다. 어떤 오두막은 봉근의 머리가 닿을 정도로 천장이 낮아 보였다. 어둑어둑한 마을에서 걸어다니는 작달막한 주민들을 본 봉근은 그제야 이곳이 난쟁이들의 마을임을 깨달았다.

"여행 중이신가 봐요. 숙소는 잡으셨나요?"

난쟁이 한 명이 쾌활하게 인사했다. 키가 봉근의 절반밖에 되지 않았다. 봉근은 고개를 가로저었다. 난쟁이는 반가운 얼굴이 되어 섀도우폭스의 고삐를 홱 뺏아갔다.

"그거 잘됐군요! 마침 우리 여인숙에 빈방이 있는데 그리로 모시지요!"

그 난쟁이는 여인숙의 호객꾼이었던 것이다. 난쟁이는 다짜고짜로 말을 여인숙으로 몰고 갔다. 봉근은 피곤한 데다 다른 여인숙이 있는지도 알 수 없어 그대로 내버려 두었다. 여인숙은 동화 속에 나오는 집처럼 예쁘고 아담했다. 안으로 들어가니 난쟁이 손님 네댓 명이 테이블에 둘러앉아 담소를 나누고 있었다. 그들은 한창 웃고 떠들다가 봉근을 발견하자 갑자기 입을 다물고 뚫어져라 그를 쳐다보았다. 봉근은 괜히 머쓱해져서 호객꾼의 안내를 따라 서둘러 이층 객실로 올라갔다. 봉근이 사라지고 나자 난쟁이 손님들은 다시 대화에 열중했다.

방은 깔끔하고 잘 정돈되어 있었지만 크기가 너무 작았다. 키가 별로 크지 않은 봉근이 서 있으면 머리가 천장에 닿았다. 침대도 마찬가지였다. 다리가 짧은 봉근이 누우니 발목이 침대 밖으로 나왔다.

'아우, 짜증나. 이 집은 모조리 난쟁이용이구나.'

작고 답답한 객실이었지만 워낙 힘들었던 하루라 눕자마자 눈이 스르르 감기고 수마(睡魔)가 몰려왔다.

"이게 무슨 소리지?"

테이블에 둘러앉은 난쟁이 손님들은 간헐적으로 들려오는 괴상한 소리에 몸을 떨었다. 초록모자를 쓰고 얼굴이 불그스레한 난쟁이가 호들갑스럽게 말했다.

"이건 마치 드래곤의 숨소리 같군! 정말 끔찍해!"

"드래곤이라고? 웃기는군! 자네가 드래곤의 숨소리를 어떻게 알지?"

안경을 쓰고 얼굴이 갸름한 난쟁이가 트집을 잡았다.

"헹! 내가 거짓말하는 줄 알아? 지난 여름에 '굴 속에서 잠자는 용 가르도쥬 구경하기'를 갔다 왔단 말이야."

초록모자의 난쟁이는 용을 상품화한 여행사의 패키지 상품을 말하고 있었다.

"거짓말 마! 그게 얼마나 비싼 건데! 광산 회사 월급쟁이 주제에 용을 보고 왔다구?"

"이거 왜 이래! 귀금속을 많이만 파면 성과급이 충분히 나온다구!"

난쟁이들의 싸움에 끼어든 자는 여인숙의 주인인 뚱보 난쟁이였다. 그는 배를 툭툭 치며 웃었다.

"헐헐… 자자, 싸우지들 마세요, 손님들. 이 소리는 아까 체크인했던 머리 큰 인간이 코 고는 소리랍니다."

"코 고는 소리라고? 천장까지 흔들리는데!"

"아까 그 남자가 인간이라고? 난 처음 보는 종족이라 얼마나 놀랐는데!"

난쟁이들은 봉근의 일로 다시 소란스럽게 떠들기 시작했다.

바루크 영주는 기분 좋게 취해 행정관 리슐리와 환담을 나누고 있었다. 그는 가문의 애물단지였던 모레아가 짝을 찾아서 속이 후련하다고 털어놓았다. 행정관 리슐리는 겉으로는 몇 번이나 축하한다는 인사를 공손하게 건넸지만 속으로는 봉근의 도주를 생각하며 웃고 있었다.

'바보같이… 지금쯤 볼컨은 세상 끝까지 도망쳤을 거다……'

두 사람의 대화는 갑자기 뛰어들어 온 시종장 스바치의 외침에 중단됐다. 스바치는 얼굴이 하얗게 질려서 떨고 있었다.

"보… 볼컨님이 사라졌습니다!"

바루크 영주는 다급한 스바치와는 달리 얼굴에 미소를 띤 푸근한 얼굴로 말했다.

"없어졌다구? 우리 새신랑이 잠시 바람을 쐬러 갔나? 아니면 짓궂은 친구들에게 납치되어 술을 마시고 있는 건가?"

"영주님! 그… 그게 아니라 도망친 것 같습니다!"

"도망치다니?"

영주는 아직도 이해가 되지 않는다는 얼굴이었다. 리슐리는 짐짓 엄숙한 표정을 지으며 시종장에게 말했다.

"호들갑 떨지 말고 찬찬히 이야기를 해보게. 볼컨이 도망치다니, 그게 무슨 소리인가? 신부를 놔두고 줄행랑을 놓았다 그 말인가?"

"아무래도 그런 것 같습니다. 모레아님에게 수면제를 먹이고 커튼을 찢어 밧줄을 만든 뒤에 성밖으로 도망친 것입니다. 아무래도 단순한 장난 같지는 않습니다."

"이런! 그거 참 큰일이로군! 이미 혼인식을 올리신 모레아님이 하루만에 홀몸이 되시게 생겼으니……"

리슐리는 괜히 비통한 얼굴이 되어서는 고개를 절레절레 흔들었다. 바루크 영주가 눈이 휘둥그레져서 리슐리에게 물었다.

"홀몸이 되다니? 그게 무슨 소린가, 리슐리? 우리 모레아가 홀몸이 되다니? 그리고 볼컨은 무엇 때문에 밧줄을 만들기까지 하면서 몰래 빠져나간 건가?"

영주는 사태를 전혀 파악하지 못하고 있었다. 그는 자신의 딸 모레아와 결혼한 봉근이 큰 행운을 잡았다 생각하고 있었다. 로이렌을 지배하는 절대권력자의 사위가 된다는 것은 평범한 소작농이 절대로 꿈꿀 수 없는 급격한 신분 이동이었기 때문이다. 하지만 리슐리는 영주가 알아듣기 쉽게 이 비극적인 상황을 설명해 주었다.

"영주님, 괴로우시겠지만 마음을 굳세게 하고 들으세요. 아무래도 볼컨은 신부가 마음에 들지 않아 멀리 도망친 듯싶습니다. 말을 타고 갔다면 지금쯤 보로미아 공국에 도착했을 겁니다."

"뭐, 뭐야? 우리 모레아가 마음에 들지 않아… 도망쳤을 거라구? 가, 감히 이 바루크의 딸을 거부했단 말이냐? 그 괴상하게 생긴 소작농이? 어, 어떻게 그런 발칙한 마음을 품을 수가 있는 거지? 응?"

"영주님, 너무 흥분하시면 건강에 좋지 못합니다. 진정하시고 제 말을 끝까지 들어보세요. 볼컨이 모레아님에게 마음이 없다면 굳이 억지로 결혼시킬 필요가 없습니다. 볼컨은 소작농 아닙니까? 유레아님은 장차 가이센 왕실의 일원이 될지도 모르는 일인데 장녀인 모레아님이 소작농과 결혼했다는 건 주군의 명예에도 큰 흠이 될 겁니다. 싫다고 가버리는 자, 붙잡지 않는 게 현명한 일입니다."

그러나 감정이 격해진 바루크 영주의 귀에 리슐리의 충고 따위가 들어올 리 없었다. 그는 상기된 얼굴로 소리를 버럭 질렀다.

"닥쳐라, 이놈! 볼컨을 소작농으로 만든 건 네놈 짓이 아니더냐! 난 처음부터 그에게 기사 작위를 내리려 했단 말이다! 그는 유레아를 구해주고 식인 기사를 물리친 위대한 전사야! 난 유레아도 사랑하지만 큰딸 모레아를 더욱더 아낀단 말이다! 네까짓 간신배가 이 내 마음을 얼마나 알겠느냐!"

리슐리는 고개를 숙이고 슬그머니 뒤로 물러섰다. 바루크 영주는 후덕하고 인자한 군주지만 일단 화가 나면 물불을 가리지 않는 폭군으로 돌변하는 남자였다. 타이른다고 들을 사람이 아니었다. 리슐리는 더 큰 봉변을 당하기 전에 영주의 방에서 빠져나왔다.

"당장 류드 기사단장을 불러라! 볼컨을 추격하겠다!"

영주는 시종장 스바치에게 소리 질렀다. 스바치는 고양이 앞에 쥐처럼 기가 잔뜩 죽어서 물러갔다. 바루크 영주는 부들부들 떨리는 손으로 술잔을 들어 올려 단숨에 들이켰다.

"볼컨, 이 자식… 감히 날 배신해? 잡히면 마을 광장에서 참수시키겠다!"

"주군, 그러시면 곤란합니다."

익숙한 목소리가 들리자 영주는 옆으로 고개를 돌렸다. 회색 빛 로브를 걸친 노인이 당당하게 서 있었다. 그의 오랜 친구이자 조언자인 마법사 간보도였다. 그의 눈빛에는 지혜와 연륜이 가득했으며 목소리에는 노인답지 않은 패기가 실려 있었다. 영주는 간보도를 보자 다소 마음이 풀리는 듯 술잔을 내려놓고 의자를 권했다.

"어서 오시오, 나의 현명한 친구여. 난 지금 무척 우울하오. 당신이 어떤 지혜로운 말로 나를 위로할지 기대가 되는구려."

간보도는 앉기를 사양하고 영주에게 이야기를 시작했다.

"전 지금 약 기운에서 깨어난 모레아님을 뵙고 오는 길입니다."

"모, 모레아가 일어났소? 그래, 우리 딸애는 지금 좀 어떻소?"

"모레아님은 볼컨의 도주로 큰 충격을 받으셨습니다. 상심이 크시겠지만 워낙 강인한 분이시니 잘 이겨내시겠지요."

"그렇지… 그래야지……. 볼컨 녀석, 감히 우리 모레아를 슬프게 하다니! 바루크 가문의 명예를 걸고 볼컨을 살려두지 않을 것이네!"

마법사는 로브의 소매에서 손을 빼서 영주의 어깨를 어루만졌다. 로이렌에서 이런 행동을 하고도 용서받을 수 있는 자는 바루크의 두 딸과 대마법사 간보도뿐이었다.

"주군, 그렇다고 볼컨의 생명을 빼앗아서는 안 됩니다. 비록 볼컨이 파렴치한 짓을 저질렀지만 아직까지는 엄연히 주군의 큰사위가 아닙니까? 게다가 모레아님께서는 아직도 볼컨을 잊지 못하고 계십니다. 전 모레아님께 약속드렸지요. 반드시 볼컨을 데리고 돌아오겠다고 말입니다. 제가 그 약속을 하는 순간 모레아님의 눈빛은 희망으로 가득 차 밤하늘의 샛별처럼 빛났습니다."

"볼컨을 데리고 돌아오겠다고? 간보도, 자네가 말인가?"

간보도는 소매 속에 손을 집어넣더니 무언가를 끄집어냈다. 마법사의 손바닥 위에는 조그만 금속이 황홀한 빛을 뿜어내고 있었다.

"주군, 이것이 무엇인지 아시겠지요?"

"아니… 그것은 우리 가문이 볼컨에게 선물했던 결혼반지가 아닌가? 자네가 어떻게 그걸 손에 넣었나?"

"볼컨은 모레아님에게 수면제를 먹인 뒤 침대 머리맡에 이 반지를 빼어두고 갔습니다. 결혼반지를 두고 갔다는 이야기는 볼컨이 신부를 거부했다는 뜻이지요."

"그, 그런 발칙한! 그 반지는 이 로이렌에서 가장 비싼 반지란 말이야! 어떻게 우리 가문의 호의를 이토록 무시할 수가 있단 말인가!"

마법사는 고개를 끄덕이며 반지를 엄지손가락에 끼워 보았다. 꼭 맞았다. 봉근의 두꺼운 손가락에 맞추다 보니 앙상한 마법사의 다섯 손가락 중 맞는 곳은 엄지밖에 없었다.

"저 역시 이 반지가 비싸다는 것은 알고 있습니다. 이 세상에서 가장 럭셔리한 요정인 청담족이 온 정성을 기울여 제조한 반지라는 걸요."

"그래, 맞아! 우리 큰딸 모레아의 결혼을 위해 큰맘먹고 구입한 거란 말이야! 그 유명한 티파노라고!"

"예. 그런데 주군께서는 티파노 반지의 숨겨진 문장을 읽으신 일이 있습니까?"

"수, 숨겨진 문장?"

"아직 모르시는군요. 보석 가게 주인들이 진품과 모조품을 가려낼 때 쓰는 방법이 있습니다. 보여 드리지요."

마법사는 반지를 엄지에서 빼내어 벽난로 속의 활활 타오르는 불길 속으로 던졌다. 영주는 얼굴이 핼쑥해져서 소리쳤다.

"간보도! 무슨 짓인가!"

"걱정 마십시오, 주군. 티파노는 이 정도 열기에는 파괴되지 않습니다."

마법사는 반지가 충분히 불에 달궈지고 나자 부지깽이로 그것을 꺼냈다. 그가 손가락으로 거리낌없이 반지를 집어 들자 영주가 놀라서 물었다.

"뜨겁지 않은가?"

"아니요, 반대로 무척이나 차갑습니다. 한번 만져 보세요."

마법사는 가만히 반지를 영주의 손 위에 올려놓았다.

"정말이군! 얼음 위에 올려놓은 것처럼 차가워!"

"이제 반지 안쪽에 새겨진 글씨를 읽어보세요."

바루크 영주의 얼굴에는 놀라움이 가득했다.

"이럴 수가! 전에 못 보던 글씨가 나타났군! 그런데 전혀 읽을 수가 없어. 이게 어느 종족의 문자인가?"

"청담족 젊은 남녀들만 알아볼 수 있는 고대 채팅어입니다. 문법이 변화무쌍하고 맞춤법이 파격적이라 보수적인 종족들은 무척이나 혐오하는 언어지요. 저도 이 고대어를 배우는 데 애를 많이 먹었답니다."

"오오~ 어서 해석해 주게나."

마법사는 목소리를 가다듬고 한껏 분위기있는 음색으로 반지에 새겨진 문장을 읊었다.

모든 반지를 지배하고 모든 반지보다 비싼 것은 명품 반지.
모든 반지를 불러모아 창고 속에 가둬 버리는 것은 명품 반지.
비싼 것만 살아 숨 쉬는 백화점에서.

바루크 영주는 고개를 끄덕이며 반지의 문장에 담겨진 의미를 곱씹었다. 마법사 간보도가 깊은 심연과도 같은 눈으로 영주를 쳐다보며 말했다.

"이제 아시겠습니까? 티파노 반지에 담겨 있는 럭셔리한 뜻을……."

"알 것 같네. 정말로 소중한 반지야……."

"그렇습니다. 이 반지에는 요정들의 간절한 염원과 허영심이 담겨
있습니다. 반지에 대고 맹세한 약속을 깨는 자는 반지의 정령이 용서
하지 않을 겁니다. 제가 볼컨을 찾으려 하는 이유도 그 때문입니다. 전
로이렌의 대마법사로서 이 반지를 볼컨의 약지에 다시 끼워줄 의무가
있는 겁니다."

"알겠네. 그것이 모레아가 바라는 일이겠지……."

마법사 간보도는 티파노 반지를 소매 속에 갈무리했다.

"주군, 제가 추측하기에 볼컨은 이미 로이렌으로부터 아주 멀리 달
아나 버렸을 겁니다. 그를 추적한다는 일은 쉬운 일이 아닙니다. 그가
어디로 갔는지 제대로 방향을 잡아 따라가려면 추적자의 풍부한 경험
과 악바리 같은 근성이 필요하고, 오랜 시간이 걸립니다. 그리고 혼자
서는 도저히 해낼 수가 없지요. 싸우는 데만 익숙한 전사들도 안 됩니
다. 그래서 저는 나름대로 볼컨을 추적하기 위한 원정대를 만들고자
합니다."

"볼컨을 찾아 떠나는 원정대라… 그 원정대의 임무가 볼컨의 손가
락에 결혼반지를 다시 끼우기 위함이니 '반지원정대'라 불러도 되겠
군."

영주는 대마법사 간보도가 도망간 신랑을 찾아준다고 하니 적이 마
음이 놓이는 모양이었다.

"좋으실 대로……. 원정대의 리더 역할은 류드 기사단장에게 맡기
는 게 좋겠습니다. 로이렌에서 그만한 배짱과 판단력을 가진 자도 드
무니까요. 저는 미약하나마 제가 알고 있는 지식과 마법을 동원해서

그를 옆에서 돕겠습니다."

"알았네. 류드와 기사단이 간다면 두려울 게 없겠지!"

"아, 반지원정대에는 류드의 부하들은 데려가지 않을 겁니다. 아까 말씀드렸듯이 싸우는 데만 익숙한 전사들은 추적에 별로 도움이 안 됩니다."

"기사단을 데려가지 않는다니… 그럼 누구를 데려갈 텐가?"

"제 친구들이죠. 블로도와 비빔, 레귤라입니다."

"처음 듣는 이름들이로군."

"주군께서는 당연히 생소하실 겁니다. 로이렌에 살지 않는 다른 종족들이니까요."

이종족(異種族)과 동행한다는 말에 영주는 눈살을 찌푸렸다.

"다른 종족들을 데려간다고! 괜찮겠소? 난 걱정이 되는구려."

"걱정 마십시오. 제가 오랫동안 교유해 온 자들로 모두 믿을 수 있는 신실한 자들입니다. 키는 난쟁이와 비슷하나 생김새는 인간에 더 가까운 소인족 블로도와 비빔은 냄새를 잘 맡고 추적에 능해 원정대에 큰 도움이 될 겁니다. 티파노 반지를 만든 청담족과 같은 요정 일족인 레귤라는 활을 잘 쏘고 숲을 잘 압니다. 우리의 길잡이 역할을 해주고 유사시에는 적과 싸워줄 겁니다."

"음… 그럼 모두 다섯 명이로군. 더는 필요치 않은가?"

"인원이 더 늘어나면 이동하기에 부담이 됩니다. 식량을 구하기도 쉽지 않을 테고요. 다섯 명은 볼컨을 추적하기에 가장 적당한 숫자입니다."

"음… 좋소. 간보도, 우리 불쌍한 모레아를 위해서 부디 도망친 신랑을 찾아주시오. 난 당신만 믿겠소."

"주군, 노력은 우리가 하지만 결과는 운명에 달렸습니다. 담담한 마음으로 기다리십시오."

마법사의 충고에 바루크 영주는 자신이 지금까지 체통을 잊고 너무 안달하는 모습을 보였던 거 같아 부끄러워졌다. 짐짓 점잖은 표정을 지어보려 했지만 그의 얼굴은 여전히 울상이었다. 큰딸 모레아는 그에게 너무 무거운 존재였다.

제11장

장자는 미녀 소오라 공주

봉근은 안개가 자욱한 소나무 숲 속을 헤치고 흰옷 입은 여인을 뒤쫓고 있었다. 여인은 팔딱팔딱 재주를 넘으며 도망치는데, 가끔 꺄르르 하고 웃으며 봉근을 놀려댔다. 봉근은 밍밍이 틀림없다고 생각했다. 저렇게 민첩하게 재주를 넘을 수 있는 여자는 밍밍밖에 없었다. 밍밍을 붙잡으면 미안하다고 말해야지. 날 사랑해 준 만큼 아껴주지 못해서 미안하다고. 봉근은 기다려 달라고 소리쳤다. 여자는 봉근을 힐끔 쳐다보고는 다시 도망쳤다. 긴 생머리에 가려서 얼굴은 보이지 않았다. 안개는 점점 더 자욱해지고 산속은 귀신이라도 튀어날 것처럼 을씨년스러웠다. 하지만 봉근은 무섭기보다 안타까웠다. 밍밍은 다가가려 할수록 점점 더 멀어져만 갔다. 봉근은 숨이 차서 소나무 줄기에 몸을 기대었다. 그는 밍밍을 불러 세워야겠다고 생각했다.

"밍밍~ 기다려 줘~ 밍밍~ 사랑해애애애애애~"

봉근의 외침을 들었는지 재주넘기를 하던 밍밍이 우뚝 멈춰 섰다. 그녀는 고개를 홱 돌려 봉근을 쏘아보더니 긴머리를 휘날리며 달려왔다. 봉근은 코앞에까지 육박한 그녀의 얼굴을 확인하고는 기겁을 하며 뒤로 물러섰다. 그가 버려두고 왔던 신부의 얼굴이었다.

"모, 모레아! 어, 어째서 당신이 이곳에!"

"볼컨! 말해! 밍밍이 누구지? 어떤 년이야! 불어!"

"기, 기다려… 모레아! 내가 설명할게… 캑…….."

모레아는 다짜고짜 봉근의 멱살을 잡고 세차게 흔들었다. 어찌나 세게 흔드는지 머리 속의 뇌가 덜렁거리는 느낌이었다.

"모레아… 모레아… 내가 설명할게… 모레아… 이러지 마…….."

"이거 봐요! 정신 좀 차려요! 이봐요!"

봉근은 누군가 뺨을 찰싹찰싹 때리는 바람에 눈이 떠졌다. 둥그렇고 불그스레한 인상의 남자가 봉근을 내려다보고 있었다. 봉근은 허리를 일으켜 침대에 앉았다. 온몸이 땀에 흠뻑 젖어 있었다. 봉근은 자신의 뺨을 때려 깨운 남자가 여인숙의 주인이라는 것을 알았다.

"무슨 잠꼬대를 그렇게 심하게 하세요? 악몽이라도 꾸신 겁니까?"

"휴우… 아닙니다… 근데 제 방에는 어쩐 일로 들어오셨죠? 잠꼬대가 심했나요? 아니면 코 고는 소리가 너무 컸나요?"

"둘 다입니다. 다른 손님들이 시끄러워 잠을 못 자겠대요. 아, 어떤 여자 분은 이 집에 몬스터가 있다면서 체크아웃하고 나가 버렸죠."

"쩝… 미안합니다."

"아니에요, 손님 코 고는 소리에 놀라 나쁜 정령들이 다 달아나 버렸을 거예요."

여인숙 주인은 너털웃음을 지으며 봉근에게 인사를 하고 밖으로 나갔다.

봉근은 여인숙의 창문 밖을 내다보았다. 밖은 칠흑 같은 어둠이었다. 난쟁이 마을은 규모가 작았으므로 조금만 더 가면 넓이를 짐작조차 할 수 없는 고요의 숲이 기다리고 있다. 아침 해가 뜨면 다시 숲길을 헤매야 한다고 생각하니 가슴이 답답했다. 봉근은 시원한 맥주라도 들이켜야 속이 풀릴 것 같았다. 방에서 나와 객실 복도를 지나는데 '볼컨'이라는 소리가 간간이 들려왔다. 봉근은 목덜미가 후끈 달아올랐다.

'이런… 벌써 소문이 여기까지 퍼진 건가… 젠장, 날 알아보는 녀석들이 없어야 할 텐데…….'

봉근은 약간 걱정이 되었으나 크게 개의치 않고 계단을 통해 홀로 내려왔다. 잡혀가더라도 시원한 맥주를 목구멍에 들이붓고 싶었다. 홀에는 도착했을 때보다 훨씬 더 많은 난쟁이들이 모여 있었다. 그들은 조그만 여인숙이 들썩거리도록 수다를 떨다가 봉근을 발견하자 쥐 죽은 듯이 조용해졌다. 봉근은 주인에게 흑맥주 한 잔을 주문하여 어색한 정적을 깼다. 다시 시끄러운 대화가 시작됐다. 맥주가 나오기를 기다리는데 난쟁이 한 명이 쪼르르 다가와 봉근의 옆 자리에 앉았다. 초록모자를 쓰고 뺨이 불그스레한 난쟁이는 봉근을 뚫어져라 쳐다보며 말을 걸었다.

"볼컨."

"뭐라고요?"

봉근은 짐짓 모른 척했다.

"당신 이름이 볼컨이 맞지요?"

"험험, 글쎄요. 그런 이름은 처음 들어보는데… 흑맥주는 왜 안 나오나. 여기 맥주는 맛이 좋을라나……."

봉근은 난쟁이의 도발적인 질문에 얼굴이 벌겋게 달아올랐지만 애써 딴전을 피웠다.

"아~ 날 속일 생각은 하지 말아요. 난 드라이덴 지하 도시에서 온 현명한 난쟁이 오차크랍니다. 당신이 로이렌에서 식인 기사를 물리치고 영주의 딸과 결혼했다는 소식은 이제 모르는 종족이 없답니다."

"아, 글쎄, 난 볼컨이 누군지 모른다니까! 생사람 잡지 말고 저기 가서 다른 난쟁이들하고 술이나 드슈!"

봉근은 버럭 화를 내고는 난쟁이에게 등을 보였다. 하지만 난쟁이는 의외로 끈질겼다. 그는 쪼르르 옆으로 돌아와 다시 봉근에게 얼굴을 내밀었다.

"이 오차크를 속일 수는 없습니다. 당신의 인상착의가 볼컨과 비슷해요. 이런 시기에 난쟁이 마을에 나타난 것도 수상하고."

"아, 글쎄, 아니래두!"

봉근이 짜증을 냈다. 난쟁이는 전혀 위축되거나 기분 나쁜 표정이 아니었다. 오히려 재밌다는 얼굴로 봉근에게 계속 말을 걸었다.

"볼컨, 난 당신을 해칠 생각은 전혀 없습니다. 난쟁이는 받은 대로 돌려주거든요. 당신에게 원수진 일이 없으니 당신을 해칠 일도 없지요. 안심해요, 볼컨. 난 당신에게 작은 부탁을 하러 온 것뿐입니다."

봉근은 난쟁이의 집요함에 굴복했다. 고개를 끄덕이며 난쟁이에게 악수를 청했다.

"추봉근이외다. 다른 사람들은 볼컨이라고 부르지. 소리 질러서 미안하우. 근데 나한테 원하는 게 뭐유?"

"간단해요. 우리 아가씨에게 키스를 해주기만 하면 됩니다."

"키… 키스? 당신의 아가씨?"

난쟁이는 더욱더 재밌어하는 얼굴이었다. 조그만 눈은 구슬처럼 반짝거리고 발그스레한 볼은 더욱 상기되었다.

"키스, 키스! 우리 동굴의 잠자는 아가씨에게 키스!"

"음… 당신이 무슨 소리를 하는지 모르겠지만 나는 난쟁이 여인한 테는 관심없수다. 내가 여우하고는 해봤지만 난쟁이하고는 하고 싶은 마음이 없수다."

난쟁이 오차크는 고개를 도리도리 저었다.

"아닙니다! 우리 동굴의 잠자는 아가씨는 난쟁이가 아닙니다! 그분은 늘씬하고 아름다운 인간여자랍니다. 그것도 고귀한 왕족의 신분이랍니다!"

"잉? 그… 그래요?"

약간 구미가 당기는 듯한 모습을 보이는 봉근이었다. 하지만 알 수가 없었다. 무엇 때문에 봉근에게 이런 해괴한 부탁을 한단 말인가? 아름다운 인간여자에게 키스를 해달라니? 그것도 난쟁이가? 봉근이 묻기도 전에 오차크는 친절하게 설명을 해줬다.

"우리 공주님의 이름은 오로라예요. 지하 도시에서 열리는 난쟁이들의 축제를 구경하러 왔다가 심술궂은 마녀의 저주에 걸려 벌써 십 년째 잠을 자고 있어요. 우리 이쁜 오로라 공주님은 잠도 이쁘게 잔답니다. 누구처럼 집이 무너져라 코를 골아대진 않지요."

"음… 그런데 내가 왜 잠자는 여자에게 키스를 해야 하는 거지?"

"마녀가 공주님에게 죽음의 저주를 내렸지만 마음씨 착한 라일락의 요정이 저주를 완화시켜 준 거예요. 오랫동안 잠을 자고 있으면 머리 큰 남자가 나타나 키스를 퍼부어 깨워줄 거라고 그랬죠."

"흠, 그래? 근데 어디선가 비스무리한 스토리를 들어본 거 같은데… 끙… 어디서 들었더라? 송승훈이 나오는 '가을 낮잠'이었나? 아닌 데……."

"볼컨, 저와 함께 난쟁이들의 지하 도시 드라이덴으로 가주세요! 가서 우리 잠자는 공주님을 깨워주세요!"

"그럽시다! 까짓거 뭐, 뽀뽀 한번 쭈왁~ 진하게 해주지 뭐!"

봉근은 시원스럽게 대답했다. 원래는 리슐리의 충고대로 인접국 보로미아 공국으로 가려 했으나 그곳에 도착해도 뾰족한 수는 없었다. 어차피 아는 사람 하나 없는 봉근인지라 어딜 가더라도 몸으로 부딪치며 살아남아야 했다. 답답한 숲 속 마을보다는 난쟁이 수천 명이 모여 산다는 지하 도시가 더 재밌을 것이다. 게다가 미녀에게 뽀뽀까지 해 달라는데 마다할 이유가 없었다. 봉근은 순식간에 짐을 꾸려 오차크를 따라나섰다.

오차크가 한 말에 따르면 지하 도시 드라이덴은 숲 속의 난쟁이 마을로부터 삼십 호루부(말로 달려 삼 일 정도의 거리)가량 떨어져 있었다. 드라이덴은 굴 파기를 좋아하는 난쟁이들이 만들어낸 최고의 구조물로 지하 1층부터 30여 층까지 다양한 규모의 지하 마을이 거미줄 같은 지중 통로에 연결된 난쟁이들의 도시였다. 드라이덴의 중심부에는 난쟁이들이 중요한 안건을 처리하는 회의장이 자리 잡고 있다. 잠자는 공주 오로라는 바로 이 회의장에 붙어 있는 작은 방에 잠들어 있었다.

오차크와의 여행길은 적어도 지루하지는 않았다. 수다 떨기를 좋아하는 초록모자의 난쟁이는 쉴 새 없이 입을 놀려 봉근을 심심하지 않게 해주었다. 때로는 봉근의 감정을 자극해 난처한 일이 벌어지기도 했다. 봉근에게 '오크의 피가 섞였다던데 정말이냐'고 물었다가 봉근이 고래고래 소리를 지르는 바람에 숲의 악령을 깨워 살아 움직이는 괴목(怪木)들과 사투를 벌이기도 하고, '늦었지만 모레아와의 결혼을 축하한다'고 쓸데없는 인사를 건네 흥분한 봉근이 난쟁이가 탄 말 대가리를 후려쳐 말이 기절하기도 했다. 하지만 대체로 무난하고 재밌는 여행이었고, 오래지 않아 지하 도시 드라이덴에 무사히 도착할 수 있었다.

봉근은 드라이덴의 입구에서 실망스런 얼굴을 하고 있었다. 오차크가 늘어놓았던 자랑대로라면 위용을 뽐내는 거대한 구조물이 자리 잡고 있어야 할 텐데 그저 조그만 바위 몇 개가 늘어서 있었던 것이다. 바위에는 난쟁이들의 언어가 몇 자 새겨져 있었지만 봉근은 읽을 수조차 없었다.

"쳇, 이게 뭐야. 지하 도시라더니… 조잡한 글자가 새겨진 바위뿐이 잖아!"

봉근이 역정을 내자 난쟁이는 초록모자를 들었다 났다 하며 재밌어 했다.

"아~ 성질도 급하시기는. 여긴 그냥 입구일 뿐입니다. 진면목을 보려면 깊숙이 들어가야죠. 자, 그럼 입구를 열어볼까요?"

난쟁이는 말에서 내리더니 안장에 매어둔 봇짐에서 수저와 바가지를 꺼냈다. 봉근은 의아한 눈으로 난쟁이를 쳐다보며 물었다.

"수저와 바가지는 뭐 하려고?"

난쟁이는 쾌활하게 웃으며 대답했다.

"지하 도시 드라이덴의 입구를 여는 주문을 외워야죠! 이곳에는 아무나 통과할 수 없도록 마법이 걸려 있는 돌쩌귀가 있답니다. 올바른 마법 주문을 외워야 마법의 돌쩌귀가 바위를 열어준다구요."

난쟁이 오차크는 크게 숨을 들이마신 뒤에 역동적인 개봉 주문을 시작했다. 그는 수저로 바가지가 깨져라 마구 두들기며 고래고래 주문을 외쳤다.

"작년에 왔던 각설이~ 죽지도 않고 또 왔네~ 얼씨구씨구 들어간다아~ 절씨구씨구 들어간다아~"

봉근은 어처구니가 없어 말없이 지켜만 보았다. 의심쩍은 눈초리로 난쟁이를 바라보는 봉근.

'저 자식 원래 거지 아냐? 차림새도 후줄근한 게…….'

한참 동안 각설이 타령을 했으나 바위는 꿈쩍도 하지 않았다. 난쟁이는 지쳐서 바위에 걸터앉아 쉬었다. 그는 화가 나는지 바가지를 들고 바위를 내려쳤다.

"왜 안 열어주는 거야! 내가 진짜 거지로 보이냐!"

바가지는 바위에 부딪쳐 딱 소리를 내며 산산조각이 났다. 난쟁이 오차크는 순간 기우뚱 넘어질 뻔했다. 바위가 요란한 소리를 내며 움직이기 시작했다.

크르르르르르르르—

바위가 치워진 자리에 어두운 구멍이 뱀처럼 입을 벌리고 방문자를 기다리고 있었다. 난쟁이는 좋아라 팔짝팔짝 뛰며 봉근에게 손짓했다.

"드디어 열렸네요, 드라이덴으로 들어가는 입구가! 어서 와요! 잠자는 공주님을 만나러 가자구요!"

봉근은 난쟁이를 따라 지하 도시로 가는 계단을 내려갔다. 입구에서는 무척 좁았지만 아래로 내려갈수록 넓어지고 점점 환해졌다. 군데군데 꺼지지 않는 횃불이 통로를 밝히고 있었다.

얼마나 내려갔을까. 갑자기 눈앞이 탁 트이면서 대낮처럼 밝아졌다. 봉근은 자신의 눈앞에 펼쳐진 광경에 아! 하고 탄성을 질렀다.

바닥에서 천장까지의 높이가 수십여 미터가 넘는 거대한 동굴이 끝도 보이지 않게 넓게 트여 있었다. 두터운 기둥이 이곳저곳 버티고 서서 지하 도시를 떠받치고 있었다. 지하 도시의 주인인 난쟁이들은 활기 차고 바쁘게 오가고 있었다. 어떤 난쟁이는 곡괭이를 메고 광산으로 향하고, 어떤 난쟁이는 자루에 금은보화를 잔뜩 넣어서 보석상으로 향하고, 어떤 난쟁이는 각종 연장을 들고 정교한 기계를 수리하는 일을 하고 있었다.

봉근이 위치한 곳의 난쟁이들 숫자는 어림잡아 백여 명은 훨씬 넘어 보였다. 중앙의 홀에는 커다란 테이블이 놓여져 있었는데 한눈에 봐도 그곳이 지하 도시의 회의장이라는 걸 알 수 있었다. 회의장 옆에는 보통 기둥의 서너 배가 되는 두터운 사각 기둥이 있었는데, 기둥 밑둥에 나무로 된 문짝이 붙어 있는 걸로 봐서 그 안에 작은 방이 있다는 걸 미루어 짐작할 수 있었다.

"저 방이 공주가 잠들어 있는 방인가?"

"예, 그렇습니다. 어서 내려가시지요!"

난쟁이가 신이 나서 앞장섰다. 봉근은 난쟁이를 따라 방 안에 들어섰다. 공주가 잠들어 있는 방은 매우 협소했지만 생각보다 밝고 포근했다. 십 년째 잠을 자고 있는 방이었지만 거미줄 하나 없이 깔끔하고 은은한 향기마저 감돌았다. 봉근은 천천히 잠자는 공주에게 다가섰다.

그녀의 얼굴이 한눈에 들어오자 봉근은 숨이 막히는 듯한 느낌이 들었다.

'우오오옷! 대단한… 미인이로군……!'

오로라 공주의 잠들어 있는 모습은 아이처럼 천진하면서 귀부인처럼 기품있고, 수목처럼 고요하면서 꽃처럼 화사했다. 봉근이 속만 태우며 사모했던 미스 송이나 유레아는 차라리 평범한 아낙이라고 폄하해야 할 지경이었다. 봉근은 자신의 심장 고동 소리를 들을 수 있을 정도로 긴장해 있었다.

'우어~ 이런 미인이 뭣 때문에 그런 흉한 저주에 걸렸단 말인가?!'

열혈청년 추봉근은 안타까운 현실에 두 주먹을 불끈 쥐었다.

"오로라 공주 같은 미녀가 이런 우중충한 동굴 속에서 잠만 자고 있다는 것은 우리 남성들의 크나큰 손실이다! 대한민국 추봉근이 뜨거운 키스로 공주를 기나긴 잠에서 깨우리라!"

봉근은 두터운 입술을 쑤욱 내밀어 공주의 장미 꽃잎 같은 섬세한 입술을 덮었다. 난쟁이 오차크는 양손을 들어 눈을 가렸다.

"아… 차마 눈 뜨고 볼 수 없는 참혹한 광경이군."

진한 키스를 마친 봉근은 상체를 일으켰다.

"응? 왜 꼼짝도 않지?"

그는 고개를 갸웃거렸다. 난쟁이 말로는 잠든 상태에서 키스를 받아야 저주가 풀린다고 했다. 그런데 왜 아직도 죽은 듯이 누워 있는 건가? 오차크는 초록모자를 한쪽으로 기울이며 중얼거렸다.

"아무래도 키스가 약했나 봐…….."

"약했다구? 이 추봉근의 뽀뽀가 약했단 말이냐!"

봉근은 버럭 소리를 질렀다. 난쟁이는 깜짝 놀라서 뒤로 물러섰다.

봉근은 킹콩처럼 가슴을 두드렸다.

"아우우우~ 좋다! 대한민국 열혈청년의 뜨겁고 진하고 격정적인 키스를 안겨주마! 아우우웁~"

봉근은 작고 어린 공주의 얼굴을 부둥켜안고 사정없이 입술을 날렸다. 우악스런 봉근의 입술이 그녀의 얼굴 전체를 물고 빨고 핥고 비볐다.

"으응… 응……."

잠자는 공주 오로라는 봉근의 가미가제식 키스 폭격에 스트레스를 받았는지 조금씩 뒤척거리기 시작했다. 난쟁이의 눈이 번쩍 뜨였다.

"앗! 공주님이 깨어나려 합니다! 조금만 더! 좀 더!"

"우웁! 응~ 걱정 마! 지금 열심히 하고 있어! 우웅~ 웅~ 웅~"

오로라는 슬며시 눈을 떴다. 머리 큰 남자의 냄새 나는 침이 눈에 들어갔다.

"꺄아아아아악!"

그녀는 비명을 내지르며 사내를 밀쳐 냈다. 사내가 다시 입술을 쑥 내밀며 다가오자 그녀는 인정사정 볼 것 없이 따귀를 올려붙였다.

철썩―

봉근의 커다란 얼굴에 조그만 손자국이 선명하게 찍혔다.

"뭐 하는 짓이에요, 당신!"

"아이구, 아파라…….공주님의 저주를 풀어드린 건데요……."

"시끄러워요! 아, 얼굴 간지러워! 버짐 생기겠네!"

공주는 몹시 가려운지 얼굴을 벅벅 긁었다. 꽃잎처럼 부드럽고 아름답던 공주의 얼굴에 울긋불긋한 자국이 생겼다. 난쟁이 오차크는 공주에게 뺨을 얻어맞고 시무룩해 있는 봉근에게 다가가 위로했다.

"잘하셨습니다, 볼컨. 당신이 우리 오로라 공주님을 구한 거예요. 지금 공주님은 하도 오랜만에 일어나서 신경이 날카로우실 거예요. 고맙다는 인사부터 하시는 게 도리겠지만 지금은 안정이 필요하답니다. 우선 나가 계세요. 나중에 제가 공주님과 함께 당신을 찾아뵙지요. 정말 고맙습니다."

　"쩝, 알았수다……. 몸조리 잘하라구 하슈."

　봉근은 얼얼한 뺨을 어루만지며 잠자는 공주의 침실에서 나왔다. 좋은 일하고 뺨 맞으니 기분이 좋지 못했다. 하지만 왠지 공주가 밉지 않은 것은 그녀와 봉근 사이에 무언가 새로운 관계가 형성되리라는 이상한 예감이 들었기 때문이다. 또다시 봉근의 새로운 로맨스가 시작되는가? 그는 가슴이 조금씩 설레고 있었다.

　봉근이 사라지자 공주는 난쟁이 오차크를 세차게 몰아붙였다. 십 년 전이나 지금이나 예쁜 얼굴과 어울리지 않는 못된 성깔은 여전했다. 그 성깔 덕택에 마녀의 저주를 받았지만 제 버릇 개 못 준다는 말이 있다.

　"야, 이 난쟁이 똥자루야! 저 괴상한 남자는 어디서 데려온 거야! 너, 죽어볼래!"

　"아이고, 공주님… 무서운 저주를 풀어드렸는데 상은 못 내리실망정 어찌 호통만 치십니까? 서운하게……."

　"뭐야! 네가 사람을 잘못 데려왔으니까 그러지! 라일락 요정은 분명히 멋진 남자가 나타나 부드러운 키스를 선사할 것이라고 예언했단 말이야!"

　"공주님… 요정은 머리 큰 남자가 나타난다고 했지 멋진 남자라는 말을 안 했습니다. 공주님 혼자 멋대로 상상하지 마세요."

"닥쳐! 네놈의 아가리를 찢어줄 테다!"

공주는 야수처럼 달려들어 난쟁이의 조그만 입을 우악스럽게 벌렸다.

그날 공주는 난쟁이 오차크의 입을 찢어버리는 만행을 저질렀는데, 오랜 세월이 흐른 후에 난쟁이 학생들의 윤리 교과서에는 이때 그가 절규한 말이 수록되었다.

나는 공주님이 싫어요—!

봉근은 잠자는 공주의 방에서 나온 뒤 오차크가 일러준 여인숙에 방을 잡았다. 그는 여인숙에서 홀로 오차크를 기다리며 행복한 공상에 젖어 있었다. 공주의 저주를 풀어준 상으로 아름다운 그녀와 결혼식을 올린다거나 뺨을 때려서 미안하다는 사과와 함께 부드러운 키스를 선사받는 따위의 헛된 망상이었다. 그의 망상을 깨뜨려 준 자는 요란스럽게 방문을 두들기는 여인숙 주인이었다.

"손님! 손님! 어서 나와보세요!"

"무슨 일이세요? 잠자는 미녀가 벌떡 일어나서 이 봉근에게 고맙다는 말을 전하던가요? 후후후……."

김칫국부터 마셨던 봉근은 호된 시련을 겪게 되리라고는 꿈에도 생각하지 못했다. 여인숙 주인은 얼굴이 파랗게 질려 있었다.

"난쟁이 헌병대가 손님을 잡으러 왔어요! 도대체 무슨 죄를 지으신 거예요?"

"난쟁이 헌병대? 날 잡으러 왔다구? 도대체 무슨 소리… 으윽!"

봉근이 말을 마치기도 전에 건장한 난쟁이들 대여섯 명이 여인숙 주인을 밀치고 들어와 봉근의 팔을 뒤로 꺾었다. 봉근은 저항하려 했으나 난쟁이들의 날카로운 창이 목 끝을 겨누고 있었다.

"도, 도대체 왜들 이러슈!"

"볼컨! 당신을 성폭력 범죄의 처벌 및 피해자 보호 등에 관한 법률 위반으로 체포합니다!"

"뭐, 뭐요? 성폭력? 무슨 소리인지 모르겠군!"

"잠자는 미녀 오로라 공주가 당신을 성추행 혐의로 드라이덴 헌병대에 고소했소. 재판은 내일 정오에 있을 예정이오. 재판이 열릴 때까지 당신은 드라이덴 유치장에 머물러야 하오."

"뭐야! 성추행? 이런 배은망덕하고 싸가지없는 계집애 같으니라구! 저주에서 풀어줬더니 날 고소해! 아우~ 열받아~ 아우~ 열받아! 아우~ 열받아!"

봉근은 콧김을 푹푹 내쉬며 분해했지만 어쩔 도리가 없었다. 지하 도시 드라이덴의 법률은 엄격하기로 유명했다. 정식 절차를 밟아 고소한 경우 피고가 빠져나갈 수 있는 길은 재판에서 이기는 길뿐이다.

봉근은 그날 밤을 차가운 유치장 바닥에서 보냈으며 간간이 벌떡 일어나 가슴을 두들겼다. 같은 유치장에 갇혀 있는 다른 용의자들이 짜증을 냈지만 감히 봉근에게 대드는 난쟁이는 없었다.

재판은 난쟁이 헌병이 이야기한 대로 익일 정오에 개시되었다. 법정에는 원고인 오로라 공주가 먼저 나와 있었다. 수의를 입고 포승에 묶인 채 법정으로 들어온 봉근은 오로라 공주를 발견하자 감정이 폭발했다.

"야, 이 썩을 년아! 구해줬더니 도리어 나를 고소해? 아우~ 열받아!

너, 죽고 잡냐? 아우~ 열받아!"

난쟁이 방청객들이 당황할 정도로 격렬한 욕설이 튀어나왔다. 하지만 오로라 공주 또한 성깔이 보통 아닌 여자였다.

"뭐야? 이 더러운 자식아! 강제로 키스하고 더러운 침 발라놓고 뭐? 구해줘? 누가 너보구 구해달랬니! 너 때문에 얼굴에 버짐 핀 거 안 보여? 에라이, XXX 같은 놈아! 가서 XXXX해 버려라!"

원고와 피고의 원색적인 말싸움으로 재판정은 잠시 소란스러워졌지만 난쟁이 헌병대의 신속한 진압으로 양측은 콧김만 내뿜는 정도로 분을 삭였다. 판사는 드라이덴에서 존경받는 현자 아물로스 옹으로, 지금까지 열두 명에게 교수형을 선고하고 오백여 명을 형무소로 보낸 냉혹한 원칙주의자였다. 아물로스 옹이 들어오자 방청객들이 모두 기립하여 존경을 표시했다. 아물로스는 무표정한 얼굴로 나무 망치를 내려쳤다.

"사건 번호 육만 삼천이백사십칠 호. '잠자는 상태에서의 강제 성추행에 관한 건' 을 심리하겠습니다."

재판이 시작되자마자 오로라 공주가 발딱 일어났다. 지하 도시 드라이덴에서는 원고든 피고든 자신이 직접 항변해야 한다.

"재판장님! 저 파렴치범은 제가 잠자는 틈을 노려 강제로 키스하고, 침을 바르고 온갖 추접한 짓을 다 저질렀습니다! 왕족인 저에게 이토록 모멸감을 줄 수가 있는 겁니까?! 제가 본국에 있었더라면 저 자식은 즉결처분감입니다! 다행히 드라이덴 법에도 이와 같은 파렴치범죄를 징계할 수 있는 조항이 있더군요. 재판장님의 현명한 처결을 기대하겠습니다."

아물로스는 고개를 끄덕이며 오로라 공주에게 물었다.

"원고의 주장을 일부 인정한다. 원고는 얼마의 형량을 원하는가?"

"옙! 저는 피고 봉컨에게 종신형을 주실 것을 건의합니다!"

듣다못한 봉근이 자리에서 벌떡 일어섰다.

"뭐야! 저 우라질 년이! 뽀뽀 한번 한 거 가지구 종신형이라니! 그게 말이나 되는 소리야! 앙!"

봉근이 침을 튀어가며 오로라에게 소리 지르자 재판관은 봉근은 쏘아보며 말했다.

"피고, 법정을 소란스럽게 했으니 내가 구형할 형량에 1년을 추가하겠다."

"뭐, 뭐라구요!"

"그리고 원고가 주장한 형량은 타당한 기준을 넘어서므로 피고의 항변을 들어본 뒤에 결정하겠다. 피고, 발언하라."

"아우~ 열받아! 아우~ 열받아! 재판관님 같으면 화가 안 나시겠습니까? 난쟁이 오차크란 놈이 날 살살 꼬여서는 이곳 드라이덴까지 데려왔습니다. 자신들의 잠자는 아가씨를 깨워달라는 거였죠. 그래서 원하는 대로 해주었습니다. 내 아내에게도 해보지 못한 정성이 담긴 키스를 해주었죠. 그래서 오로라인지 뭔지 하는 여자의 저주가 풀어졌는데 기가 막히게도 날 고소한 거예요! 이게 말이나 되는 소리예요?!"

아물로스는 봉근의 주장을 듣고 난 뒤 최종 판결을 내렸다. 드라이덴의 재판은 신속함이 최우선이다. 거기에는 '늦어지면 번복된다' 는 조상들의 옛 속담을 충실히 따르려는 난쟁이들의 뜻이 담겨 있다.

"피고의 주장도 일부 인정한다. 나 역시 잠자는 미녀의 이야기는 들어서 알고 있으며 양측 주장에 모두 일리가 있음을 인정한다. 그러나 양측 주장에 공통적으로 인정할 수 없는 부분이 있으므로 그를 지적하고자 한다. 원고는 피고에게 종신형을 선고하라고 주장하였으나 고의성이 약하고 선의에서 우러나온 행동이었으므로 과도한 형량이라고 사료된다. 피고는 전적으로 원고를 돕고자 하는 선의에서 나온 행동이라고 주장하나 그렇다 하더라도 본인의 동의 없는 신체적 접촉은 명백한 실정법 위반이다. 따라서 본인은 피고에게 십일 년 형을 구형한다. 이상!"

봉근은 눈앞이 노래졌다. 십일 년 후면 봉근은 사십 대가 된다. 햇빛도 들지 않는 난쟁이들의 지하 도시 형무소에서 십일 년을 보낼 생각하니 억장이 무너졌다. 봉근은 재판관에게 항변하고 싶었으나 그는 눈길도 주지 않았다.

그는 사건 파일을 비서에게 던져 버리고 새로운 사건 파일을 열고 있었다. 난쟁이 헌병들이 몰려와 봉근을 법정에서 끌고 나왔다. 그는 어느새 닭똥 같은 눈물을 흘리고 있었다.

"아우… 재수 더럽게 없네… 아우……."

반면 오로라 공주는 끌려가는 봉근을 보고 앙칼지게 웃고 있었다.

로이렌을 출발한 반지원정대는 봉근의 여정을 그대로 밟아서 오고 있었다. 도중에 갈팡질팡하기도 하고 엉뚱한 길로 접어들기도 했지만 간보도의 현명함과 요정 레귤라의 길눈이 올바른 길로 가도록 원정대의 진로를 바로잡아 주었다. 그들은 '모레아의 신랑 찾아주기'라는 자신들의 임무에 대해 큰 사명감을 가지고 있었다. 반드시 봉근의 약지에 결혼반지를 끼워주자고 의기투합한 그들 앞에 불가능은 없어 보였다. 그러나 며칠째 봉근을 추적하던 원정대는 로이렌을 벗어난 이후의 봉근의 행적에 대해 전혀 단서를 잡지 못하고 있었다. 맥이 빠지고 침

체되려는 분위기였다.

난쟁이 마을을 탐문 중이던 반지원정대는 기쁜 얼굴을 하고 뛰어오는 블로도를 보고 잃었던 희망을 되찾았다.

"알아냈어요, 간보도! 볼컨은 섀도우폭스를 타고 있어요! 그래서 그렇게 빨리 달아날 수 있었던 거에요!"

머리가 곱실거리는 소인족 블로도는 숙부로부터 거액의 재산을 물려받은 청년으로, 지금은 마법사 간보도를 따라 모험을 즐기거나 마법을 배우고 있었다. 그는 근본은 착했으나 속이 좁고 귀가 얇아 다른 이들로부터 무시를 당했는데, 특히나 요정 레귤라는 그를 멸시했다.

"쯧쯧, 바보로군. 섀도우폭스를 타고 있다는 걸 이제야 알아냈단 말이야? 그런 건 로이렌에 있을 때부터 알고 있었어야지! 큰 머리의 남자가 질풍처럼 달리는 준마를 타고 고요의 숲 속으로 들어가는 걸 봤다는 사람들이 많았어."

레귤라는 화살촉을 손질하며 빈정거렸다. 블로도는 속이 상해 주먹을 불끈 쥐면서 다시 마법사에게 외쳤다.

"하지만… 제가 알아낸 건 그 이상이에요! 볼컨은 난쟁이들의 지하도시 드라이덴으로 갔어요! 여인숙 주인에게서 들었다구요!"

"음, 그런가? 정말 잘했네, 블로도. 그런데 드라이덴에는 왜 갔지?"

"그건… 갈 데가 없어서일까? 으음……."

블로도는 말이 막혀 우물거렸다. 레귤라는 차가운 미소를 지으며 마법사에게 말했다.

"잠자는 미녀에게 키스하기 위해서일 겁니다. 녀석은 원래 엉큼한 놈이니까."

"맞았네, 레귤라. 난 여인숙에 묵고 있는 난쟁이들에게서 들었지."

마법사 간보도는 낙담해 있는 블로도의 어깨를 두드리며 격려했다.

"너무 상심 말게, 블로도. 자네는 현명하지는 못하나 돈이 많지 않나. 요즘 세상에는 돈이 최고지."

사실 그들이 블로도를 원정대에 끼워준 이유도 결국은 돈 때문이었다. 블로도는 엄청난 액수의 종신보험에 가입해 있었는데 수혜자는 주위의 가까운 친구들이었다. 대원들은 여정 중애 블로도가 사망하면 그 엄청난 보험금을 서로 사이좋게 나누어 갖기로 약조한 상태였다. 가엾은 저 블로도는 그런 줄도 모르고 제몫을 하기 위해 온 힘을 다해 노력하는 중이었다.

"어서 드라이덴으로 갑시다. 볼컨이 또 무슨 사고를 쳤을지 압니까? 우리의 임무는 무사히 볼컨을 신부에게 돌려보내는 것입니다."

블로도와 같은 소인족 비빔이 차분한 목소리로 제안했다. 그는 간보도와 별다른 친분 관계가 없는 자였는데 블로도의 절친한 친구였기에 원정대에 가담하게 되었다. 그는 돈 많은 블로도와는 달리 허름한 토굴집에서 사는 평범한 소인족이었는데, 영주가 볼컨에게 거액의 현상금을 걸었음을 알고 원정대에 자원했다.

"무엇 때문에 그리 서두르는 거야? 볼컨이 전쟁터로 떠난 것도 아니고 신부가 마음에 안 들어 뛰쳐나간 것뿐이잖아. 천천히 쉬엄쉬엄 가자구."

그렇게 직무유기적 발언을 한 자는 놀랍게도 기사단장 류드였다. 성실함과 진지함으로 소문난 류드였지만 집 나간 남편을 찾아주는 일은 기사로서의 품격을 떨어뜨리는 한심한 미션이었다.

'쳇, 영주님은 뭐 때문에 이런 일을 우리에게 시키는 거지. 홍신기사(興信騎士)에게 부탁하면 한 달 내에 찾아서 알려줄 텐데……."

류드의 한마디에 일순 원정대원들 전체가 무기력감에 뒤덮였다. 하지만 간보도는 지팡이를 들어 올리며 힘차게 외쳤다.

"자네 말이 맞네, 비빔. 어서 출발하지! 가자, 반지원정대여! 모레아님의 깨소금 같은 신혼 생활을 위하여!"

"위하여!"

블로도는 간보도의 말에 기분이 고조되어 마법사의 말을 복창했다. 반지원정대는 간보도의 패기 찬 구호에서 힘을 얻었다. 그들은 임무가 성공했을 때 바루크 영주에게서 받기로 약속했던 보수를 머리 속에 그려보았다. 봉근의 커다란 머리는 그 부피만큼의 황금과 같은 가치가 있었다.

지하 도시 드라이덴에 도착한 반지원정대는 놀라운 사실을 접하게 되었다. 봉근이 잠자는 오로라 공주를 깨웠으며, 그 때문에 성추행으로 피소되어 지금 드라이덴 형무소에 복역 중이란 사실이었다.

"성추행이라니… 추잡한 자식! 생긴 대로 논다니까."

요정 레귤라는 그럴 줄 알았다는 말투였다.

"볼컨이 그런 짓을 했다니… 믿을 수가 없군."

볼컨의 용맹함을 존경했던 류드는 고개를 설레설레 저었다.

"이건 영주님의 명예에도 큰 흠결을 남기겠군. 당신의 맏사위가 그런 짓을 했다는 걸 알면 영주님도 얼굴을 들지 못할 거야."

원정대의 무익한 대화를 중단시킨 것은 간보도였다.

"자! 쓸데없는 이야기들은 접어두고 어떻게 하면 볼컨을 구해낼 수 있을까만 생각합시다! 우리 모레아님을 생과부로 만들 수는 없지 않소!"

"틀렸어요. 여기 드라이덴에서 성추행은 중죄에 속합니다. 여성이 워낙 드물다 보니 그들을 보호하기 위한 법적, 제도적 장치가 잘 갖춰져 있지요. 볼컨은 절대로 해서는 안 될 일을 저지르고 만 겁니다."

요정 레귤라는 비관적이었다. 하지만 절망 속에서 다시 희망을 찾아내는 자는 역시 마법사 간보도였다.

"난쟁이들의 법은 난쟁이들을 위한 것이지 다른 종족이 그에 구속되어서는 안 되오. 우리는 우리 나름대로의 법으로 볼컨을 용서하고 그를 구해내면 되는 것이오!"

블로도가 놀라는 표정으로 마법사에게 물었다.

"아니, 그럼 볼컨을 탈옥시키자는 말씀이세요?"

"안 될 건 또 뭐요! 나, 간보도는 천명의 간수를 위압할 수 있는 권능을 가졌소! 난 볼컨을 그 지옥 같은 드라이덴 형무소에서 구해내겠소!"

간보도는 지팡이를 높이 쳐들었다가 아이구 소리를 내며 주저앉았다. 그는 요즘 너무 돌아다녔더니 관절염이 도졌다. 블로도와 비빔이 얼른 파스를 가져와 마법사의 무릎에 붙여주었다.

봉근은 형무소 생활에 적응이 되지 않아 미칠 지경이었다. 반 평도 안 되는 조그만 독방에 갇혀 있는 것도 힘들었지만 하루에 여덟 시간씩 시키는 노역도 보통 고된 게 아니었다. 차라리 밭 갈고 거름 주는 농사일이라면 거뜬히 해낼 텐데 이건 도저히 인간의 육체로 해낼 수 있는 작업들이 아니었다. 특히 수천 명의 목숨을 빼앗고 수감된 트롤이라는 몬스터의 이빨을 닦아주는 일은 무척 구역질 났다. 트롤은 치아가 불규칙하고 더러운 음식들을 많이 먹어 고약한 냄새가 온 형무소 내에 진동했다. 봉근은 바로 그 트롤의 구취를 조금이라도 경감시키려는 목적으로 매일 뻣뻣한 솔로 트롤의 이빨을 닦고 있었다. 하지만 아무리 치아를 닦아줘도 트롤의 냄새는 사라지지 않았다. 괜히 봉근만 반복적인 노동으로 지쳐 갈 뿐이었다.

오늘도 힘든 노역을 마치고 독방으로 돌아온 봉근은 우울한 얼굴로 창살 밖으로 내다보았다. 보름달이 휘영청 밝았다. 달을 보니 밍밍이 생각나고, 밍밍을 생각하니 눈물이 주르르 흘렀다. 그는 서러움과 외로움에 절규를 토했다.

"우어어어어— 우어어어어어—"

옆방에 수감된 죄수가 날카로운 이빨을 드러내고 머리털을 곤두세웠다.

"뭐야! 나 말고 늑대인간이 또 있었나? 왜 달 보고 울지?"

봉근은 한참을 울다가 지쳐 차가운 돌바닥에 쓰러졌다. 그는 마음을 굳게 먹었다.

'그래… 탈옥해야겠다. 내가 언제까지 난쟁이들과 함께 감옥에 갇혀 있어야 되나! 그런데 어떻게 탈옥하지? 경계가 삼엄하던데… 젠장, 외부에서 누가 도와주면 좋을 텐데……'

봉근이 외부의 조력자를 갈구하는 순간 창살 틈으로 뭔가 획 하고 넘어왔다. 달빛을 받아 하얗게 모습을 드러낸 것은 접혀진 종이 쪽지였다. 봉근은 살며시 쪽지를 펼쳤다. 봉근은 눈살을 찌푸렸다.

★당신이 어디에 있든지 배달됩니다! ★
드라이덴 야식. 24시간 배달.

오크 족발, 삼겹살, 버섯 피자 초특가
수감자는 15% 특별 할인.

죄수들 쌈짓돈 털어먹으려는 장사치들의 광고 전단이었다. 봉근은 광고 전단을 찢으려다 뒷면에 적힌 메모를 보고 흠칫 놀랐다.

봉컨, 거기 갇혀 있으니까 답답하지? 차라리 바루크 성으로 돌아가세. 간보도.

봉근은 복잡 미묘한 감정이 일렁거렸다. 지옥 같은 감옥에서 빠져나가고는 싶었으나 모레아에게 돌아가고픈 생각은 추호도 없었다. 그는 망설이고 있었으나 반지원정대는 이미 봉근의 탈출 계획을 실행하고 있었다.

류드 기사단장은 마법사가 구해온 사다리를 타고 봉근이 갇혀 있는 독방 창문에 접근하고 있었다. 그는 쇠창살 사이로 봉근에게 신호를 주고는 품에서 줄톱을 꺼냈다. 봉근은 류드를 알아보고는 소리없이 반갑다는 인사를 했다. 창살 하나를 목표로 삼고 열심히 톱질하는 류드. 그러나 워낙 두텁고 단단한 강철 창살인지라 쇳가루만 조금 나올 뿐 봉근이 빠져나올 만한 구멍을 만들기 힘들었다. 땀을 뻘뻘 흘리며 톱질을 하던 류드는 도중에 창살을 잡고 쉬었다. 도저히 두터운 창살을 자를 만한 엄두가 나지 않았다. 그는 사다리를 타고 내려왔다. 그리고 갑자기 나타난 봉근의 큰 얼굴을 보고 깜짝 놀라 뒤로 넘어질 뻔했다.
"으왓! 뭐야! 언제 나왔어?!"

소인족 블로도가 빙글빙글 웃으며 자랑스럽게 말했다.

"제가 볼컨을 데리고 나왔어요."

"어, 어떻게?"

"돈으로 간수를 매수했다네. 열쇠를 순순히 따주고 풀어줬지. 볼컨은 그냥 걸어나왔어."

마법사 간보도가 대신 설명해 주었다. 봉근은 감옥에서 빠져나왔지만 별로 즐거운 표정이 아니었다. 형무소를 벗어난 것은 분명 다행스러운 일이었으나 모레아의 남편이 된다는 것은 또 다른 감옥에 갇힌다는 걸 의미했다.

〈3권 끝〉